Sur l'autrice

Historienne et romancière, Sophie Marvaud est l'autrice de nombreux romans historiques pour la jeunesse, notamment *Le Secret des cartographes* (Plon, 2008 ; Livre de poche, 2010 ; prix Saint-Maur en poche). Avec *Meurtre chez les magdaléniens* (Nouveau Monde éditions, 2014), elle a été la première à écrire un polar préhistorique. Il reparaît en 2022 sous le titre *La Chamane de Lascaux* chez 10/18. *Le Choc de Carnac* a reçu le prix Préhistoire en 2015 et le prix France Bleu – L'Histoire en polar en 2021. En 2020, elle a publié aux Éditions Sud Ouest son premier policier contemporain : *Saison 1*.

De la même autrice
aux Éditions 10/18

LE CHOC DE CARNAC, n° 5635
LA CHAMANE DE LASCAUX, n° 5732

SOPHIE MARVAUD

LA CHAMANE DE LASCAUX

Préface de Jean Clottes

10/18

NOUVEAU MONDE ÉDITIONS

ÉDITIONS DU PATRIMOINE
CENTRE DES MONUMENTS NATIONAUX

Ce roman a paru en 2014 sous le titre
Meurtre chez les magdaléniens

ISBN : 978-2-264-08024-0
Dépôt légal : février 2022

PRÉFACE

La préhistoire fascine. C'est particulièrement le cas pour la période que les spécialistes appellent le paléolithique supérieur, c'est-à-dire les vingt-cinq à trente mille ans où nos ancêtres directs (les hommes modernes) ont succédé aux néandertaliens au cours de la dernière glaciation et ont occupé les terres qui leur étaient accessibles en Europe. La température était alors inférieure à la nôtre de 4,5 °C en moyenne. Ce n'est pas énorme, mais cela suffisait à rendre les régions scandinaves inaccessibles sous leur épais manteau de glace et à changer la faune sauvage où abondaient non seulement bisons et chevaux, bouquetins et aurochs, mais également les mammouths, les rhinocéros laineux, les rennes et les antilopes saïgas, animaux de climats froids qui finirent par disparaître ou par se réfugier dans des latitudes nordiques lorsque le climat commença à se réchauffer. Les hivers étaient rudes pour les humains et, afin d'y survivre, ils exigeaient que l'on s'y préparât pendant la bonne saison.

On retrouve ces précautions, ces craintes et ces réussites dans l'histoire qui nous est contée. Les magdaléniens que nous y rencontrons sont finalement assez proches de nous et c'est normal, puisque ce sont nos ancêtres directs. Certes, ils ne pratiquaient ni l'agriculture ni l'élevage et ils dépendaient pour leur survie de la chasse, ainsi que (ne l'oublions pas !) de la cueillette de fruits sauvages, de plantes et de champignons, mais leurs sentiments étaient les nôtres, dans leur simplicité (haine, amour, amitié, désir de pouvoir) et leur complexité. Leur vie n'était certainement pas « simple ». Nous le voyons bien dans ce roman où les intrigues s'entremêlent pour notre plus grand intérêt.

Le monde dans lequel ils vivaient et se déplaçaient n'était pas encore humanisé, de sorte que les groupes humains restaient par nécessité peu nombreux et relativement rares. Ces conditions ne pouvaient manquer de conditionner les relations et les politiques entre les groupes et à l'intérieur de chacun d'eux : il ne fallait ni devenir trop nombreux, ce qui aurait rapidement posé des problèmes pour l'exploitation du territoire et l'alimentation, ni trop peu, car il en serait alors allé de la survie même du groupe. Les héros de notre roman en sont tout à fait conscients, ils s'en inquiètent et ils adaptent leur conduite en conséquence.

Le personnage principal est ce que l'on appellerait de nos jours une chamane, c'est-à-dire une intermédiaire entre le monde des hommes et celui des puissances surnaturelles. Licorne-la-Puissante, comme elle se nomme, est pleinement responsable de son rôle critique pour assurer la pérennité de la tribu, n'hésitant pas à affronter l'hostilité de certains ni le sort terrifiant de l'isolement lorsque les circonstances l'exigent.

Que, pendant les temps glaciaires, hommes et femmes se soient livrés à des pratiques religieuses est une certitude. En témoignent, en Europe méridionale, les centaines de grottes et d'abris ornés de gravures ou de peintures, parfois même de sculptures, comme il advient dans le roman. En témoignent également certaines découvertes, parfois stupéfiantes : ainsi, dans la grotte du Parpalló (province de Valence, en Espagne), pendant une douzaine de millénaires, on a procédé à des dépôts de plaquettes ou de galets gravés, plus de cinq mille en tout, qui se sont accumulés sur huit mètres d'épaisseur ! Le même geste, répété en un même lieu sur de telles immensités de temps, révèle la force et la durée des croyances et des pratiques.

J'ai pris un vif plaisir à lire les aventures de ces magdaléniens dans des paysages qui sont les nôtres et que nous connaissons. Leur vie était brève, comparée à la nôtre. Elle était pleine de mystères, que leurs mythes s'efforçaient de résoudre. Ce sont leurs peines, leurs joies, leurs conflits que nous partageons dans ce roman qui restitue avec fidélité ce que nous pouvons savoir d'un monde à tout jamais enfui.

Jean Clottes

PERSONNAGES

Clan des Grandes-Mains-Blanches

Licorne-la-Puissante, 40 ans, chamane

Groupe familial des Quatre-Encoches
Symbole : quatre traits courts disposés en arêtes

Le Fonceur, 40 ans, chef de famille
Aurochs, 35 ans, sa compagne
La Gracieuse, 16 ans, leur fille
Iranie, 14 ans, leur fille
Fuligule, 7 ans, leur fille

Mégacéros, 35 ans, frère du Fonceur
Étagne, 35 ans, sa compagne
Guillemot, 14 ans, leur fils
Marouette, 5 ans, leur fille

Le Solitaire, 28 ans, cousin du Fonceur, du côté de son père
L'Affectueuse, 28 ans, sa compagne
Courlis, 9 ans, leur fils
Félin, 18 ans, frère du Solitaire

L'Énergique, 18 ans, sa compagne, originaire du groupe des Détours-Réussis
Colombin, 1 an, leur fils

L'Élégant, 18 ans, fils aîné de Mégacéros et Étagne
Saïga, 18 ans, sa compagne, originaire du groupe des Infini-Percé

Groupe familial des Vole-en-Tête
Symbole : un grand V inversé, pareil à un vol d'oies

Le Solide, 35 ans, chef de famille

Groupe familial des Détours-Réussis
Symbole : un demi-cercle, ouvert vers la droite

Le Malicieux, 25 ans, chef de famille

Groupe familial des Deux-Doigts-Pliés
Symbole : une main en négatif avec trois doigts

Le Discret, 30 ans, chef de famille
La Légère, sa mère

Groupe familial des Infini-Percé
Symbole : un cercle

L'Engourdi, 40 ans, chef de famille
Rousserolle, 35 ans, joueur de flûte
Mammouthe, 20 ans, sculpteuse et graveuse
Harfang, 16 ans, son frère, sculpteur et graveur
L'Astucieux, 16 ans

REPÈRES GÉOGRAPHIQUES

L'océan du Bout-du-Monde : l'océan Atlantique
La Grande-Plaine : la plaine d'Aquitaine
Le fleuve des Oiseaux-qui-Rient : la Garonne
La rivière des Hardes-Folles : la Dordogne
La rivière des Saumons-Bondissants : la Vézère
Le plateau des Millesources : l'ensemble des plateaux qui dominent la Dordogne et la Vézère au nord, dont celui de Millevaches
Les montagnes de l'Est : le Massif central
L'abri des Grandes-Mains-Blanches : l'abri sous roche de la Madeleine, au nord des Eyzies
La vallée des Fuites-au-Galop : la vallée de la Beune, à l'est des Eyzies
La crête des Trois-Regards : la crête de Tursac, au-dessus des Eyzies, entre la Vézère et la Beune
La grotte des Cent-Juments : la grotte des Combarelles, aux Eyzies
L'abri des Petites-Mains-Blanches : l'abri sous roche de Cap-Blanc, dans la vallée de la Beune
La grotte de la Vie et de la Mort : la grotte de Lascaux, à Montignac

1

Parvenus au sommet de la dune, Le Fonceur et L'Élégant se figèrent de surprise et de crainte. Devant l'homme mûr et le jeune homme, l'Esprit de l'Eau s'étendait à perte de vue sous une forme inédite et terriblement menaçante. Il renvoyait vers eux l'éclat du soleil en de multiples facettes éblouissantes ; il hurlait des avertissements à leurs oreilles ; il roulait sur lui-même afin de leur montrer sa puissance infatigable ; son écume blanche cinglait le sable comme des griffes pour les dissuader d'approcher ; et ses embruns odorants emplissaient leurs narines et leur gorge pour leur signifier qu'ici commençait le domaine de l'océan du Bout-du-Monde[1].

Immobiles, le chef des chasseurs et son neveu furent rejoints par le reste de la famille, quatre hommes, six femmes et quatre enfants. Frappés d'effroi, ils se tournèrent vers celle qui connaissait le langage des Esprits : une petite femme aux cheveux gris, coiffée d'un crâne de lion dans lequel étaient plantées deux baguettes de coudrier.

1. L'océan Atlantique, dont le rivage était plus à l'ouest qu'aujourd'hui, d'environ 50 à 80 kilomètres.

Bien qu'elle n'ait encore jamais rencontré l'océan, Licorne-la-Puissante comprit qu'il la bâillonnerait si elle tentait de crier plus fort que lui.

— Océan du Bout-du-Monde, murmura-t-elle, sois bienveillant envers la famille des Quatre-Encoches, du clan des Grandes-Mains-Blanches. Accepte sa visite en ton domaine. Regarde : elle ne comprend plus que quatre chasseurs ! Le cinquième, Félin, a été tué par un bison à l'automne dernier. Et le jeune Guillemot que voici n'est pas prêt à le remplacer. Lors des grandes chasses du clan, les Quatre-Encoches auront beau faire preuve de bravoure, ils ne rapporteront pas assez de viande pour nourrir la famille durant tout l'hiver. Voilà pourquoi le chef Le Fonceur a décidé de constituer pour sa fille aînée, La Gracieuse, une dot exceptionnelle. Il négociera son union en échange de provisions. Pour cette dot, nous avons pensé à tes coquillages. Le voyage est long et périlleux jusqu'à toi. Si certains de nos ancêtres s'y sont risqués, personne de notre connaissance n'a tenté sa chance. Tes coquillages seront reçus comme des merveilles qui chanteront ta gloire pendant plusieurs générations.

Elle se tut et attendit une réponse. Les éblouissants jeux de lumière continuaient, ainsi que les hurlements, le roulement des vagues énormes, le cinglement de l'écume sur le sable et les assauts des embruns. Mais si l'Esprit de l'Eau ne diminuait pas ses manifestations de puissance, il ne les accentuait pas non plus. Elle fit un pas en avant, entamant la descente de la dune vers la plage, lentement, puis avec plus d'assurance. Derrière elle, le petit groupe la fixait avec inquiétude, s'attendant à voir l'océan bondir sur elle et l'avaler.

Arrivant indemne au pied de la colline de sable, Licorne-la-Puissante traversa l'étroite bande de plage et atteignit le bord de l'eau. Les rouleaux explosaient à deux bras de distance, les vagues sifflaient jusqu'à ses pieds, elles venaient enserrer ses chevilles et menaçaient de la renverser… Ce devait être pour la taquiner. L'océan n'aurait eu aucun mal à l'emporter s'il l'avait voulu.

Elle se retourna vers les Quatre-Encoches et leur fit de grands signes : l'océan du Bout-du-Monde les acceptait dans son domaine ! Avec la fougue de leur jeunesse, L'Élégant, Saïga et Iranie s'élancèrent les premiers, le jeune homme bombant le torse, sa compagne riant de lui avec indulgence, et leur amie adolescente émerveillée par l'immensité grandiose du lieu. Les autres adultes se décidèrent à leur suite, entraînant les enfants effarouchés. Mais puisque le soleil brillait de manière accueillante, et que l'océan n'attaquait toujours personne, tous se laissèrent apprivoiser, déposant leurs sacs et leurs mocassins. Sous la plante des pieds, le sable était d'une finesse incroyable. On aurait dit une peau très douce.

Accroupie, Licorne-la-Puissante glissa ses mains sous la surface volatile, chaude et sèche, découvrant en profondeur un sol compact, frais et humide. L'épaisseur moelleuse invitait au repos, aussi la chamane s'allongea-t-elle sur le dos. Quelque chose de dur saillait sous son épaule gauche. Elle se rassit et fouilla, mettant au jour un coquillage d'une grande beauté. En forme de cône et de la taille d'un doigt, il s'enroulait sur lui-même comme une coquille d'escargot. Sa nacre brillait avec des reflets verts. La chamane alla montrer sa trouvaille au Fonceur.

— Regarde ! Le premier présent de la plage. Le premier élément de la dot de ta fille.

— C'est bien, dit le chef avec satisfaction.

Les autres les rejoignaient déjà avec leurs coquillages ;

il suffisait de faire quelques pas d'un œil attentif pour trouver des trésors. Bientôt, sur le conseil de la chamane, Le Fonceur mit le holà au ramassage : et si l'Esprit de la Terre s'offusquait d'être ainsi dépouillé ? Mégacéros, leur meilleur tailleur de silex, s'assit à côté des pièces de nacre. En les prenant l'une après l'autre dans ses mains, il évalua leur épaisseur et la possibilité de les percer à l'aide d'une pointe en os sans les casser. L'Affectueuse, couturière réputée, les tria en fonction de leur taille et de leur forme.

— Les plus gros sont trop lourds pour une parure, fit-elle remarquer.

— Ils peuvent constituer un présent en eux-mêmes, objecta Mégacéros avec le ton méprisant qu'il prenait toujours lorsqu'il s'adressait à une femme ou à un enfant.

L'Affectueuse ne se laissa pas impressionner.

— Qui va les transporter ? Si c'est toi, on les prend tous.

— Je porte déjà de nombreux outils. Un seul silex est bien plus lourd que tous ces coquillages réunis !

— Moi aussi, j'en porte…

— Des aiguilles ! Des perçoirs ! En os, ils ne pèsent rien !

— J'ai aussi ma part de tente !

— Arrêtez, vous deux ! s'emporta le chef. Je veux m'adresser à tous.

Lorsque la famille fut rassemblée autour de lui, il expliqua avec solennité :

— Nous allons prendre ce dont nous avons besoin, ni plus, ni moins. Je garde ce torsadé pour la dot de La Gracieuse, ce grand plat brillant pour le clan des Piégeurs-de-Rennes dont nous allons traverser de nouveau le territoire au retour, et cet autre pour les aléas de la route. Chacun peut choisir un coquillage pour lui, à condition de le porter. Quant à toi, L'Affectueuse, sélectionne ceux qui conviendraient pour une parure d'exception.

— Petits et réguliers, précisa-t-elle. Ils pourront être cousus sur un gilet de peau.

— Parfait. Je n'ai jamais vu ce genre de gilet orné, mais j'imagine qu'ils sont impressionnants. Le futur compagnon de ma fille se sentira très honoré.

Il guetta l'approbation de sa compagne, Aurochs, qu'il obtint aussitôt.

***

Le soleil ne semblait pas vouloir redescendre vers la terre. En prévision de la nuit, ils installèrent pourtant les trois tentes de l'autre côté de la dune, à l'abri du vent : la plus vaste pour le chef Le Fonceur, son futur successeur L'Élégant, leurs compagnes respectives et la progéniture du premier ; une de taille moyenne pour les deux autres couples et leurs enfants ; la dernière, beaucoup plus petite, pour la chamane. Ensuite les hommes sortirent leurs harpons. Dans l'eau limpide et froide, ils n'osèrent faire que quelques pas, inquiets de sentir le sable se dérober sous eux et les vagues tirer sur leurs chevilles. Mais les bancs de poissons semblaient apprécier eux aussi la proximité du rivage, et la pêche fut excellente. De leur côté, les femmes s'éparpillèrent, les unes sur la plage pour ramasser du bois échoué, les autres sous les bosquets de pins et de bouleaux où elles trouvèrent des carottes.

À défaut de galets, Aurochs circonscrivit le foyer grâce à des branches noires et humides rejetées par l'océan. Elle remplit l'intérieur de brindilles sèches qui, au contraire, ne manquaient pas. Celles-ci s'enflammèrent dès qu'elle souffla sur les braises qu'elle transportait dans une cage en bois de renne. Il lui fut facile de nourrir le feu avec le petit bois qui abondait à proximité. Les enfants le lui apportaient tout en jouant et en gambadant. Bien qu'ils ne soient que quatre, Fuligule, Courlis, Marouette, Guillemot, elle ne cessait de vérifier leur présence ; ce lieu inconnu pouvait recéler des dangers insoupçonnés. C'était une chance pour les Quatre-Encoches d'avoir en ce moment une progéniture réduite. Au cours de l'hiver précédent, L'Affectueuse avait perdu un nouveau-né et Étagne un bébé de 1 an, ce qui les avait tous attristés. Mais jamais Le Fonceur n'aurait envisagé ce périple jusqu'à l'océan si une femme avait porté un enfant sur son dos, en plus de son chargement.

Assise un peu plus loin à l'ombre d'un bouleau, Licorne-la-Puissante remerciait les Esprits d'avoir conduit les Quatre-Encoches jusqu'ici. Elle leur demandait de supporter encore l'intrusion du groupe durant la nuit et le matin suivant.

— Je peux venir près de toi ?

Elle sourit à Iranie qui attendait sa réponse à quelques pas de distance.

— Avec plaisir. Je viens de terminer ma prière aux Esprits.

Ce n'étaient pas des paroles de politesse. Elle avait espéré sa venue. La jeune fille s'assit, pleine de douceur et de grâce.

— Tu es souvent seule, dit-elle.

— C'est le destin des chamanes.

— Les autres ont un peu peur de toi.

— Mais pas toi, Iranie.

— Non. Moi, je suis très contente que tu voyages

avec nous. Tu sais, je t'observe quand tu parles aux Esprits. Je me demande ce que tu leur dis exactement. Et quand tu soignes quelqu'un, je cherche à reconnaître la plante que tu sors de ton sac.

— J'ai remarqué.

— J'espère que cela ne te dérange pas, Licorne-la-Puissante.

— Pas du tout.

— Depuis combien de temps es-tu la chamane du clan ?

— Je suis devenue l'apprentie de Licorne-la-Puissante l'Ancienne à l'âge de 14 printemps. J'en avais 19 quand son âme s'est envolée et que l'ensemble de ses pouvoirs m'ont été transmis.

— 14 printemps, c'est mon âge…

— Je sais.

— Quand as-tu voulu devenir chamane ?

— J'étais une toute petite fille.

— Que s'est-il passé ?

— J'ai découvert que j'avais un don de divination. J'avais perdu très tôt ma mère, puis mon père, et peut-être les Esprits m'ont-ils offert ce don pour m'aider à survivre. Je savais lire sur les visages le moment où quelqu'un était prêt à partager avec moi de la nourriture, un outil, une pièce de fourrure… Quand la chamane du clan a proposé de me former, je n'ai pas hésité.

Elles restèrent pensives un instant.

— Cela fait fort longtemps que tu vis seule dans ta grotte sacrée, reprit Iranie. Tu aimes être avec nous en ce moment ?

Licorne-la-Puissante sourit, touchée par l'attention de la jeune fille.

— C'est intéressant pour moi de partager le quotidien d'autres humains. Souvent amusant. Parfois fatigant.

— Tu ne regrettes pas de nous avoir accompagnés ?

— Absolument pas. Je suis ravie de découvrir l'océan du Bout-du-Monde. L'Esprit de l'Eau se manifeste ici d'une manière très différente de tout ce que je connaissais.

— Moi aussi. Cet endroit est extraordinaire ! Je ne l'oublierai jamais.

— Mais, tu sais, ce n'est pas par goût des nouveautés que j'ai participé à cette aventure. J'ai 40 printemps. Je ne peux prendre le risque que le clan se retrouve sans chamane. Il est temps que je forme celle qui me succédera.

Licorne-la-Puissante fit une pause. La fille cadette du Fonceur et d'Aurochs attendit la suite avec sérénité.

— Tu es sensible et courageuse, Iranie. Tu as le désir d'aider les autres, et l'humilité face à la force imprévisible des Esprits. Pendant ces deux lunes vécues ensemble, mon intuition a été confirmée. Tu aimerais devenir mon apprentie ?

La joie illumina le visage de la jeune fille.

— Oh, oui ! J'attendais que tu me le demandes !

— Tu comprends que, si tu deviens chamane, tu ne seras la compagne de personne ? Tu n'auras pas d'enfants ? Tu vivras seule la plupart du temps ?

— Bien sûr. Mais je serai très utile et j'apprendrai beaucoup de choses passionnantes !

— Tu préfères y réfléchir encore ?

— Non. Je veux la même vie que toi.

Son enthousiasme émut la chamane. Elle eut hâte de lui transmettre ses enseignements. Il ne leur manquait que l'accord de ses parents. Licorne-la-Puissante aborda le sujet après le repas, lorsque tous furent rassasiés. Le poisson grillé avait une saveur nouvelle, rehaussée et pourtant subtile, délicieuse – grâce à l'eau salée. Ils s'en léchaient les babines d'un air songeur lorsqu'elle s'adressa au Fonceur :

— Cela fait presque trois lunes que nous avons quitté la vallée des Grandes-Mains-Blanches. Les Esprits nous ont été favorables. Ils n'ont pas levé le vent de sable qui nous aurait empêchés d'atteindre la côte. Personne n'a été blessé ni malade. Nous allons rapporter de quoi honorer celui qui s'unira à La Gracieuse.

La jeune fille mentionnée se redressa avec fierté, repoussant une mèche échappée de la queue-de-cheval qu'elle avait pris le temps de renouer avant le repas.

— Ta protection a été efficace, Licorne-la-Puissante, reconnut le chef des chasseurs.

— Ce voyage a été important pour une autre raison. J'ai interrogé les Esprits tout le long du chemin. Ils souhaitent qu'Iranie soit la prochaine chamane du clan.

Le Fonceur sursauta ; Aurochs poussa un cri ; La Gracieuse lança un regard mécontent vers sa cadette, dont le prestige allait être supérieur au sien ; les autres se tournèrent avec étonnement vers celle qui avait été désignée par les Esprits.

— Avec votre approbation, poursuivit Licorne-la-Puissante, Iranie s'installera chez moi dès notre retour. Elle deviendra une chamane puissante, celle dont le clan aura bientôt besoin. Les Esprits m'avertissent tous les jours que je dois songer à ma succession.

Si son corps conservait sa souplesse et son endurance, elle était maintenant gênée par sa vue déclinante. L'autre matin, elle avait failli confondre une grande ortie avec une ortie brûlante, et préparer un onguent qui irrite la peau au lieu de la fortifier.

Le Fonceur regarda sa deuxième fille, qu'il trouvait moins jolie que l'aînée. Attentionnée comme sa mère, elle aurait fait une meilleure compagne pour un homme que La Gracieuse, qui était trop coquette ; mais quel chasseur de 17 printemps choisissait selon ces critères ?

— Toi, Iranie, qu'en penses-tu ? demanda Aurochs d'une voix tremblante.

— C'est bien ainsi. Je suis tellement heureuse !

Elle sourit à Licorne-la-Puissante avec une confiance sans limites. Des larmes perlèrent aux yeux d'Aurochs, qui les essuya du revers de la main. C'était le destin des mères d'être séparées de leurs filles, car celles-ci s'unissaient hors de leur groupe d'origine. Mais les mères et les filles cohabitaient de nouveau chaque hiver dans l'abri des Grandes-Mains-Blanches, tandis que la chamane avait son refuge un peu à l'écart. Aurochs ne reverrait Iranie qu'au chevet des membres du clan qui se blesseraient, tomberaient malades ou accoucheraient, et lors des cérémonies sacrées. Entre elles se dresserait une falaise infranchissable, faite de secrets trop différents. Jamais Iranie ne vivrait la magie des sexes qui se frottent l'un dans l'autre ni celle du ventre qui façonne un petit humain, et jamais sa mère ne soupçonnerait la manière dont on peut dialoguer avec les Esprits. Ces connaissances impossibles à raconter feraient d'elles des étrangères l'une pour l'autre… Cependant, sa fille avait tranché, et elle s'efforcerait de se réjouir avec elle.

— Je comprends, dit-elle.

— Puisque tout le monde est d'accord, Iranie sera ton apprentie, Licorne-la-Puissante, conclut Le Fonceur.

***

La gravité de cette décision en fut-elle la cause ? Ou bien le feulement incessant de l'océan derrière la dune ? Presque personne ne dormit d'une traite cette nuit-là sous les deux grandes tentes. Nombreux furent ceux qui se levèrent pour soulager un besoin naturel ; plusieurs, las de se tourner et de se retourner sous leur couverture en fourrure, préférèrent se promener un moment à la lueur des étoiles. Au contraire, le sommeil de Licorne-la-Puissante fut profond et réparateur. La perspective d'expliquer à une jeune fille qui en était digne tout ce qui constituait sa vie : les remèdes, les gestes qui soignent, les incantations, le récit du commencement du monde – sujets dont elle ne pouvait jamais discuter avec personne – l'emplissait de joie. Son savoir redoublait de valeur à ses yeux maintenant qu'il allait être transmis. Lorsque son âme s'envolerait, la chamane n'aurait aucun regret. Elle aurait pleinement occupé sa place, entre Licorne-la-Puissante l'Ancienne qui l'avait formée et Iranie qu'elle aurait formée à son tour, pour le bien du clan.

Reposée, elle fut la première à se réveiller le matin suivant ; la lumière commençait à peine à blanchir les parois de sa tente. Impatiente de découvrir la plage dans l'aube naissante, elle enfila ses mocassins, mit autour du cou son collier de dents de loup, posa le crâne de lion sur ses cheveux gris, et sortit. La dune qu'elle gravissait se trouvait dans l'ombre et elle trébucha contre une branche poussée par le vent. Lorsqu'elle atteignit le sommet, elle découvrit avec surprise que l'océan avait reculé vers l'horizon. Il ne mugissait plus ; ses vagues ne frappaient plus le sable avec violence ; il était aussi paisible qu'un lac.

Curieuse, Licorne-la-Puissante s'avança dans sa direction. Le soleil placé bas dans son dos éclairait la plage avec netteté. Il soulignait la moindre aspérité du sable, révélant la présence d'innombrables coquillages. Peut-être la chamane avait-elle été naïve de craindre le mécontentement de l'Esprit de la Terre si les

Quatre-Encoches en ramassaient trop. Mais elle conseillait toujours la prudence quand elle n'avait aucune idée de la réaction possible des puissances mystérieuses.

Loin devant elle, elle nota la présence, sur le rivage, d'une forme que les vagues recouvraient et découvraient tour à tour – probablement un tronc d'arbre échoué. Ou plutôt, quelque animal marin décédé, car la forme n'était pas polie et noircie par un long séjour dans l'eau… mais plus pâle et plus complexe, hérissée d'une fourrure mouillée…

C'était un être humain ! Licorne-la-Puissante se mit à courir vers le corps inanimé, allongé face contre terre, mince, aux longs cheveux blonds. La Gracieuse avait les cheveux châtains ; Saïga était brune. Au comble de l'angoisse, la chamane retourna le corps inerte. Elle avait bien reconnu sa chère Iranie !

Avec peine, elle prit dans ses bras la jeune fille aux vêtements alourdis par l'eau. Comme ses lèvres étaient grises !

Elle n'avait pas la force de la porter jusqu'au campement. Elle la déposa au sec, retirant sous elle les coquillages qui auraient pu la blesser.

Mais cette précaution était inutile. Jamais plus Iranie ne sentirait sur sa peau le piquant d'un coquillage. Jamais plus elle n'aurait mal, ou froid, ou peur. Ses yeux ne pétilleraient plus d'ardeur ; elle ne sourirait plus à personne avec douceur. Son âme avait quitté son corps et s'était envolée. Très loin. Sans retour. Au pays du Long-Repos.

2

Les hommes creusèrent un trou de l'autre côté de la dune. Malgré sa douleur, Aurochs installa le cadavre de sa fille dans la position qu'elle préférait pour dormir : sur le côté droit, les jambes repliées. Incrédule et malheureux, Le Fonceur déposa auprès d'elle le coquillage qu'elle avait choisi la veille sur la plage. La petite Fuligule, en pleurs, ajouta le sien. Enfin, Licorne-la-Puissante retira de son collier une dent de loup, qu'elle plaça dans la main déjà rigide. Hier soir, ce visage à peine sorti de l'enfance était animé par l'enthousiasme ; ce matin, le regard était fixe et le corps insensible. Compréhensible ou mystérieuse, la mort suscitait toujours chez la chamane un mouvement de révolte ; mais celle d'Iranie la bouleversait au plus haut point. La jeune fille n'avait pas eu le temps d'accomplir son destin, et elle-même était privée de son apprentie.

— Les Esprits n'oublieront pas qu'ils l'avaient choisie, assura-t-elle.

— Tu t'es peut-être trompée, risqua La Gracieuse. Peut-être que les Esprits ne voulaient pas de ma sœur comme chamane.

Frappés par cette idée, les Quatre-Encoches se tournèrent vers Licorne-la-Puissante, anxieux de sa réponse.

Elle chercha les mots justes qui les apaiseraient. Mais ils se dérobaient.

À travers ses larmes, Saïga, l'amie d'Iranie, contempla la chamane comme si elle la voyait pour la première fois. Ses yeux étaient embués. Sous le crâne de lion et les deux baguettes de coudrier, elle avait le visage fatigué des femmes de son âge. Malgré un nom qui la plaçait sous la protection d'un animal mythique, Licorne-la-Puissante avait conservé toute la fragilité d'un être humain.

— Ou peut-être les Esprits ne voulaient-ils pas de nous sur la plage, suggéra L'Élégant, brisant le silence.

Dans les deux cas, la coupable était la chamane qui n'avait pas su interpréter leurs désirs.

— Je suis certaine que nous ne les dérangions pas. Et qu'ils avaient désigné Iranie pour me succéder. Les Esprits ne sont pour rien dans ce drame.

La fermeté de son ton mit fin aux questions. Les femmes et les enfants jetèrent dans la tombe les fleurs qu'ils avaient trouvées, de grands chardons violacés, puis les hommes à genoux repoussèrent les monticules de sable vers le trou. En quelques instants, le jeune corps d'Iranie fut enseveli. Les Quatre-Encoches n'avaient plus qu'une envie : quitter le bord de l'océan. Avant même qu'un signal soit donné par le chef des chasseurs, les fourrures et les outils réintégrèrent les sacs, les peaux des tentes furent roulées, les piquets rassemblés et attachés, le feu étouffé. Seule Licorne-la-Puissante osa grimper une dernière fois sur la dune pour saluer l'Esprit de l'Eau.

— Les Esprits n'étaient peut-être pas d'accord entre eux. Certains acceptaient notre présence sur la plage, et pas les autres, murmura Étagne à l'intention de L'Affectueuse.

— Je pense qu'ils n'aiment pas les visites pendant la nuit, répondit son amie. Ils doivent jouer à des jeux auxquels les humains n'ont pas le droit d'assister.

Elles frissonnèrent, sans pouvoir détacher leur regard de la chamane face à l'océan. Il serait facile pour le vent de renverser la petite femme mûre, de la faire rouler jusqu'au pied de la dune et de l'étouffer dans un tourbillon de sable. Voilà comment les Esprits agiraient si elle avait mal interprété leurs volontés.

Mais rien ne se passa. Lorsqu'elle les rejoignit, chacun prit sa place dans le convoi. Les chasseurs les plus rapides, Le Fonceur et L'Élégant, marchaient en tête. Au centre, les femmes et les enfants étaient soudés par la peur et l'incompréhension. L'arrière-garde protectrice – comme on l'appelait avec diplomatie – était constituée de Mégacéros et du Solitaire. Le premier, de haute taille, à cause d'une malformation des pieds qui le faisait souvent trébucher, le second, petit et maigre, parce qu'il répugnait au moindre risque. Quant à Licorne-la-Puissante, elle suivait en ramassant des plantes pouvant lui être utiles.

Ils s'orientèrent en suivant les traces laissées à l'aller, préservées par l'absence de pluie des derniers jours. Pendant une demi-lune, ils traversèrent une plaine pareille à un océan d'herbes hautes où rien ne faisait obstacle au vent, où rien n'arrêtait le regard, sinon les rideaux d'arbres le long des rivières sinueuses, les hardes de bisons, de cervidés ou de mammouths qu'ils se gardaient d'approcher. Les hommes chassaient à la sagaie des lagopèdes, des chouettes harfangs, des oies, tandis que les femmes cueillaient des choux, déterraient des raves ou des panais. Nez en l'air, les enfants étaient les premiers à repérer les nids dont ils allaient chercher les œufs. Les chasseurs restaient aux aguets, une mauvaise rencontre étant toujours possible avec un serpent, un félin, ou une louve défendant ses petits. Pour se protéger des moustiques, ils s'enduisaient le visage et les mains d'argile rouge.

Secouée par la mort d'Iranie, la chamane regrettait une solitude qui l'aurait aidée à réfléchir. Qu'était-il arrivé à la jeune fille pendant qu'elle-même dormait d'un sommeil de plomb ? Pourquoi s'était-elle rendue au bord de l'océan dans la nuit ? Y avait-elle été menée de force ? Comment s'était-elle noyée ?

Une fin d'après-midi, les cris perçants des mouettes avertirent les Quatre-Encoches qu'ils approchaient du fleuve des Oiseaux-qui-Rient[1]. À l'aller, ils avaient débattu de la meilleure manière de traverser le lit large et peu profond, dont les bras s'entremêlaient comme une natte de femme. Forts de leur première expérience, ils retirèrent leurs mocassins et leurs pantalons ; leur pudeur était préservée par un pagne en peau de renne. Les enfants sur les épaules, ils descendirent en file indienne dans l'eau trouble, leurs pieds s'enfonçant dans l'argile glissante. Mégacéros, le plus grand d'entre eux, progressait en tête.

Sur l'autre rive, ils jetèrent des regards inquiets vers le ciel qui se chargeait de gros nuages violacés, opaques comme des galets. Les oiseaux s'étaient tus. Des rafales écrasaient les herbes et mugissaient. En se rhabillant, ils cherchèrent des yeux un abri. Les seuls arbres des environs se trouvaient au bord du fleuve, dont le niveau risquait de monter. Aucune grotte n'existait dans cette plaine au relief mou. Les buttes qui les entouraient se valant toutes, Le Fonceur prit un air assuré pour en désigner une au hasard. Les hommes se hâtèrent d'y

1. La Garonne, au sud de Bordeaux.

planter la tente la plus vaste, et les femmes d'y rassembler les sacs et les enfants. Ils se serrèrent à l'intérieur et, puisque la violence du vent interdisait d'allumer un feu, ils fermèrent l'ouverture de l'entrée grâce à ses boutons de bois de renne. Dans la pénombre, Licorne-la-Puissante n'avait pas besoin de compenser par un air digne cette promiscuité inhabituelle.

Le tonnerre éclata, roulant dans la plaine comme un discours chargé de colère. La lueur d'un premier éclair frappa la tente et laissa entrevoir les visages terrorisés. C'est alors qu'un bruit retentit. On aurait dit un gigantesque raclement de gorge. Il semblait tout proche. Étagne poussa un cri d'angoisse, Marouette se mit à pleurer, pendant que les autres s'interpellaient :

— Tu as entendu ?

— Qu'est-ce que c'était ?

— Un barrissement ?

Près de l'entrée, Saïga écarta deux pans de peaux pour voir à l'extérieur. Lorsqu'un nouvel éclair zébra le ciel, la jeune femme aperçut des animaux d'une taille monstrueuse, couverts d'une énorme masse de laine sombre. Ils s'approchaient en levant vers le ciel leurs défenses blanches recourbées, pareilles à des lunes montantes.

— Des mammouths !

— Ils vont nous écraser ! s'affola Étagne.

— Crie plus fort, pour le cas où ils ne nous auraient pas vus ! lança Mégacéros, furieux.

— Tu crois qu'ils nous entendent, avec ces grondements du tonnerre ? se moqua L'Affectueuse.

— Une harde ? Des adultes ? Des petits ? interrogea Le Fonceur pour maîtriser sa propre peur.

— Trois adultes… Probablement des femelles parce qu'il y a un petit, répondit Saïga.

— Esprit du Feu, Esprit de l'Eau, Esprit du Vent, Esprit de la Terre, protégez-nous, implora Licorne-la-Puissante avec solennité. Nous avons déjà perdu une jeune fille ! Laissez-nous achever la traversée de la Grande-Plaine !

Glacés par le sentiment de leur vulnérabilité, tous se turent, écoutant les barrissements qui répondaient au fracas du tonnerre. Dans l'attente d'un drame, le temps semblait s'être arrêté. Saïga regarda de nouveau à travers la fente, guettant le prochain éclair.

— Le petit est tombé dans la rivière ! s'écria-t-elle. Sa mère essaie de le tirer de là… Il est accroché à sa trompe… Il veut grimper sur la rive… Il glisse…

Elle fut interrompue par l'averse. Pendant que la pluie fouettait la terre, le vent se calma et l'orage s'éloigna. Sans les éclairs, l'obscurité était totale : inutile que Saïga tente d'apercevoir quoi que ce soit au-dehors. Les gouttes d'eau faisaient résonner la peau tendue de la tente comme des milliers de mains sur un tambour. Le seul bruit qui rivalisait avec ce fond sonore était celui des éternuements des uns et des autres. Les Quatre-Encoches sortirent des sacs toutes leurs fourrures et les mirent sur leurs épaules.

Licorne-la-Puissante pensa avec compassion à la femelle géante qui luttait pour sauver son petit. Bien que les Esprits aient des pouvoirs invraisemblables, ils étaient sans pitié. Ils s'en prenaient de préférence aux plus faibles, y compris chez les humains. Voilà pourquoi ces derniers choisissaient pour leurs enfants des noms légers, ceux d'oiseaux, vite aperçus, vite enfuis : Iranie, Guillemot, Courlis, Fuligule, Marouette. Ils ne voulaient pas attirer l'attention sur eux en révélant à quel point ils les chérissaient. À ceux qui survivaient jusqu'à l'âge adulte, la chamane trouvait une appellation évocatrice de leur caractère, et qui les plaçait sous la protection d'un animal vigoureux. Dans quelques lunes, Iranie serait devenue Licorne-la-Puissante la Jeune…

La pluie tombait toujours, drue, soulevant les tapis de sol et inondant la tente.

— On va se retrouver dans la rivière, gémit Étagne.

— Pourquoi on ne se sauve pas, maman ? demanda Fuligule.

— Pour aller où, ma chérie ?

Assis dans l'eau, les enfants sur les genoux, sans dormir, les Quatre-Encoches patientèrent. Ils n'avaient qu'une source de réconfort : le fait d'être ensemble. Ils partageaient le même effroi du présent, le même espoir de voir l'aube suivante.

***

La pluie s'adoucit. Puis s'arrêta, laissant place à un premier rayon de soleil, merveilleux. Saïga ouvrit la porte de la tente.

— Nous voilà sur une île !

Pendant la nuit, le fleuve s'était étendu au-delà de la butte. Plantant sa sagaie dans l'eau brune, Le Fonceur s'aperçut qu'elle ne touchait pas le fond. Comment allaient-ils rejoindre l'autre rive ? S'ils attendaient la décrue, ils mourraient de froid, faute de branchages secs pour entretenir le feu. Certains toussaient déjà à s'en arracher la gorge, comme sa petite Fuligule. Le chef fut pris de colère : les Esprits oseraient-ils lui enlever la benjamine juste après la cadette, alors que l'aînée allait les quitter pour une autre famille ?

Des éclats de voix lui firent tourner la tête. Regroupés de l'autre côté de la tente, les Quatre-Encoches commentaient quelque chose avec passion. Il s'empressa de les rejoindre et découvrit un spectacle incroyable : un mammouth femelle, inerte, son corps énorme plongé dans l'eau jusqu'au garrot. L'arrière de la tête était coincé par un tronc de bouleau. La mammouthe avait glissé dans le fleuve pendant qu'elle tentait de lui arracher son petit ; elle avait alors été frappée à la nuque par l'arbre arraché à la rive. Assommée, la face dans l'eau, elle s'était asphyxiée. Coincé en bas de la pente, le petit vivait toujours et continuait de s'agiter.

Le Fonceur sentit l'excitation enivrer ses entrailles comme un breuvage de cérémonie sacrée. Le mammouth était une créature hors du commun, d'une force considérable. Les humains ne se risquaient jamais à le chasser. Mais un animal gisait au pied de leur tente, offert par les Esprits ! Une corde autour de la taille, Mégacéros et L'Élégant descendirent dans l'eau froide et opaque ; tenant l'autre bout, Le Fonceur et Le Solitaire se préparaient à les retenir s'ils dérapaient. En tâtonnant, les chasseurs trouvèrent chacun le haut d'une cuisse. Ils enfoncèrent leur lame de silex dans la peau épaisse. Au prix d'un effort soutenu, ils découpèrent la chair autour de l'articulation, qu'ils tranchèrent d'un coup bien dirigé. Avec fierté, ils brandirent leurs trophées presque aussi grands qu'eux, trempés d'eau boueuse, sanguinolents. Ils furent acclamés.

Pendant ce temps, Aurochs, Étagne et L'Affectueuse sacrifièrent les piquets des tentes pour allumer un feu ; les enfants vinrent s'y réchauffer. Elles s'attaquèrent à la viande de mammouth, retirèrent la peau et rassemblèrent les tendons. Une partie fut mise à cuire. Chacun put avaler un peu de moelle, avant que les os n'aillent alimenter le foyer. Dès qu'il y eut assez de braises, Aurochs fit bouillir de l'eau du fleuve dans un récipient de peau. Elle y jeta la cervelle qu'elle assaisonna d'herbes tirées de son sac. De son côté, Licorne-la-Puissante fit boire à ceux qui toussaient une boisson aux écorces de saule.

Au cours du lent dépeçage de la dépouille, les chasseurs échangèrent les rôles. Fasciné, Guillemot se précipitait pour attraper les morceaux qu'ils lui tendaient et les apporter aux femmes ; il était partagé entre le désir et la crainte d'être bientôt un adulte. Quand les quatre pattes, le crâne et la trompe furent découpés, l'aide de tous fut nécessaire pour tirer sur l'île les restes de la carcasse. Le soleil, l'absence de vent, la vision de cette nourriture abondante et des gigantesques défenses, tout galvanisait les Quatre-Encoches.

— Nous allons attendre ici quelques jours, décida Le Fonceur, traduisant le désir général.

Ils avaient besoin de reprendre des forces. D'autres prédateurs seraient bientôt appâtés par l'odeur de l'animal en décomposition, déjà couvert de mouches. Mais le fleuve élargi les protégeait.

À l'exception des enfants, ils avaient oublié le petit mammouth. Bien que l'animal ait cessé de lutter contre la vase, son œil affolé continuait de suivre leurs allées et venues.

— Son agonie est une souffrance inutile, fit remarquer Licorne-la-Puissante au chef des chasseurs. Elle peut attirer sur nous le mécontentement des Esprits.

— Tu as raison. Ce n'est pas le moment de les irriter par négligence !

Plus personne ne murmurait que les Esprits ne leur étaient pas favorables ni que la chamane ne savait pas intercéder pour eux. L'Esprit de l'Eau venait de leur prouver le contraire. Le Fonceur lança sa sagaie vers le cœur du petit mammouth. La trompe se leva une dernière fois puis retomba ; l'œil se figea ; le corps laineux s'affaissa dans la boue.

Licorne-la-Puissante n'en fut guère soulagée. Chaque fois que son regard tombait sur le cadavre allongé dans l'eau, elle revoyait Iranie sans vie dans les vagues. La chamane était moins naïve que les autres : elle savait que les Esprits pouvaient se montrer très généreux et, l'instant d'après, impitoyables. Mais la mammouthe s'était mise en danger en tentant de sauver son petit, ce qui avait permis à l'Esprit de l'Eau de l'agresser. Pendant la nuit fatidique, aucune vague n'était passée par-dessus la dune pour entraîner Iranie dans l'océan ! S'ils l'avaient voulu, l'Esprit du Vent aurait fait s'envoler la tente, l'Esprit du Feu l'aurait réduite en fumée, l'Esprit de la Terre aurait déclenché un séisme. Puisque nul événement de cet ordre ne s'était produit, aucun des Esprits n'était responsable de la mort de la jeune fille.

Iranie n'avait pas non plus mis fin à ses jours, la chamane en était certaine. Rares étaient ceux qui désiraient mourir : soit ils enduraient de grandes souffrances, soit ils étaient une charge trop lourde pour leur famille. Or son apprentie était pleine de santé, radieuse d'avoir été choisie, impatiente d'apprendre les secrets des chamanes.

Alors, comment s'était-elle retrouvée de nuit sur la plage ? Quelqu'un l'aurait-il persuadée de l'y accompagner ? Quelqu'un en qui elle avait confiance… et qui l'aurait tuée ? Ou bien, se promenant seule au bord de l'eau, aurait-elle été suivie et agressée… peut-être assommée avant de se noyer, comme la mammouthe… ?

Pendant leur traversée de la plaine, au retour comme à l'aller, jamais un autre feu que le leur n'avait dressé sa fumée dans le ciel. Les feux se remarquent de très loin. Aucun humain ne peut s'en passer longtemps. Iranie avait donc été assassinée par un Quatre-Encoches.

3

Seule à une extrémité de l'île, Licorne-la-Puissante méditait.

Les animaux sont nos cousins, et pourtant, nous, les humains, nous distinguons d'eux tous, se disait-elle. Chez les mammouths, les bisons, les cerfs ou les rennes, les femelles vivent en groupe pour mieux protéger leurs petits ; les mâles sont solitaires, sauf à la saison des accouplements où ils s'affrontent, parfois jusqu'à la mort. Mais nous, les humains, n'avons pas de longs poils de laine qui poussent sur notre dos ; l'herbe ne suffit pas à nous nourrir ; nos petits restent fragiles et dépendants très longtemps. Pour survivre, nous devons nous entraider tout au long de l'année. Les hommes ne s'opposent pas en de terribles combats avant que le vainqueur ne s'accouple brièvement avec toutes les femmes ; chacun a sa compagne attitrée, avec qui il s'accorde tant bien que mal. Parmi nous, si les querelles sont fréquentes – et pas seulement entre les mâles –, les meurtres sont rarissimes. Là réside la noblesse de notre espèce.

Licorne-la-Puissante le savait : dans les groupes où l'on se côtoyait à chaque instant de l'enfance à la mort, sans espoir de se séparer un jour, il arrivait que la haine ne soit plus contrôlable. Au cours de son existence, elle avait entendu parler, une fois, d'un homme qui en avait tué un autre. Le meurtrier était un chasseur incapable qui laissait le gibier s'échapper. Son frère, qui ne ratait jamais sa cible, prenait un grand plaisir à se moquer de lui. Il l'avait surnommé : « tête-de-renne », car cet animal était réputé pour sa bêtise : il tombait dans tous les pièges. Mécontents de ce chasseur maladroit, les autres toléraient cette maltraitance. Jusqu'au jour où, fou de rage, le chasseur médiocre avait tué l'arrogant d'une sagaie lancée à bout portant. La chamane avait banni le meurtrier du clan, ce qui, pour un homme malhabile, équivalait à une condamnation à mort durant l'hiver suivant.

Mais, sensible et généreuse, Iranie ne se moquait jamais des autres. Personne n'avait eu à souffrir de sa présence. Pourquoi aurait-elle attiré la haine ? Et de qui ? Stupéfaite, Licorne-la-Puissante découvrait la gravité des tensions entre les Quatre-Encoches. C'était comme une blessure invisible révélée quand un malade crache du sang. Son devoir de chamane était de comprendre qui était l'assassin, et de rétablir au plus vite l'harmonie du groupe.

Elle éprouva le besoin d'imaginer ensemble chacun de ses membres. À l'aide d'un éclat de silex, elle commença par tracer des signes simples dans l'argile : un grand carré pour un chasseur, un grand rond pour une femme, un carré ou un rond plus petit pour un enfant. À l'intérieur, elle dessina de manière schématique l'animal protecteur de chacun. Puis elle joignit symboliquement les personnes d'un trait double pour les liens du sang, d'un trait simple pour les unions.

La famille des Quatre-Encoches ne comprenait plus que quatre chasseurs : Le Fonceur, âgé d'une quarantaine d'années ; Mégacéros, son frère un peu plus jeune ; Le Solitaire, leur cousin de 30 ans environ – dont le défunt Félin était le cadet. La relève avait commencé avec L'Élégant, 18 ans, le fils aîné de Mégacéros. D'ici un an ou deux, se joindrait à eux un cinquième chasseur, son frère Guillemot, 14 ans. Plus tard, ce serait le tour de Courlis, 9 ans, dont Le Solitaire était le père. Parmi les enfants du Fonceur, aucun garçon n'avait survécu. Le chef préparait sa succession en transmettant son expérience à l'aîné de ses neveux, L'Élégant.

Les liens du sang unissaient exclusivement les hommes ; les femmes étaient choisies à l'extérieur du groupe, dans le clan des Grandes-Mains-Blanches. Après l'accident qui avait tué Félin, sa compagne L'Énergique était retournée vivre dans sa famille d'origine, celle des Détours-Réussis. Elle avait emmené leur unique enfant, un garçon nouveau-né. Qui avait pris cette décision ? se demanda Licorne-la-Puissante. Les parents de la jeune femme, qui s'inquiétaient de la savoir sans compagnon ? La mère de 18 ans qui espérait fonder une nouvelle union ? Le Fonceur qui ne voulait pas nourrir une femme encombrée d'un bébé, parce qu'il préparait leur périple jusqu'à l'océan ? Il serait intéressant de le savoir.

La chamane se concentra de nouveau sur son dessin. Aurochs était la seconde compagne du Fonceur – la précédente était morte en couches quand il était beaucoup plus jeune. Ses trois filles avaient toutes été mises au monde par Aurochs : La Gracieuse, Iranie et Fuligule. Après s'être uni une première fois dans un élan d'amour, le chef avait choisi, quelques années plus tard, la compagne idéale qui l'aiderait à diriger les Quatre-Encoches : calme, efficace et conciliante. Aurochs et Le Fonceur semblaient heureux. Ce n'était pas le cas de deux autres couples, qui se disputaient constamment. Étagne et Mégacéros étaient les parents de L'Élégant, de Guillemot et de la petite Marouette, âgée de 5 ans. L'Affectueuse et Le Solitaire n'avaient qu'un enfant survivant : Courlis.

Quel serait l'avenir de Saïga et L'Élégant ? Ensemble depuis trois lunes, ils vivaient le printemps de leur amour. Sans être une beauté avec son nez un peu fort qui évoquait l'antilope saïga, la jeune femme avait un tempérament entreprenant et une confiance en elle qui contribuaient à son charme ; elle avait été l'amie d'Iranie malgré leurs quatre ans d'écart. Son compagnon, pris en charge dès sa jeunesse par Le Fonceur, avait davantage le caractère de son oncle que celui de son père.

Son schéma achevé, Licorne-la-Puissante le contempla un long moment. L'agresseur d'Iranie pouvait-il être un enfant ? Guillemot, du même âge qu'elle, avait une tête de moins, des épaules étroites et des bras fluets. Mais s'il s'était approché par-derrière, armé d'une souche comme il y en avait tant sur la plage ? Aurait-il eu assez de force pour l'assommer ? Ce n'était pas impossible.

Le meurtrier pouvait-il être une femme ? En général plus petites que les hommes, elles étaient aussi robustes qu'eux. Dans un combat au corps à corps, toutes celles du groupe auraient triomphé de la jeune fille. Les gens disaient que jamais des femmes ne retireraient la vie à d'autres humains, parce qu'elles l'offraient à leurs enfants au péril de la leur, au prix d'une grande souffrance. Mais Licorne-la-Puissante savait que cette idée était fausse. Pourquoi ne développeraient-elles pas, comme les hommes, des rancœurs, de la jalousie, de la haine, et ne céderaient-elles pas à un mouvement de colère ?

En lissant la glaise de la main, la chamane effaça les symboles qui représentaient Le Fonceur et Aurochs. Impossible de soupçonner du meurtre de leur fille ces parents aimants ; nul ne pouvait douter de leur douleur et de leur incrédulité quand on avait découvert son cadavre. Cela laissait huit meurtriers potentiels. Plusieurs lui semblaient improbables mais elle ne voulait pas les exclure sans certitude. Avant d'effacer son schéma, elle fixa dans sa mémoire les quatre grands carrés et les quatre grands ronds restants ; ils représentaient les couples Mégacéros et Étagne, Le Solitaire et L'Affectueuse, L'Élégant et Saïga, le jeune Guillemot, et enfin La Gracieuse, la sœur aînée d'Iranie. Lequel d'entre eux avait assassiné son apprentie ?

***

Au moment du départ – les sacs prêts, les enfants rassemblés, une passerelle de corde fixée de l'île au rivage –, Le Solitaire interpella le chef :

— Que fait-on de la seconde défense ?

— Elle reste là.

Agenouillé près du trophée, Le Solitaire caressa l'ivoire, merveilleusement lisse, d'une teinte subtile, qui avait appartenu au plus redoutable des animaux. Avant de prendre la première défense sur ses épaules, Le Fonceur venait de répartir le contenu de sa besace entre les adultes, ne gardant que ses armes. Le chargement atteignait déjà les limites de ce que les Quatre-Encoches pouvaient supporter en marchant une grande partie de la journée. Ils ne conserveraient sur eux que le strict nécessaire en eau et en nourriture, ce qui les contraindrait à s'arrêter souvent. Mais grâce à l'ivoire et aux coquillages, la dot de La Gracieuse assurerait l'alliance des Quatre-Encoches avec une famille puissante.

Le Solitaire avait été rassuré d'apprendre qu'il ne mourrait pas de faim pendant la mauvaise saison. Une fois cette certitude acquise, son cœur s'était serré chaque fois que son regard s'était posé sur les défenses jumelles. Le seul mérite de ceux qui recevraient la première était de rassembler de nombreux chasseurs, capables de constituer d'importantes provisions de viande. Si seulement les Quatre-Encoches pouvaient garder la seconde pour eux ! Chacun recevrait sa part d'ivoire, qu'il ferait orner à sa guise. Le Solitaire imaginait déjà un propulseur, gravé d'une scène de chasse au mammouth. Lorsqu'il le brandirait, les plus étourdis se souviendraient de l'audace de leur famille et de la bienveillance des Esprits à son égard.

— Comment peut-on laisser ce trésor ici ?! insista-t-il en gémissant.

Agacée, sa compagne L'Affectueuse lui donna en passant une tape sur la tête.

— Tu connais la réponse !

Il aurait fallu qu'un chasseur la prenne sur son dos en répartissant lui aussi son chargement chez les autres voyageurs. Ce n'était pas envisageable.

— Tu veux emporter des choses inutiles que tu ne peux même pas manger ? ironisa L'Élégant.

— L'ivoire de mammouth est si rare, protesta Le Solitaire. On pourrait l'échanger contre n'importe quoi !

— Je parie qu'il veut en faire des perles, ricana Mégacéros. Toutes petites et très nombreuses. Il voudrait les donner aux femmes pour qu'elles couchent avec lui. À chaque perle, un moment d'amour !

— Tu dis n'importe quoi !

Honteuse de son compagnon, L'Affectueuse lui donna une deuxième tape sur la tête.

— Debout ! On t'attend !

De son côté, Le Fonceur avait craint que les Esprits ne se vexent de l'abandon d'un tel présent. Licorne-la-Puissante l'avait rassuré :

— Ils savent qu'il serait au-dessus de nos forces de l'emporter. Mais tu crois qu'ils auraient pu nous offrir un mammouth avec une seule défense ?

Le chef avait bien ri, appréciant la justesse de cette remarque.

— Rien ne nous empêche de revenir la chercher dans douze lunes, suggéra-t-il.

À ces mots, Saïga leva la tête d'un air dubitatif, et Licorne-la-Puissante comprit qu'elle espérait tomber enceinte d'ici là. Les Quatre-Encoches ne renouvelleraient pas leur périple avec une femme chargée d'un nouveau-né.

— Ou sinon, l'année d'après. Ou encore celle d'après, ajouta Le Fonceur comme s'il avait deviné leurs pensées.

Autant dire dans un avenir trop incertain pour les intéresser.

— À condition que personne ne nous la vole ! s'écria Le Solitaire. D'autres humains pourraient parcourir la Grande-Plaine !

— C'est vrai, convint le chef. Laisse notre signature pour montrer qu'elle appartient à quelqu'un.

Prenant la base de la défense sur ses genoux, Le Solitaire sortit une lame affûtée. Il grava le signe *interdiction* – des hachures bien nettes – associé au signe *appartient à* – une sorte de parenthèse horizontale – suivi de la signature de leur famille : quatre encoches en chevrons. Tous les clans savaient interpréter ce langage écrit très simple, composé d'une vingtaine de signes communs. Mais parfois, se disait-il, certains comprennent très bien et font semblant de ne rien remarquer. Deux précautions valant mieux qu'une, il couvrit leur trésor de terre boueuse pour le dissimuler aux regards. Pendant ce temps, les Quatre-Encoches franchissaient la passerelle. Avant de les rejoindre, il inscrivit le paysage dans sa mémoire, douloureusement conscient qu'il suffirait d'un orage pour le modifier.

Ils reprirent leur périple vers l'est. Puisque les chasseurs brisaient rarement le silence, Licorne-la-Puissante se glissa auprès des femmes qui, elles, aimaient bavarder. Elle espérait glaner des informations qui l'aideraient à comprendre les tensions secrètes qui rongeaient les Quatre-Encoches. Hélas, impressionnées par ses pouvoirs mystérieux, les femmes se taisaient. Ce fut seulement lorsque la chamane s'éloigna qu'elle les vit retrouver leur naturel et s'animer. Avançant plus vite, elle se plaça devant elles. Mais leurs paroles étaient brouillées par le vent qui sifflait sur la crête des herbes. Elle ralentit alors et se laissa doubler.

Observer les femmes de dos n'était pas sans intérêt. Assez massive, Aurochs progressait d'un pas lourd et régulier, marqué par le chagrin ; s'il était cruel de voir mourir un nouveau-né, il était insupportable de perdre une jeune fille de l'âge d'Iranie. La silhouette élancée de Saïga se penchait souvent vers elle pour lui offrir du réconfort. À leur droite, L'Affectueuse rythmait sa marche de son bâton à fouir, avec une raideur et une force qui lui conféraient beaucoup d'autorité malgré sa petite taille ; à l'exception de son fils Courlis, les enfants faisaient des détours pour l'éviter. À gauche de Saïga et d'Aurochs, La Gracieuse ne participait pas à la conversation. Sa silhouette dansante s'éloignait régulièrement des autres femmes avant de revenir. Ces légers zigzags, qui ne semblaient pas intentionnels, montraient que la jeune fille était plongée dans ses pensées. À l'autre bout, Étagne restait au contraire très proche de L'Affectueuse comme si, derrière chaque buisson, un félin n'attendait qu'un pas de côté pour se jeter sur elle. Elle était la plus grande des femmes Quatre-Encoches, mais aussi la plus maigre, avec le cou rentré dans les épaules, le dos voûté, et une petite tête qui regardait partout avec nervosité.

***

Pour distraire Aurochs de son chagrin, Saïga racontait en souriant qu'il n'était pas facile pour elle de s'habituer à une nouvelle famille. Dans son groupe d'origine, les Infini-Percé, ses amis Mammouthe et Harfang étaient d'excellents sculpteurs et graveurs. Qu'ils aient à leur disposition un galet ou un morceau de bois, et ils profitaient du moindre instant de repos pour dessiner. Elle aimait beaucoup redécouvrir un animal familier à travers leurs yeux. Un de ses cousins, Rousserolle, était joueur de flûte. Ses mélodies manquaient à la jeune femme, les Quatre-Encoches ne sachant jouer que du tambour. En revanche, elle se régalait de l'excellente cuisine d'Aurochs.

— En t'observant, j'apprends à utiliser les plantes aromatiques, lui dit-elle. Là où j'ai grandi, la compagne du chef mettait un peu de toutes ses herbes dans chaque plat, parce qu'elle ne savait pas choisir.

— C'est dommage. Le goût musqué du gros gibier gagne à être adouci par des baies de genévrier. Le poisson doit au contraire être relevé, de préférence avec des graines de moutarde. Je te montrerai.

— Merci ! Je suis sûre que la saveur de tes plats favorise la bonne entente des Quatre-Encoches.

— Tout le monde n'y est pas sensible, rectifia L'Affectueuse.

— À force, certains ne remarquent plus ce qui est réussi, suggéra avec malice Saïga. Mais on ne s'habitue jamais aux plats ratés ! Ils sont très efficaces pour mettre tout le monde de mauvaise humeur. Voilà pourquoi je désire apprendre à bien cuisiner. Je n'oublie pas qu'un jour, ce sera moi, la compagne du chef.

Aurochs ne fut pas choquée par cette affirmation. Lorsque L'Élégant succéderait au Fonceur, elle ne serait plus qu'une aïeule respectée. Mais L'Affectueuse et Étagne échangèrent un regard irrité.

— J'espère que tu continueras d'écouter les conseils des femmes plus âgées, dit L'Affectueuse à Saïga. J'aurais du mal à obéir à une gamine !

— Je ne vois pas de qui tu veux parler. J'ai 18 printemps !

— Le Fonceur peut vivre encore plusieurs années, intervint Aurochs. D'ici là, Saïga aura acquis toute l'expérience nécessaire.

Pendant que L'Affectueuse ruminait son hostilité, Aurochs se tourna vers Saïga.

— Je suis contente que tu aimes ma cuisine. J'espère que tu vas te sentir de mieux en mieux parmi nous. Je me souviens de mon arrivée chez les Quatre-Encoches, il y a très longtemps. J'étais amoureuse du Fonceur, et désireuse de m'adapter. J'ai pourtant versé de nombreuses larmes en cachette.

— Je te remercie de ton attention, Aurochs, mais ne t'inquiète pas pour moi. Je suis heureuse avec L'Élégant, ajouta-t-elle d'un air de défi à l'intention des deux autres femmes. Il est courageux, il est drôle, il prend en compte mes envies…

— Autant te prévenir, cela ne va pas durer, la coupa sèchement L'Affectueuse.

— Tu es jalouse ? J'ai l'impression que Le Solitaire ne te traite pas de cette manière.

— Ça fait douze printemps qu'on vit ensemble ! Tu l'aurais vu la première année… Chaque soir, il couvrait notre couche de fleurs. Aujourd'hui, il ne m'aide même pas à installer nos fourrures.

— Peut-être qu'il ne voit plus l'intérêt de dormir avec toi…

L'Affectueuse éclata d'un rire plein d'amertume.

— Nous aussi, on faisait l'amour tous les soirs, et parfois aussi le matin et pendant la nuit ! Qu'est-ce que tu imagines ? Que tu es une femme spéciale ? Attends d'avoir mon âge et cinq grossesses derrière toi !

Saïga ne répondit pas. Elle ne voulait pas souligner le fait qu'Aurochs et Le Fonceur faisaient encore souvent l'amour – ces faits étaient connus de tous, les bruits circulant d'une tente à l'autre – et qu'ils se parlaient avec tendresse. Elle aurait même pu révéler que, en raison des refus de sa compagne, Le Solitaire voulait forcer d'autres femmes à le satisfaire ! Sur la plage, le jour de leur arrivée, il avait suivi Saïga dans les dunes. Il s'était jeté sur elle en disant qu'il en avait assez d'entendre un autre homme jouir chaque nuit grâce à elle. Alors qu'il tentait de l'écraser de son poids, elle avait réussi à rouler sur le côté. Attrapant un coquillage long comme un doigt, elle l'avait enfoncé dans l'oreille à sa portée. Le chasseur l'avait lâchée en hurlant et elle s'était enfuie. Depuis, la peur lui serrait le ventre quand elle s'éloignait du groupe.

Pendant que Saïga repensait avec dégoût au Solitaire,

L'Affectueuse poursuivait ses avertissements malveillants :

— Ton corps va être déformé par la grossesse. Ensuite, tu te tordras de douleur pour mettre au monde un enfant... Qui souvent ne survivra pas. Mais ton compagnon...

— J'en ai assez ! l'interrompit Aurochs. Je viens de perdre ma fille et je voudrais des paroles aimables autour de moi. L'Affectueuse, tu n'es pas chamane, à ce que je sache ! Tu ne peux pas connaître l'avenir de Saïga et de L'Élégant.

L'Affectueuse se tut. Saïga soupira. Malgré ses cinq grossesses et ses quatre enfants décédés, L'Affectueuse n'avait qu'une dizaine d'années de plus qu'elle. Le pire serait qu'Aurochs disparaisse la première, la laissant en butte à l'hostilité des deux autres. Quel dommage que L'Énergique soit retournée dans son groupe d'origine ! Et comme la pauvre Iranie lui manquait ! Il est vrai que, si la jeune fille n'avait pas rejoint le pays du Long-Repos, elle serait partie vivre avec la chamane. Quant à La Gracieuse, avec qui Saïga n'avait guère d'affinités, elle allait changer de famille pendant l'hiver.

Une idée saugrenue traversa soudain l'esprit de la jeune femme : Iranie aurait-elle refusé de coucher avec l'Esprit de l'Eau ? L'aurait-il noyée pour se venger ? Le grand récit du commencement racontait que les Esprits désiraient parfois de jeunes humaines. Pour les posséder, ils n'hésitaient pas à se changer en animaux. L'Esprit de l'Eau aurait-il pris l'apparence d'un gros poisson pour se frotter au sexe de son amie ? Mais non, l'hypothèse n'était pas crédible. À cause du tempérament d'Iranie. Destinée à devenir chamane, elle aurait été honorée de plaire à un Esprit, et même passionnée par cette expérience magique. Si elle s'était refusée à quelqu'un, c'était à un mâle humain.

L'identité de ce dernier ne faisait aucun doute. Après son échec auprès de Saïga, Le Solitaire avait guetté une autre proie ! Quand Iranie était sortie de la tente pendant la nuit, il avait dû la suivre. Il n'avait pas été retenu par le fait que les jeunes gens n'avaient pas de relations sexuelles avant leur initiation. Comme elle résistait à ses assauts, il avait dû la tuer en lui maintenant la tête sous l'eau. Ou bien, il l'avait étranglée avant de la jeter dans les vagues pour laisser croire à une noyade. Avec sa mort, il n'avait plus à craindre qu'elle raconte ses malheurs. S'il l'avait rhabillée après l'avoir violée, concluait Saïga avec colère, c'était pour dissimuler le mobile de son crime.

4

Malgré la défense qui pesait sur ses épaules, Le Fonceur n'avait pas cédé sa place en tête du convoi. Il restait aux aguets, attentif aux ondulations des herbes qui pouvaient cacher les mouvements d'un animal. Les arbustes qui, à l'aller, s'épanouissaient en une multitude de fleurs blanches ou roses, étaient désormais couverts de feuilles robustes. De nombreuses hirondelles survolaient leur crête, le bec ouvert, raflant les insectes qui se multipliaient. Au beau temps frais qui s'était maintenu depuis quelques jours succédait de nouveau un ciel bas et tourmenté, avec des nuages qui couraient vers l'horizon comme une harde en fuite. L'été atteignait sa maturité.

Des éclats de voix parvenaient aux oreilles du chef. Comme il enviait les femmes, de pouvoir échanger librement ! Bien sûr, l'ivoire qui écrasait sa nuque, les coquillages qui tintaient dans les sacs le rassuraient sur l'avenir. Les Quatre-Encoches étaient certains de pouvoir s'allier à un groupe qui les aiderait à passer l'hiver. Et avec un peu de chance, l'année suivante, Guillemot aurait suffisamment grandi pour prendre sa place parmi les chasseurs. Mais depuis que l'expédition se révélait un succès, rien n'empêchait plus Le Fonceur de ressentir la tristesse qui l'habitait. Si l'ivoire et les coquillages sauvaient la famille, ils ne réconfortaient pas le chef des chasseurs du décès de sa fille chérie.

Le seul être qui aurait pu lui arracher un sourire aurait été un bébé avec de grands yeux confiants. Il regrettait d'avoir renvoyé L'Énergique dans sa famille de naissance. Mais après la mort de Félin, lorsqu'il avait eu l'idée de ce périple pour sauver les Quatre-Encoches, il avait pensé qu'ils reviendraient couverts de gloire, ou bien qu'ils ne reviendraient pas. Il n'y avait aucune raison pour que la jeune femme et son enfant participent à ce pari trop risqué. Il savait que les Détours-Réussis n'avaient pas apprécié son retour, contraire aux traditions. Il prendrait soin de leur offrir un coquillage, dès que le clan se retrouverait dans l'abri des Grandes-Mains-Blanches.

Le Fonceur sursauta. Il venait d'apercevoir à une certaine distance, émergeant des herbes, un cheval de petite taille, à la crinière courte et raide. Solide sur ses pattes massives, avec une queue noire qui tranchait sur sa robe brun clair, il broutait. Sans un bruit, le chef posa son chargement, imité par L'Élégant. Derrière eux, les femmes se débarrassèrent de leurs sacs, rassemblèrent les enfants et leur firent signe de se taire, pendant que Mégacéros et Le Solitaire les doublaient à pas de loup. Leur sagaie à la main, les quatre chasseurs entamèrent un large mouvement de contournement.

Quand le chef jugea qu'ils encerclaient leur proie d'assez près, il brandit son arme dont la pointe en os brilla d'un éclat mat entre les graminées. À ce signal, les femmes et les enfants se mirent à courir devant eux en agitant les bras et en poussant des cris. Bien qu'il n'ait jamais vu d'humains – beaucoup moins nombreux à parcourir la Grande-Plaine que les bisons ou les rennes –, le cheval perçut aussitôt la menace que représentaient ces êtres bruyants qui se dirigeaient vers lui. En s'élançant dans la direction opposée, il se heurta au Fonceur et à L'Élégant. Affolé, il se cabra en gémissant puis chercha une échappatoire. Dissuadé par la haute taille de Mégacéros, il tenta d'esquiver Le Solitaire, nettement plus petit. Un chasseur qui aurait maîtrisé sa peur en aurait profité pour viser son cou. Mais, aussi paniqué que l'animal, Le Solitaire recula en faisant un grand geste maladroit avec son arme de jet. Il blessa le cheval qui réagit en attaquant : dressé sur ses jambes arrière, il brisa de ses sabots la hampe de bois de la sagaie, tout en frappant l'homme qui roulait sur lui-même pour se protéger. Il allait s'échapper lorsque la lame de L'Élégant vint se planter dans sa gorge ; il partit au galop, avant de ralentir et de s'arrêter plus loin.

— L'Élégant n'a pas lancé sa sagaie assez fort ? demanda Fuligule, déçue, à sa mère.

— Si ! la rassura Aurochs. Le cheval est mort, mais il ne le sait pas encore.

Avant de s'approcher, les Quatre-Encoches regardèrent le sang s'échapper à grands flots de la blessure, jusqu'à ce que, très affaibli, le cheval se couche sur le flanc. Le bel œil ovale ombragé de longs cils fut bientôt couvert de mouches. Il semblait aux humains que l'animal plein de vie avait disparu, ne laissant derrière lui qu'une carcasse à dépecer.

***

Repoussant les curieux, Licorne-la-Puissante s'agenouilla auprès du Solitaire, toujours prostré. Avec des gestes doux, elle écarta les mains ensanglantées qu'il tenait devant son visage et elle délaça sa tunique.

— Apportez-moi de l'eau, demanda-t-elle. Ainsi que des brassées de ces grandes fleurs blanches duveteuses.

Pendant que les femmes s'exécutaient, aidées par les enfants, elle arrosa d'un mince filet les zones couvertes de sang. Elle les essuya avec des poignées de fleurs. Quand le visage nettoyé apparut sans une écorchure, L'Affectueuse s'écria :

— J'en étais sûre ! Il se donne en spectacle, c'est tout.

— Ne parle pas trop vite. Il a peut-être une épaule brisée, dit Aurochs.

— Ce sang sur lui, je parie que c'est celui du cheval ! s'exclama le jeune Courlis.

Poursuivant sa tâche, Licorne-la-Puissante découvrit une épaule droite indemne. Côté gauche, non loin de l'aisselle, la chair avait été frappée de plein fouet par un sabot. Mais Le Solitaire avait eu de la chance : un peu plus haut, des os auraient été fracturés ; un peu plus bas, le cœur aurait été touché. Entre les deux, seul le gras avait été mâché ; il n'y aurait bientôt qu'un bleu spectaculaire mais sans gravité. Après l'avoir massé avec un peu de graisse mêlée à de la reine-des-prés, la chamane amusée suggéra au blessé d'ouvrir les yeux.

Le Solitaire battit des cils, fuyant les regards moqueurs. Mais déjà le groupe se dispersait, retournant à des occupations plus urgentes : découper le cheval et chercher de quoi allumer un feu. Plutôt que d'alourdir leur chargement, les Quatre-Encoches allaient se remplir l'estomac de sa viande délicieuse. En se redressant, Licorne-la-Puissante remarqua l'attitude étrange de Saïga. La jeune femme fixait Le Solitaire avec une expression de dégoût et de colère mêlés. Elle semblait regretter qu'il ne soit pas grièvement blessé !

— Tu peux aller me chercher de la graisse sur

le cadavre ? lui demanda la chamane. J'ai besoin de reconstituer ma réserve.

Pendant qu'elle obtempérait, Le Solitaire se levait, houspillé par Le Fonceur.

— Il fallait viser la gorge ! Combien de fois devrai-je te le dire ?

— J'ai essayé. Mais ses sabots étaient tout près de mon visage ! J'ai eu peur et j'ai raté mon coup.

— Heureusement que L'Élégant est plus habile que toi ! Quand Félin chassait avec nous, je pouvais tolérer ta maladresse. Maintenant que nous ne sommes plus que quatre, tu dois faire un effort !

— Je fais de mon mieux.

— Je crois surtout que je t'ai trop ménagé. Je te place toujours là où le gibier a le moins de chances de surgir. À partir d'aujourd'hui, tu te mettras en première ligne pour acquérir de l'expérience.

— Oh, non, je t'en prie ! Je n'en suis pas capable ! Ce serait signer ma mort !

— Tu n'es qu'un lâche, voilà le problème ! Il n'y a pas de place pour un lâche chez les Quatre-Encoches !

Le chef, excédé, s'éloigna. Le Solitaire resta figé, comme s'il avait été foudroyé. Il finit par s'en aller lorsque Saïga revint, les mains pleines d'une graisse jaunâtre qu'elle avait rincée. La chamane recueillit la précieuse matière dans une bourse de peau de renne qu'elle referma à l'aide d'un tendon.

— Je te remercie. C'est très utile pour faire pénétrer le pouvoir bénéfique des plantes. Bon, dans le cas du Solitaire, ce n'était pas indispensable, précisa-t-elle en souriant.

Comme la jeune femme demeurait muette, elle ajouta :

— Tu n'aimes pas cet homme, n'est-ce pas ? Tu peux me le dire, je le garderai pour moi.

Saïga hésita. Originaire d'une autre famille du clan, elle pouvait être accusée de semer la zizanie dans celle de son compagnon. Elle ne pouvait pas prouver que Le Solitaire s'était jeté sur elle dans les dunes. Il nierait certainement. D'un autre côté, depuis qu'elle était enfant, elle était impressionnée par Licorne-la-Puissante, ses gestes posés et précis, son autorité tranquille. Le seul moyen de secourir un blessé ou une femme en couches était de courir chercher la chamane.

— Je crois qu'il a tué Iranie, murmura-t-elle.

Elle raconta comment le chasseur avait voulu abuser d'elle, quelques heures avant le décès de son amie. Licorne-la-Puissante l'écouta en maîtrisant son indignation. Non seulement Le Solitaire se dérobait à la chasse, mais il attaquait les jeunes femmes !

— Moi aussi, je crois qu'Iranie a été assassinée par un Quatre-Encoches, confia-t-elle. Mais je te demande de n'en parler à personne. Que le meurtrier soit Le Solitaire ou un autre, je ne pourrai le confondre que par surprise.

— Tu peux compter sur moi.

Elles échangèrent un regard plein de sympathie mutuelle. Saïga était rassurée d'avoir été écoutée avec bienveillance, et soulagée de ne pas avoir à répéter son récit devant la famille. Mais le peu de pouvoir de la chamane la surprenait.

— Licorne-la-Puissante, sais-tu comment Iranie a été tuée ? On lui a maintenu la tête sous l'eau ? Elle a été étranglée ?

La chamane se concentra sur les sensations dont ses mains gardaient le souvenir. Elle se rappelait le corps inanimé de la jeune fille lorsqu'elle l'avait transportée sur le sable. Elle avait été frappée par son poids, par ses lèvres grises, par la blondeur de sa chevelure, restée sèche.

— Iranie a été jetée dans les vagues, sur le rivage, là où il y a peu de profondeur. Sinon, ses cheveux auraient été mouillés. Si elle ne s'est pas relevée, c'est qu'elle était déjà morte, ou inconsciente.

— Le meurtrier a eu peur de s'avancer plus loin ! Le jour de notre arrivée, quand les hommes pêchaient, ils craignaient tous d'être emportés par l'océan !

Concentrée sur son évocation, la chamane hocha la tête.

— Elle a d'abord été frappée, ou étranglée… poursuivit Saïga.

— Je n'ai pas vu de marques sur son cou.

— Tu as senti une bosse à l'arrière de sa tête ?

— En effet. Avec quelque chose de poisseux sous mes doigts.

— Du sang.

— C'est ça.

— Elle a été frappée. Par-derrière.

— Oui.

— Par qui ?

La chamane garda un instant le silence, avant de refermer ses mains.

— Je ne sais rien de plus.

— Comment puis-je t'aider à confondre le coupable, Licorne-la-Puissante ?

— Tu peux me rapporter ce que tu entends comme bavardages. Je cherche à comprendre ce qui se passe entre les Quatre-Encoches… leurs désaccords… une violence souterraine qui aurait conduit jusqu'au meurtre.

— Il y a quelques jours, L'Affectueuse a raconté qu'elle ne voulait plus faire l'amour avec son compagnon. Je suis sûre que c'est à cause de ça qu'il a voulu me violer. Et comme il n'a pas réussi, il a agressé Iranie.

— C'est intéressant. Mais je ne crois pas que Le Solitaire l'aurait assassinée. Les femmes ne sont pas nombreuses chez les Quatre-Encoches. S'il veut faire l'amour régulièrement, il ne peut pas éliminer ses victimes !

— S'il avait violé Iranie sans la tuer, elle en aurait parlé à ses parents !

— Voilà pourquoi Le Solitaire a d'abord préféré s'en prendre à toi, Saïga, plutôt qu'à elle ou à La Gracieuse. Quand tu l'as repoussé, il pouvait encore tenter sa chance auprès d'Étagne, qui vient aussi d'une autre famille. Si Le Fonceur l'avait appris, il n'aurait pas risqué grand-chose. En ce moment, les chasseurs sont trop rares pour que le chef se prive de l'un d'entre eux.

— Sauf s'il s'en prenait à sa femme, ou à l'une de ses filles.

— Exactement. Dans ce cas, Le Fonceur ne l'aurait pas supporté. Le Solitaire le savait. Tu as remarqué son effroi quand le chef a menacé de l'exclure ? L'idée de vivre seul le terrorise. Il n'aurait jamais osé toucher à Iranie.

***

Lorsque les Quatre-Encoches eurent tous sombré dans le sommeil, Le Solitaire eut enfin l'occasion de réfléchir. Il ne parvenait pas à se décider. Le moment était pourtant favorable : il avait l'estomac plein de viande de cheval ; le vent avait fini par chasser les nuages ; la nuit illuminée d'étoiles était presque aussi claire que le jour, et il n'aurait aucun mal à trouver son chemin.

Se retournant sur sa couche de fougères, Le Solitaire heurta le corps confortable de L'Affectueuse. Autant celui-ci semblait sans attrait à la lumière du jour, autant la nuit il l'attirait par sa chair moelleuse. Mais gare à lui s'il osait se lover contre elle ! Même assoupie, elle le repoussait avec vigueur. Ces rejets répétés entretenaient en lui une haine féroce. Quels regards dédaigneux elle jetait sur lui ! Et ces reproches incessants : il ne savait ni s'illustrer à la chasse, ni exceller dans la taille du silex, ni graver le bois de renne, ni faire correctement l'amour, ni tourner un compliment, ni même sourire sans avoir l'air stupide… Ces reproches le paralysaient aussi efficacement qu'un filet aux mailles serrées qui entrave les mouvements d'un poisson. Et voilà que L'Affectueuse était imitée par leur fils Courlis, âgé de 9 ans seulement ! Puisque l'occasion se présentait de leur échapper à tous les deux, il devait la saisir.

Oui, se répétait-il – sans se lever –, il devait fuir, là, tout de suite. Bien qu'il ait souvent été tenté de quitter le groupe pour ne jamais revenir, il avait toujours été retenu par la crainte de ne pas survivre seul. C'était absurde. Même si cela répugnait à sa dignité masculine, il était capable d'attraper des rongeurs, de déterrer des racines avec un bâton à fouir, de dénicher des œufs ; il saurait entretenir un feu, découper le petit gibier, mettre de l'eau à bouillir pour les légumes. Et dans moins d'une lune, les premiers fruits viendraient compléter son alimentation. La Grande-Plaine était sans cesse parcourue par des hardes de mammouths, de bisons, de chevaux, susceptibles de le piétiner jusqu'à ce qu'il ne reste rien de lui, pas même un ongle intact. Mais ces herbivores ignoraient les humains lorsque ceux-ci les évitaient. Quant aux grands félins carnivores, ils ne s'attaquaient jamais à un homme adulte en bonne santé, tant les proies plus faciles étaient abondantes.

Il ne comprenait pas l'angoisse qui l'étreignait à la

pensée de marcher seul, sans la compagnie de personne – mais, à cette simple idée, les poils de ses bras se hérissaient. Cette angoisse l'emprisonnait depuis trop longtemps ! Aujourd'hui, la nouveauté, c'était le trésor d'ivoire à sa portée. S'il quittait le groupe cette nuit, il pourrait obliquer vers le sud. Loin au bout de la Grande-Plaine se trouvaient de hautes montagnes[1] où vivaient des clans inconnus. Autrefois, une autre famille du clan des Grandes-Mains-Blanches avait voyagé jusque-là et troqué du silex contre des coquillages petits et ronds, très différents de ceux qu'eux-mêmes avaient ramassés au bord de l'océan. À leur retour, ils avaient raconté que les humains des montagnes ne parlaient pas du tout la même langue qu'eux, mais qu'ils avaient réussi à communiquer par signes. Si Le Solitaire venait à leur rencontre en leur offrant de l'ivoire, nul doute qu'ils l'accueilleraient comme un personnage important, à qui attribuer une femme serviable, amoureuse et jeune – tout le contraire de L'Affectueuse. Comment supporter une journée de plus chez les Quatre-Encoches tandis qu'un avenir réjouissant l'attendait à l'autre bout de la Grande-Plaine ?

L'indécis se retourna de nouveau sur sa couche, replaçant sur lui sa couverture de fourrures. Il devrait parcourir un espace immense avant d'atteindre les montagnes. Il serait alors seul sous la menace des Esprits, seul sous le tonnerre et la foudre, seul si son feu s'éteignait… D'un autre côté, à la prochaine chasse, Le Fonceur le placerait en première ligne ! Cette fois, Le Solitaire risquerait une blessure grave ! Son jeune frère Félin avait été envoyé dans les airs par la corne d'un bison, avant de revenir se fracasser le crâne contre le sol.

1. Les Pyrénées.

Contrairement à son aîné, c'était pourtant un chasseur rapide et sûr de lui, qui savait anticiper les réactions des animaux. Mais ce jour-là, le bison ne s'était pas enfui vers le cul-de-sac dans la falaise comme prévu, il s'était retourné contre le chasseur qui le poursuivait. Nul ne savait pourquoi. Peut-être l'Esprit du Vent avait-il soufflé à son oreille d'agir ainsi ? Demain, cet Esprit joueur pouvait très bien souffler à l'oreille d'un autre bison de foncer sur lui, Le Solitaire, pour le plaisir de lui prendre la vie. Cette nuit où il était confortablement allongé, bien entouré de sa famille, serait la dernière. Demain soir, il dormirait seul dans un trou, les narines pleines de terre.

Brusquement, la terreur de mourir le lendemain triompha de ses autres peurs. Sans bruit, il se leva, ramassa ses fourrures et son sac et, après un ultime regard pour sa compagne et son enfant, se glissa hors de la tente. Si quelqu'un le surprenait, il raconterait qu'il n'arrivait pas à s'endormir parce qu'il se demandait où était son propulseur. Les mains moites, il tenta de trier ses affaires pour s'alléger – hésitant devant chaque outil de silex qui pourrait l'aider à se défendre. Il remplit une outre au ruisseau tout proche et découpa un bon morceau de viande de cheval pour le début de la route. Lorsque enfin il chargea sur ses épaules l'énorme défense posée derrière les tentes, il trébucha et se rattrapa de justesse, surpris de la trouver si lourde. Il ne pourrait pas la porter longtemps. Dès qu'il se serait éloigné, il n'en garderait qu'un morceau ; mais impossible de la scier avant d'être suffisamment à distance des Quatre-Encoches.

Levant la tête pour contempler le ciel, il faillit tomber de nouveau. Dans le fouillis d'étoiles qui le surplombait, comment reconnaître la petite lumière fixe qui indiquait le nord ? Elle n'était pas très brillante… Ah oui, les indications du chef lui revenaient : il fallait retrouver un mammouth qui semblait gravé dans le noir de la nuit. L'étoile se trouvait à l'extrémité de sa queue. Après l'avoir repérée, Le Solitaire prit la direction opposée, stupéfait de sa propre audace. Il titubait.

5

Le lendemain matin, Licorne-la-Puissante fut la première à se lever et à constater que la défense avait disparu. Vite, elle alla s'asseoir à l'écart sur une hauteur, tournant le dos au soleil levant. Son ombre s'étendit avec netteté en direction du camp ; les baguettes de coudrier, plantées dans le crâne de lion, s'allongèrent devant elle comme les antennes d'un papillon géant. Aux yeux des profanes, c'était par ces appendices que la chamane entrait en communication avec les Esprits.

Immobile, elle resta attentive au bruissement des herbes, au pépiement des oiseaux, au coassement d'une grenouille – ainsi qu'aux pensées qui la traversaient. De loin, elle assista à l'animation progressive des deux grandes tentes familiales. Elle vit les Quatre-Encoches se rassembler là où la défense avait été déposée la veille, puis autour de L'Affectueuse, très agitée. Le Fonceur et L'Élégant brandirent leurs sagaies avec impatience, mais Aurochs s'interposa en désignant la chamane. Licorne-la-Puissante regarda le chef furieux s'avancer et se planter devant elle, suivi par tout le groupe. Remarquant qu'il manquait Le Solitaire, elle réussit à dissimuler sa surprise.

— Tu as été aveugle ! cria Le Fonceur. À cause de

toi, La Gracieuse est privée de dot ! Elle va épouser un moins-que-rien, et les Quatre-Encoches n'obtiendront pas de provisions ! Et, comme si ça ne suffisait pas, nous avons encore perdu un chasseur ! Comment coincer du gibier à trois ? Heureusement que j'ai renvoyé chez elle L'Énergique, une personne de moins à mourir de faim ! Parce que nous allons tous mourir de faim pendant l'hiver ! À moins que tu ne nous dises comment rattraper ce voleur, et vite !

Le Solitaire avait une demi-journée d'avance sur eux. Il pouvait se cacher n'importe où dans les herbes hautes. Tant qu'il accepterait de manger de la viande crue, il serait impossible à repérer. La traque risquait d'être longue, et les Quatre-Encoches de payer cher le fait de se séparer. Dans la Grande-Plaine, sans la protection des chasseurs, un enfant pouvait être happé par un lion ou un lynx…

Bouleversés par le ton du chef autant que par ses paroles, Marouette et Courlis se mirent à pleurer, tandis que Fuligule levait ses petits poings vers la chamane. Même dans les yeux de Saïga, Licorne-la-Puissante lut de la déception : elle s'était gravement trompée au sujet du Solitaire.

— Je me doutais qu'il nous trahirait un jour, ajouta L'Affectueuse avec colère. C'était le pire des compagnons, paresseux et retors. Pourquoi ai-je accepté de devenir sa compagne ? Il m'a bien trompée sur sa vraie nature lorsqu'il m'a courtisée !

Étagne fondit en larmes.

— Je n'ai pas osé vous en parler jusque-là, commença-t-elle. Mais il avait pris l'habitude de… de me suivre quand j'étais seule… de me forcer à faire certaines choses…

Elle fut incapable de continuer. Prêtant d'ordinaire

peu d'attention à ses paroles, les Quatre-Encoches mirent un instant à comprendre de quoi elle parlait. Mégacéros la regarda comme si c'était elle, la coupable. Sous le choc, Le Fonceur et Aurochs restèrent muets. Seule L'Affectueuse parvint à réagir :

— Et s'il s'en était pris aussi à Iranie ? Elle lui aurait résisté ? Il l'aurait tuée ?

Étagne acquiesça en se tordant les doigts.

— Elle était plus courageuse que moi.

Les Quatre-Encoches se tournèrent de nouveau vers Licorne-la-Puissante. Elle n'avait même pas réussi à protéger son apprentie des assauts d'un homme du groupe ! La stupeur était à son comble. Seule Saïga se disait que la chamane avait vu juste au sujet d'Étagne et du Solitaire.

Licorne-la-Puissante continua de fixer le lointain sans tressaillir. Sa meilleure protection était cette apparence minérale, indifférente aux rancœurs humaines. Elle ne devait surtout pas se justifier, mais attendre les questions – qui impliqueraient la reconnaissance de son statut supérieur. Celles-ci finirent par arriver quand Le Fonceur laissa échapper un gémissement :

— Comment allons-nous nous en sortir ?

Elle rappela posément :

— Les Esprits ont préservé pour nous la seconde défense, celle que nous avons laissée dans l'île. Deux hommes peuvent aller la chercher pendant que le reste du groupe les attendra ici. Une journée suffira pour de bons marcheurs sans chargement. Le trajet est encore frais dans vos mémoires.

Un long silence se fit. Les Quatre-Encoches comprirent que le chef avait eu tort d'accuser la chamane d'incompétence avant de lui demander conseil. Que leur apporterait la capture éventuelle du Solitaire, sinon le plaisir de la vengeance ?

— Les Esprits ont raison ! affirma Le Fonceur de manière à restaurer son autorité sans trop renforcer celle de la chamane. L'Élégant et moi allons partir chercher la seconde défense. Le meurtrier de ma fille peut bien tenter de survivre seul, nous sommes débarrassés de lui, voilà tout ce qui compte.

Malgré le réveil de sa douleur, Aurochs hocha la tête.

— Les enfants, ne vous éloignez pas du camp ! ajouta-t-il. Vous, les femmes, surveillez-les bien ! Si vous restez tous ensemble, Mégacéros suffira à vous protéger.

— Je peux l'aider, assura aussitôt Saïga. Chez les Infini-Percé, les filles apprennent à manier la sagaie comme les garçons.

— Il ne suffit pas de le dire, fit remarquer Mégacéros. Il faut le prouver.

— D'accord. Prête-moi une sagaie et un propulseur.

Le chasseur ne put faire autrement que de lui tendre ses armes.

— Vous voyez le nid perché au sommet de cet arbre, au-delà du ruisseau ? demanda Saïga.

Ils acquiescèrent. La jeune femme plaça la sagaie dans le propulseur qu'elle leva au-dessus de sa tête en visant. Puis elle fit un rapide mouvement du poignet. Projetée avec force, la sagaie vola au-dessus du camp et alla se planter juste sous le nid, duquel un oiseau s'envola.

— Tu l'as raté, ricana Mégacéros.

— Pas du tout. J'ai choisi d'épargner les œufs. On les appréciera pour le déjeuner.

Les Quatre-Encoches se mirent à rire, d'autant plus volontiers que cela les soulageait de la tension précédente. Les enfants se mirent à courir pour être les premiers à grimper dans l'arbre et à ramasser les œufs ; d'un seul coup, ils avaient oublié la colère du chef, puis son désarroi. L'Élégant parut déconcerté par la performance de sa compagne, Le Fonceur se contenta de hocher la tête pour accepter sa collaboration, et Mégacéros céda de mauvaise grâce une sagaie à Saïga.

Quand tous se furent éloignés, Licorne-la-Puissante se leva enfin et, dignement, alla se rassasier. Si par malheur l'autre défense n'était pas restée là où les Quatre-Encoches l'avaient laissée, cela révélerait son peu d'influence sur les Esprits. Sa parole finirait de perdre en crédibilité. Peut-être serait-elle obligée de fuir le clan à son tour. En revanche, si Le Fonceur rapportait l'ivoire, nul ne regretterait Le Solitaire.

Tous étaient convaincus que le chasseur couard avait tué Iranie. Tous, sauf elle-même, Saïga, et le véritable meurtrier.

***

Un chaud soleil illuminait la Grande-Plaine. Les adultes n'avaient conservé sur eux que leur pagne et leur tunique. La viande de cheval permettant de nourrir le groupe, les femmes se reposaient pour une fois, adossées aux arbustes, les pieds dans le ruisseau. Bercées par le frémissement des feuillages et les chants d'oiseaux, elles appréciaient la tranquillité de la journée. Yeux fermés, Aurochs tentait de s'apaiser après les terribles révélations d'Étagne : sa fille avait peut-être été violée avant d'être assassinée ! Étagne ravalait ses larmes pour ne pas froisser davantage L'Affectueuse, qui ruminait l'échec de son couple. La sagaie à la main, Saïga restait aux aguets. Devant elles, les enfants se jetaient dans l'eau froide en poussant des cris. Ils tentaient d'attraper les petits poissons qui filaient entre leurs doigts.

Posté sur l'autre rive, Mégacéros fulminait. Sa compagne avait admis devant tout le monde qu'elle avait accordé ses faveurs à un autre homme ! Il ne s'était rendu compte de rien ! Et maintenant que sa force et son habileté au tir étaient mises en valeur, il devait partager ce rôle protecteur avec une jeune femme ! Tout son plaisir en était gâché.

Se sentir important, voilà pourtant ce dont il avait besoin. Dès sa naissance, il avait déçu ses parents : ses pieds n'étaient pas dans l'alignement de ses jambes, mais bizarrement tournés vers l'intérieur. Il se demandait parfois si Licorne-la-Puissante l'Ancienne n'aurait pas dû l'étouffer après l'accouchement, au lieu de lui imposer une vie de souffrance. L'enfant avait survécu sans problème aux dangereuses premières années ; il était devenu un adulte particulièrement grand ; sauf que, dans ses mocassins en peau de renne, ses pieds avaient poursuivi leur déformation. À présent, ses orteils se chevauchaient, et ses plantes de pied se recroquevillaient sur elles-mêmes comme des feuilles mortes sous une première averse. Lorsqu'il se mettait en marche, la douleur survenait sous le côté avant d'envelopper l'ensemble du pied ; elle s'accentuait à chaque pas ; jamais elle ne refluait avant qu'il ne s'allonge le soir pour dormir. Au cours des longs voyages comme celui-ci, elle dominait ses pensées.

Bien qu'il ne puisse dissimuler son handicap en raison de son allure bancale, il n'en parlait jamais. Quand Licorne-la-Puissante l'Ancienne avait choisi son nom, elle avait compris qu'il tenait à sa fierté autant qu'une tortue à sa carapace. Il se sentait différent des autres, mal adapté à son environnement – exactement comme le mégacéros, entravé dans les vallées sinueuses et les forêts épaisses par ses bois trop larges. L'animal semblait avoir disparu de la Grande-Plaine, au point que certains doutaient qu'il ait un jour existé. Au fond, Mégacéros était satisfait d'évoquer un animal mythique, dont le handicap était dissimulé par une prestance majestueuse.

Cependant, quand il souffrait trop, il se rebellait intérieurement contre les Esprits qui s'amusaient à inventer des monstres inutiles. Pourquoi avaient-ils fabriqué un cervidé qui se nourrissait de feuilles, mais ne pouvait se mouvoir entre les arbres ? Et pourquoi un humain de sexe masculin, chasseur contraint aux longues marches, avec des pieds tordus ? Par chance, L'Élégant, le futur chef des Quatre-Encoches, avait les pieds sains de sa mère. Si Mégacéros en avait d'abord été soulagé, il avait ressenti ensuite une jalousie grandissante. La vie de son fils était tellement plus facile que la sienne !

Ainsi ressassait-il, mécontent de partager ce rare moment de prestige avec une gamine en bonne santé, compagne d'un fils trop gâté par la nature. Il passa une partie de la journée à imaginer qu'un lion énorme se jetait sur Saïga. Malgré son empressement à voler à son secours, il arrivait trop tard. Et s'il parvenait à tuer l'agresseur d'un tir de sagaie spectaculaire, la victime mourait de ses blessures. Terrorisés, les autres femmes et les enfants se regrouperaient ensuite avec déférence autour de lui pour qu'il les protège.

En réalité, ce jour-là, les Quatre-Encoches ne furent confrontés à aucun drame. La paix régna sur le camp pendant que le soleil traversait le ciel immense. Il y eut une explosion de joie lorsque, à la tombée de la nuit, Le Fonceur et L'Élégant surgirent devant les tentes, portant la seconde défense de mammouth. La chamane ne s'était pas trompée : les Esprits avaient protégé leur trésor ; la dot de La Gracieuse était reconstituée ; ils ne mourraient pas de faim durant l'hiver.

***

Pendant une demi-lune encore, les Quatre-Encoches marchèrent dans la Grande-Plaine, allongeant les étapes pour la fuir au plus vite. Le cœur de l'été la rendait impitoyable. Le soleil frappait leurs paupières et leurs nuques ; le vent les secouait, les poussait et tentait de les renverser ; la pluie les trempait de la tête aux pieds en un instant ; et lorsqu'ils étaient poursuivis par les rugissements du tonnerre et les éclairs aveuglants, rien ne pouvait les abriter. Les Esprits les visaient avec des sagaies enflammées – et se distrayaient de leur frayeur.

Les éléments déchaînés ressoudaient le petit groupe dans une lutte commune. Il fallait avancer coûte que coûte, se nourrir des racines et des œufs qui tombaient sous la main, et oublier la chair savoureuse du gibier. Les enfants n'osaient plus se plaindre de leur fatigue. Personne ne parlait du meurtre d'Iranie, qui semblait résolu. Étagne se sentait mortifiée par son aveu, Mégacéros blessé dans son honneur, L'Affectueuse humiliée par les méfaits de son ancien compagnon, Aurochs bouleversée par le courage de sa fille ; Le Fonceur essayait de penser à autre chose ; La Gracieuse participait plus activement aux tâches quotidiennes. Seule Saïga restait convaincue que le coupable ne pouvait être Le Solitaire. Et la réflexion de Licorne-la-Puissante n'avançait pas. Chaque soir, après avoir invoqué les Esprits, elle soignait les insolations, les maux de dos, les piqûres d'insectes, les yeux infectés. Le matin, il lui semblait qu'elle avait rêvé de son apprentie – signe que les Esprits avaient un message à lui transmettre – mais, à son réveil, elle avait tout oublié.

Un jour, enfin, ils atteignirent les collines qui bordaient la plaine. Le lendemain, depuis un à-pic rocheux, ils contemplaient la vallée des Hardes-Folles[1], un espace plat entre deux falaises distantes, parcouru par une rivière méandreuse. Depuis longtemps ils n'avaient vu autant d'arbres, ni si variés. La voûte de feuillages qui leur offrait de l'ombre les émerveilla, ainsi que les troncs majestueux qui arrêtaient le vent. Ils trouvèrent avec enthousiasme leurs premiers fruits de l'année : des cerises aigres, des prunes légèrement sucrées, des poires à la chair suave. Lorsqu'ils atteignirent le gué qu'ils connaissaient, à l'orée d'un sous-bois, ils déposèrent avec joie leur chargement. Ils avaient hâte de se baigner dans l'eau transparente, surtout après celle, brune et opaque, du fleuve des Oiseaux-qui-Rient. Ils durent pourtant patienter. Une dizaine de chasseurs venaient de surgir sur la berge opposée, leurs sagaies à la main.

À la ramure de renne dessinée sur leurs tuniques, ils reconnurent des Piégeurs-de-Rennes, déjà croisés à l'aller. L'été, ce clan vivait sur les plateaux voisins en suivant la harde qui s'y trouvait ; l'hiver, il s'installait dans la vallée. En arrivant dans le sous-bois, les Quatre-Encoches avaient tout de suite dissimulé la défense dans les vieilles feuilles mortes. Sinon, ils auraient pu dire adieu à leur trésor. L'autre groupe, supérieur en nombre, aurait sûrement trouvé une raison de se l'approprier.

La rivière était mue par un courant puissant. Les chasseurs la traversèrent sur les pierres du gué, en s'aidant de la corde tendue entre les deux rives. Leur chef et Le Fonceur commencèrent par échanger des formules de

1. La vallée de la Dordogne.

politesse. Les deux dialectes étaient proches et chacun parlait lentement avec des gestes.

— Vous revenez de la Grande-Plaine ? demanda l'autre chef.

— Oui. Nous sommes sur le chemin du retour vers la vallée des Saumons-Bondissants[1]. Nous ne resterons ici qu'une journée ou deux, le temps de nous reposer un peu après un voyage éprouvant.

— Avez-vous réussi à atteindre l'océan du Bout-du-Monde ?

— Tout à fait. Nous avons ramassé des coquillages. L'un des plus beaux est pour vous.

— Vous avez réussi avec trois chasseurs seulement !

L'autre chef lança un coup d'œil désapprobateur en direction de Saïga, qui se tenait bien droite, sa sagaie à la main.

— C'est pour ça que vous confiez des armes aux femmes ?

— Notre quatrième chasseur a disparu. Heureusement, Saïga sait très bien viser. Son aide nous est indispensable.

Le chef des Piégeurs-de-Rennes regarda Licorne-la-Puissante.

— Les hommes vous font cruellement défaut. Vous confiez aux femmes des tâches délicates ! Mais vous devriez être plus prudents. D'après notre chamane, seul un homme peut se dresser assez haut sur ses pieds pour atteindre l'oreille des Esprits. Les femmes chamanes ont beau essayer de se rapprocher du ciel en plantant des baguettes sur leur tête, elles ne sont pas puissantes. Parfois, ce sont de bonnes guérisseuses.

1. La vallée de la Vézère.

Mais pas de bonnes protectrices ni des devineresses fiables.

Le Fonceur s'assombrit, pensant à sa fille assassinée. Mais Aurochs posa doucement sa main sur son bras, et il se reprit :

— Votre chamane dit ça parce qu'il ne connaît pas Licorne-la-Puissante. Elle nous a permis d'éviter les vents de sable ! Grâce à ses prières, nous avons échappé à une inondation, ainsi qu'à des mammouths qui ont failli nous piétiner !

Il se garda d'évoquer la défense.

— C'est vrai que les Esprits ont été bienveillants à votre égard ! Un tel périple avec seulement trois chasseurs ! insista-t-il.

Les Piégeurs-de-Rennes s'esclaffèrent. Sentant l'irritation grandir dans sa propre famille, Aurochs alla chercher non pas un, mais deux coquillages, le grand plat miroitant, et un autre, en spirale et délicatement rosé. Le Fonceur les offrit à son *alter ego* pour le remercier d'accepter leur présence sur son territoire. Les Piégeurs-de-Rennes traversèrent de nouveau la rivière, puis remontèrent sur le plateau. Ils avaient obtenu les renseignements dont ils avaient besoin : les voyageurs ne mettraient pas leur clan en danger en restant plus de quelques jours près de leur refuge hivernal.

Guillemot fut le premier à se jeter dans l'eau délicieusement tiède. Il fut suivi par tous les autres Quatre-Encoches. Saïga et L'Élégant s'éloignèrent vers l'aval, main dans la main, à la recherche d'intimité. Licorne-la-Puissante, qui ne pouvait se dénuder devant les autres sans perdre une partie de son caractère sacré, remonta la rivière jusqu'au méandre suivant. Elle retira ses vêtements, son collier et son couvre-chef ; elle restait protégée par les signes magiques gravés sur la peau de son ventre et de son dos. Elle nagea longtemps à contre-courant en savourant le délassement offert par l'Esprit de l'Eau. Elle se rhabillait lorsque Saïga apparut près du méandre en l'appelant avec de grands gestes.

— Viens vite ! Fuligule a été mordue par une vipère !

La chamane s'empressa de la rejoindre.

— Que s'est-il passé ?

— Fuligule s'est hissée sur une pierre plate, de l'autre côté de la rivière. Elle s'est retrouvée nez à nez avec un serpent qui se chauffait au soleil. Sa mère l'a vue se jeter en arrière et l'a ramenée sur la berge.

Elles se hâtèrent sur les galets instables. C'était la première fois qu'elles se retrouvaient en tête à tête depuis la fuite du Solitaire.

— Tu avais deviné que Le Solitaire abusait d'Étagne, dit Saïga avec respect.

— Mais pas qu'il oserait quitter le groupe. C'est notre trésor d'ivoire qui l'a décidé. Il s'est dit que, grâce à lui, il pourrait être accueilli dans un autre clan.

— Tu penses toujours qu'il est innocent du meurtre d'Iranie ?

— Je n'ai pas changé d'avis à ce sujet.

— Tu crois que l'assassin risque de récidiver ?

— Son intérêt est de se tenir tranquille un certain temps. Mais tant que je n'ai pas compris ses motivations, je ne sais pas s'il a une raison ou non de recommencer.

— Si ce n'est pas le cas, je crains qu'on ne puisse jamais le démasquer !

— Nous devons rester vigilantes, Saïga. Nous avons un avantage sur lui, c'est qu'il se croit tranquille. Pour les Quatre-Encoches, l'affaire est close.

De retour au camp, Licorne-la-Puissante s'agenouilla auprès de l'enfant frissonnante, allongée dans les bras d'Aurochs. Après avoir repéré la morsure au poignet, elle demanda de l'eau fraîche, ainsi que des galets plats, ramassés dans la rivière, et bien froids. Elle sortit de son sac un morceau d'écorce brun-rouge, rare et précieux ; transmis plusieurs fois d'une chamane à l'autre en échange d'autres remèdes, il avait voyagé depuis une montagne inconnue. Licorne-la-Puissante gratta la tranche au-dessus d'une écuelle en bois, obtenant une poudre fine qu'elle dilua dans l'eau. Elle la fit boire à Fuligule. C'est alors qu'elle remarqua l'expression de malaise sur le visage de La Gracieuse.

— La Gracieuse, s'il te plaît, tiens ce galet sur la morsure. Lorsqu'il se sera réchauffé, tu le remplaceras par un autre. Le froid endort la douleur.

La jeune fille obéit. Autour du poignet de Fuligule, la chamane plaça des morceaux de bois qu'elle serra à l'aide d'une liane. Rassurés par ses soins précis, Le Fonceur, L'Élégant et Saïga prirent leur sagaie pour aller pêcher. L'Affectueuse et Étagne installèrent le foyer.

Dans l'ombre de la tente, à proximité du feu, le combat se poursuivit entre le venin et l'énergie vitale de l'enfant. Pour Aurochs et La Gracieuse, atteintes par ce nouveau malheur, Licorne-la-Puissante prépara une tisane revigorante à base de thym et de baies d'arbousier. L'ombre d'Iranie planait sur les trois femmes : sa mère, sa sœur aînée et la chamane qui l'avait choisie comme successeure. Si seulement l'âme envolée de la cadette pouvait intercéder auprès des Esprits pour la benjamine ! Iranie aimait trop sa petite sœur pour l'entraîner dans un autre monde.

Après une longue attente, Fuligule s'endormit. Son front était moins chaud et la morsure commençait à dégonfler. Quand Licorne-la-Puissante annonça que l'enfant avait gagné le combat, Aurochs se détendit brusquement. La Gracieuse éclata en sanglots.

— Je n'aurais pas supporté qu'elle meure elle aussi !

Elles acceptèrent de s'installer avec les autres pour le repas du soir.

— Où est Guillemot ? s'étonna Étagne, cherchant son fils des yeux.

— Avec papa, dit Marouette.

— Tu les as vus il y a longtemps ?

— Tout à l'heure.

Ils réalisèrent alors qu'ils n'avaient pas aperçu Mégacéros depuis le début de l'après-midi. Quant à Guillemot, qui adorait nager, personne ne l'avait vu sortir de la rivière.

— On trouve de beaux blocs de silex, par ici. Ils ont sûrement voulu renouveler nos outils. Ils se sont éloignés plus que prévu, suggéra Le Fonceur.

— Ils auraient pu me prévenir, murmura tristement Étagne.

Malgré leur inquiétude, les Quatre-Encoches mangèrent avec appétit. Ils appréciaient le calme de la vallée après le tumulte de la Grande-Plaine. Avant que l'obscurité ne gagne le camp, ils allèrent retirer les racines et les galets qui rendaient le sol des tentes inconfortable. Soudain, Étagne annonça d'une voix tremblante, le visage défait :

— Leurs sacs ont disparu ! Mon fils ! Mon compagnon ! Ils nous ont quittés !

6

La nouvelle sidéra les Quatre-Encoches : le chasseur et son fils ne croyaient plus en l'avenir du groupe ! Ils préféraient tenter leur chance ailleurs !

— D'abord Le Solitaire, et maintenant Mégacéros et Guillemot ! s'affola Le Fonceur. Sur qui repose notre avenir ? Courlis, 9 printemps !

Inquiet, le garçon alla se cacher derrière sa mère.

— Je peux participer aux grandes chasses d'automne, proposa Saïga.

Même ainsi, ils ne seraient que trois chasseurs. Le chef se tourna avec colère vers Licorne-la-Puissante qui n'avait anticipé aucun de ces départs. Mais Aurochs lui toucha le bras ; il se souvint que la chamane venait de retenir l'âme de sa fille, prête à s'envoler. Au moins, c'était une guérisseuse efficace… Les Piégeurs-de-Rennes étaient-ils sages de penser que les chamanes femmes devaient se contenter de ce rôle, sans chercher à connaître l'avenir ?

Il fut frappé par l'éventualité d'une nouvelle catastrophe.

— Mégacéros a-t-il emporté la défense ?

L'Élégant courut vérifier.

— Elle est toujours là !

Ils poussèrent des soupirs de soulagement : ils survivraient à l'hiver à venir. Mais ensuite ?

— L'été, nous pourrons rester dans la vallée des Saumons-Bondissants, proposa Aurochs. Les poissons, les légumes et les fruits suffiront à nous nourrir.

Elle avait raison. Mais que se passerait-il les hivers suivants, une fois qu'ils n'auraient plus de défense ni de coquillages à échanger ? Le chef pouvait mourir avant que Courlis n'ait l'âge de chasser ! L'Élégant et Saïga devraient alors assurer seuls l'approvisionnement en viande d'une dizaine de personnes – une tâche impossible !

— Nous devons changer nos plans, conclut Le Fonceur, désespéré. Nous n'allons pas négocier la dot de La Gracieuse contre des réserves de nourriture, mais contre notre intégration dans une autre famille du clan. Ce sera la fin des Quatre-Encoches. Mais, au moins, nous survivrons.

Ils le fixèrent tous, l'air catastrophé. Préparé depuis l'enfance à diriger le groupe, L'Élégant ne pouvait s'imaginer n'être qu'un chasseur parmi d'autres. Saïga s'était habituée à l'idée de devenir la compagne du chef. Aurochs s'inquiétait de devoir obéir à une femme peut-être incompétente et désagréable. Le Fonceur lui-même appréhendait un changement de statut qu'il allait vivre comme une humiliation. Quant à La Gracieuse, elle n'avait aucune envie de s'unir avec un homme qu'elle ne choisirait pas.

Seule Étagne était indifférente à cette réorganisation de la famille ; le présent suffisait à la bouleverser. Guillemot s'était-il contenté de suivre son père ? Ou bien Mégacéros avait-il voulu retenir l'adolescent ? Leur départ mettait en péril la mère et la sœur de l'un, la compagne et la fille de l'autre. Cela n'avait-il donc aucune importance pour eux ?

***

Une lune large et basse éclaboussait la vallée d'une lumière blanche. Au lieu de se retirer dans sa tente, Licorne-la-Puissante s'éloigna sur la rive. Elle s'assit sur un rocher à côté d'un bras dormant de la rivière. Son avis n'avait même pas été sollicité. Au prochain imprévu, les Quatre-Encoches allaient s'en prendre à leur chamane, d'autant plus violemment qu'ils se sentaient trompés par son impuissance. Fallait-il les quitter avant ? Devait-elle se dépêcher de rejoindre sa grotte sacrée dont l'aura magique la protégeait ?

Céder à la panique n'arrangerait rien. Elle laissa les interrogations flotter comme les algues sous ses yeux. Mégacéros et Guillemot avaient-ils décidé de proposer leurs services à une famille plus prospère ? L'un, ou l'autre, ou les deux, étaient-ils les meurtriers d'Iranie ? Avaient-ils fui parce qu'ils craignaient d'être découverts ? Persuadés de la culpabilité du Solitaire, les Quatre-Encoches ne suspectaient pourtant nullement le chasseur aux pieds souffrants et son fils. Lorsqu'un poisson vint gober des moustiques à la surface de l'eau, une troisième hypothèse pointa son nez dans l'esprit de la chamane…

L'humain est comme un arbre, lui avait expliqué autrefois Licorne-la-Puissante l'Ancienne. Si l'on observe avec bienveillance sur quel sol il plante ses racines, combien d'eau et de soleil le nourrissent, comment se comportent le tronc, les branches et l'écorce, on connaît une partie de son destin. Mais impossible de savoir si l'arbre sera frappé par la foudre ! Le pouvoir de divination des chamanes n'était donc pas à la mesure de l'anxiété des humains. Licorne-la-Puissante l'Ancienne exigeait que la femme enceinte relève sa manche avant de manger, attrape la viande saignante avec la main gauche, rentre dans l'eau du pied droit, évite de s'asseoir à côté d'une femme ayant ses règles. Ainsi, celle qui mourait lors de l'accouchement avait forcément négligé l'un de ces rites – ce qui n'adoucissait pas la tristesse des proches mais rendait le décès acceptable.

Quand Licorne-la-Puissante avait reçu cet enseignement, il y avait bien longtemps, il lui avait paru contraire à son désir d'aider les siens en les éclairant. Depuis, elle avait compris qu'il existait des circonstances où l'illusion s'imposait. Cette nuit, c'était le cas ; son intuition ne suffirait pas à rassurer les Quatre-Encoches. Sans bruit, elle alla ranger ses affaires et démonter sa tente. À pas de loup, elle contourna le foyer où brillaient encore quelques braises. Elle rejoignit le gué, attrapa la corde et, pieds nus, progressa avec prudence sur les grosses pierres couvertes de mousse. De l'autre côté, elle remit ses mocassins et s'engagea sur la berge étroite sous la falaise, malgré les buissons épineux qu'elle découvrait au dernier moment. Lorsqu'elle repéra l'endroit où Fuligule avait été mordue par la vipère, elle enjamba un enchevêtrement de ronces et prit pied sur le rocher plat, au-dessus de la rivière, au milieu des nappes de brume.

Pour se protéger de l'humidité, elle déroula le tapis de sa tente et s'emmitoufla dans ses fourrures. Assise, le dos calé par son sac, son couvre-chef à portée de main, elle s'abandonna à la fatigue. Elle réussit à dormir par à-coups, réveillée d'abord par le cri plaintif d'un oiseau de nuit juste au-dessus d'elle, puis par les plongeons retentissants des grenouilles sous le rocher, et enfin par l'aube qui illuminait la falaise laiteuse. Cette fois, elle se hâta de se redresser et de replacer le crâne de lion sur sa tête. Puis elle sortit de son sac un objet dont personne ne soupçonnait l'existence. Elle-même n'en connaissait qu'un seul exemplaire, celui que Licorne-la-Puissante l'Ancienne lui avait transmis. C'était une phalange de cerf, percée selon une technique précise.

En soufflant dedans, elle obtint un son de gorge caverneux qui imitait le brame de l'animal. Elle le reproduisit plusieurs fois.

***

Chez les Quatre-Encoches, la première à ouvrir l'œil fut Étagne, bien qu'elle ait mal dormi. Sa fille Marouette n'avait cessé d'appeler son père et son frère dans son sommeil. En proie à des émotions trop ambivalentes, elle n'avait pu la rassurer. Cherchant du réconfort, elle s'était rapprochée de L'Affectueuse, seule sur sa couche depuis que son compagnon l'avait abandonnée elle aussi. Elle lui avait pris la main sans essuyer de refus, et son amie avait murmuré : « On va s'en sortir, toutes les deux. » Cela lui avait fait du bien : l'avenir s'annonçait moins sombre qu'elle ne l'avait cru. Incapable de se rendormir, elle avait patienté jusqu'à l'aube, où un brame s'était introduit curieusement dans ses rêveries. Jamais les cerfs ne se manifestaient ainsi avant l'automne, et Étagne se dressa sur sa couche pour écouter. Il n'y avait aucun doute, c'était bien un brame de cerf, ou de mégacéros ! Elle pensa aussitôt à son compagnon. Elle se leva discrètement et sortit de la tente.

Ce qu'elle vit la stupéfia. Guidés par le brame qui

jaillissait de la falaise ensoleillée, une biche et un faon remontaient la berge opposée. Ils rejoignirent un rocher plat où se tenait Licorne-la-Puissante. Au moment précis où le brame cessa, ils lui léchèrent la main. En retour, la chamane caressa leurs petites têtes veloutées aux oreilles pointues. Elle semblait converser avec eux.

Surgissant derrière Étagne, Le Fonceur poussa une exclamation de surprise. Persuadé qu'il assistait à un échange direct entre les Esprits et la chamane, le chef curieux ne put s'empêcher d'avancer à grands pas jusqu'à la berge, suivi par la compagne de Mégacéros. Mais ce mouvement sur l'autre rive suffit à effrayer les animaux qui s'enfuirent avec grâce et disparurent sous la végétation. Frustré, Le Fonceur mit ses mains en porte-voix pour interpeller Licorne-la-Puissante :

— Tu as parlé aux Esprits ?

De l'autre côté de la rivière, elle hocha la tête.

— Tu as des nouvelles de Mégacéros ?

Elle acquiesça.

— Il va revenir ?

La réponse fut de nouveau positive, bien que toujours aussi succincte. Soulagé, Le Fonceur transmit l'excellente nouvelle aux Quatre-Encoches qui émergeaient des tentes en s'étirant.

— Nos chasseurs vont revenir ! Les Esprits ont pris l'apparence d'une biche pour l'annoncer ! Notre groupe pourra conserver son indépendance !

Étagne, choquée, s'éloigna dans les sous-bois. Ce serait un grand bonheur de retrouver son fils Guillemot. Mais face au retour de Mégacéros, elle se rendait à l'évidence : elle aurait préféré se passer de lui ! Jamais il n'avait cherché à la rassurer comme l'avait fait L'Affectueuse cette nuit… Pendant sa longue insomnie, elle avait imaginé que son amie et elle s'entraideraient étroitement à l'intérieur du groupe. Qu'elles élèveraient ensemble Courlis et Marouette. Qu'elles se confieraient sans retenue l'une à l'autre. Et, pourquoi pas, portées par une tendresse et une estime mutuelles, qu'elles partageraient la même couche. L'Élégant, qui deviendrait un jour le chef des Quatre-Encoches, et qui était beaucoup plus aimable que son père, ne négligerait jamais sa mère ni sa petite sœur. Étagne aurait veillé à ce que L'Affectueuse et Courlis soient bien traités, eux aussi.

Elle venait à peine d'entrevoir un avenir paisible ; comment pourrait-elle redevenir le souffre-douleur de Mégacéros ?

***

Sans quitter son rocher, Licorne-la-Puissante observa les Quatre-Encoches qui ranimaient le feu, rassemblaient du bois, se nourrissaient de restes de la veille, retaillaient des silex émoussés, rapportaient des fruits et des racines comestibles, pêchaient, dénichaient des œufs de poule… Dans cet environnement prodigue, il n'était pas nécessaire de chasser ; Le Fonceur avait décidé d'attendre ici le retour de Mégacéros. Si les Piégeurs-de-Rennes s'irritaient de ce séjour prolongé sur leur territoire, il leur raconterait comment les Esprits leur avaient transmis son message – un phénomène qui devrait les inciter à la patience.

La chamane était satisfaite de son stratagème. L'appeau en phalange de cerf avait émis des sons convaincants. Malgré l'étrangeté du brame en cette saison, une biche suivie de son faon avait d'instinct répondu à l'appel. Pendant que Licorne-la-Puissante leur parlait doucement, ils étaient venus manger dans sa main de jeunes pousses tendres qu'elle avait cueillies pour eux. La vision de ces farouches messagers des Esprits, inclinant leur cou gracieux devant elle, avait rappelé au groupe l'étendue de ses pouvoirs.

Cependant, elle avait parié sur le retour de Mégacéros. Si elle s'était trompée, les Quatre-Encoches ne donneraient pas de seconde chance à ses prédictions. Par prudence, elle préférait conserver entre eux la largeur de la rivière ; cela suffirait pour qu'elle s'éclipse lors des premiers signes de colère à son encontre. Cette proximité lui permettrait néanmoins de continuer à veiller sur eux. Elle espérait les protéger de l'assassin d'Iranie et obtenir de nouveaux indices.

Le soleil frappant avec ardeur, Licorne-la-Puissante recula pour se mettre à l'ombre des arbustes. Les Quatre-Encoches ne tardèrent pas à se jeter à l'eau. Le Fonceur jouait avec les trois enfants, les laissant monter sur ses épaules avant de les lancer avec force dans la rivière. Étagne et L'Affectueuse nageaient en luttant contre un courant puissant ; elles semblaient immobiles. Aurochs se laissait au contraire emporter vers l'aval. Un peu plus haut, L'Élégant et Saïga s'éclaboussaient. Ils disparurent derrière un rocher en forme de crâne. En les suivant des yeux, Licorne-la-Puissante regretta de ne pouvoir échanger son existence, un bref instant, contre celle d'une jeune femme amoureuse.

Au-delà des clapotis et des gazouillis, elle distingua un son nouveau qui lui fit dresser l'oreille. C'était un étrange fracas… On aurait dit que, plus loin dans la vallée, un pan de la falaise s'était effondré, broyant des arbres dans sa chute. Elle sauta sur ses pieds. Sans comprendre ce qui se passait, elle eut la certitude que les Quatre-Encoches étaient en danger, eux qui se trouvaient presque nus dans la rivière. Elle se mit à crier en agitant les bras comme pour les repousser vers la berge opposée :

— Attention ! Éloignez-vous !

Ils avaient l'habitude de réagir face à l'imprévu. Le Fonceur attrapa les enfants et marcha avec vigueur vers la rive. Étagne et L'Affectueuse s'échappèrent du courant pour le rejoindre. Trop loin pour entendre la chamane, L'Élégant vit par chance qu'elle s'agitait. Il tira à lui Saïga et ils escaladèrent le rocher.

Des sabots innombrables frappèrent le sol ; un gigantesque flot brun dévala la falaise ; une marée de bois aux ramifications horizontales se lança à l'assaut de la rivière. La poussière submergea les deux rives, celle où Licorne-la-Puissante s'était mise à l'abri, sous la pierre plate, et celle où les Quatre-Encoches fuyaient se réfugier derrière les arbres. Accrochés l'un contre l'autre au sommet du rocher, L'Élégant et Saïga assistèrent, abasourdis, au déferlement de la harde. Tout près d'eux, des centaines de rennes galopaient, rendus fous de douleur par les moustiques qui pénétraient leurs oreilles. Ils cherchaient frénétiquement à enfouir leur tête dans l'eau – seul moyen de s'en débarrasser –, mais les premiers arrivés étaient bousculés par les suivants, et ceux qui trébuchaient étaient piétinés sans pitié.

Les rennes qui s'échappaient de cet effroyable engorgement filaient vers l'aval. Ils finiraient par se calmer et descendraient ensuite le cours d'eau jusqu'à la Grande-Plaine, où ils passeraient l'hiver. Chaque année, à la fin de l'été, à un endroit ou un autre de la vallée des Hardes-Folles, c'était le même phénomène, plus court qu'un orage mais bien plus ravageur. Les Quatre-Encoches, qui en avaient entendu parler sans jamais y assister, avaient cru que leurs interlocuteurs exagéraient. Lorsque les derniers rennes survivants s'éloignèrent, ils laissèrent derrière eux une rivière sanguinolente qu'il aurait été possible de traverser sans se mouiller les pieds en marchant sur les cadavres de bêtes.

Licorne-la-Puissante sortit de l'eau rouge et poisseuse en se hissant sur la pierre plate. Elle essora ses cheveux, secoua ses vêtements trempés et chercha des yeux le sac qui contenait tous ses biens. Il n'en restait rien. Les fourrures, l'outre, les parois de la tente, les piquets, les bourses qui contenaient ses remèdes gisaient sur la pierre, entièrement déchiquetés. Les plantes, les écorces, les champignons, les morceaux de roche, recueillis dans les lieux les plus divers et parfois très éloignés, avaient été éparpillés, écrasés, dissous dans l'eau. Les outils de silex avaient disparu, projetés quelque part. Même le crâne de lion avait été brisé par les sabots de la harde. La chamane ne possédait plus que ce qu'elle portait sur elle : son pantalon, sa tunique et son collier de dents de loup. Les Esprits lui avaient retiré tout ce qui lui permettait de s'abriter, de se réchauffer, et de mériter sa place dans le clan par les soins qu'elle prodiguait.

Des appels dans la rivière attirèrent son attention. Se retournant, elle aperçut Le Fonceur, debout, immergé jusqu'à la taille, qui repoussait les cadavres de rennes. Il semblait chercher quelque chose et elle eut peur de comprendre quoi. Sa tête disparut avant de ressurgir l'instant d'après. Il serrait contre lui un corps qui n'était pas celui d'un animal mais celui d'une femme mûre, aux longs cheveux châtains. Il poussa un rugissement de douleur. Consternée, Licorne-la-Puissante comprit que la folle cavalcade des rennes avait fait une victime : Aurochs.

Parmi les Quatre-Encoches qui contemplaient cette scène depuis la berge se tenait une haute silhouette masculine : Mégacéros. Il était revenu, comme elle l'avait prédit.

Mais Guillemot n'était pas avec lui.

7

Dissimulée par la végétation, Licorne-la-Puissante rejoignit une entaille dans la falaise. Au fond coulait une cascade où elle se désaltéra. Un pommier rabougri lui offrit des fruits mûrs. À sa stupeur devant la catastrophe s'ajoutait un profond chagrin. Quelle surprise qu'Aurochs rejoigne si vite sa fille Iranie au pays du Long-Repos ! Quel malheur pour Fuligule qui, à peine guérie de la morsure de serpent, perdait sa mère !

Les Quatre-Encoches ne lui seraient pas reconnaissants de les avoir sauvés de la harde ; ils se souviendraient que son avertissement n'avait pas permis d'épargner la compagne du chef. Choqués par le cataclysme, ils oublieraient également qu'elle leur avait promis le retour de Mégacéros. La perte de ses remèdes et de son couvre-chef soulignerait la ruine de son influence.

Perplexe et sombre, Licorne-la-Puissante se posta près de la rivière, au milieu de buissons touffus. De là, elle pouvait observer les Quatre-Encoches sans être vue. Sur l'autre rive, ils creusaient un trou dans la terre meuble. Ils y déposèrent le corps d'Aurochs. L'hommage que prononça Le Fonceur, veuf pour la seconde fois, ne parvint pas jusqu'à elle. Comme toujours, pressée par la nécessité, la cérémonie fut brève et, aussitôt après, le groupe dépeça un renne.

Le festin qui allait succéder au drame lui rappela le miel dont elle s'était régalée quand sa propre mère avait été tuée par un essaim d'abeilles. Pourquoi les Esprits déversaient-ils ainsi, étroitement enlacés, le pire et le meilleur de la vie ? Seraient-ils encore plus cruels que les humains, eux qui étaient déjà plus cruels que les animaux ?

Les Quatre-Encoches devaient imaginer qu'elle avait été piétinée par la harde, ce qui se serait produit si elle n'avait pas plongé sous le rocher plat. Mais ils ne s'étaient pas lancés à la recherche de son cadavre. Selon la tradition, l'enterrement d'une chamane était organisé par son apprentie, investie à ce moment-là de l'ensemble de ses pouvoirs. L'assassinat d'Iranie avait privé le groupe de celle qui aurait dû jouer ce rôle. La solitude caractérisait le destin de Licorne-la-Puissante, qui retrouva son émotion de petite fille face à la mort de ses parents : elle se sentait abandonnée.

En accompagnant les Quatre-Encoches, elle n'avait pas réussi à résoudre le meurtre d'Iranie. Peut-être aurait-elle plus de chances d'aboutir si le groupe ignorait qu'elle avait survécu ? Mais c'était un véritable défi de ne pas allumer de feu, de ne pas tailler de silex, au moment où elle ne possédait plus rien, ni outils ni fourrure.

***

Lorsque les Quatre-Encoches se rassemblèrent autour du foyer pour se régaler de viande grillée, Le Fonceur resta silencieux. Bouleversé par le décès brutal de sa compagne, il avait oublié pour l'instant la disparition de son frère qui l'avait tellement préoccupé. Puisque L'Élégant n'osait pas interroger son père, et que L'Affectueuse était plongée dans ses pensées, ce fut Étagne qui demanda, d'une petite voix où sourdait la colère :

— Où est Guillemot ?

Mégacéros lui répondit comme si sa question était absurde :

— Il est jeune et en bonne santé. Il sera mieux ailleurs qu'avec nous.

— Mais où est-il ?

— Aucune idée. Je sais juste qu'il en avait assez, de vivre chez les Quatre-Encoches.

— Mais toi, tu étais où ?

Sentant peser sur lui le regard des autres, le chasseur daigna s'expliquer :

— J'ai vu Guillemot attraper son sac. Il m'a annoncé sa décision de partir. J'ai proposé de l'accompagner pendant quelques jours, le temps de l'aider à trouver un autre clan. Il a refusé. J'ai quand même pris mes affaires et tenté de le suivre. Mais il marche plus vite que moi. J'ai fini par perdre sa trace.

— Je ne savais pas que Guillemot avait un esprit aussi aventurier, s'étonna Saïga. Quel âge a-t-il, déjà ?

— 14 printemps.

— La stature d'un enfant, mais l'intelligence d'un adulte, dit L'Affectueuse.

— Pourquoi est-il parti sans me dire au revoir ? gémit Étagne.

— Parce que tu aurais cherché à le retenir, répondit Mégacéros.

— Mon pauvre petit Guillemot… Il ne réalise pas la difficulté de vivre seul ! Comment va-t-il se débrouiller sans la protection du groupe ?

— Il est parti à la bonne saison, dans un environnement riche en fruits et en poissons, fit remarquer Saïga.

— Mais l'hiver va revenir ! Quand tu as perdu sa trace, avait-il une chance de rejoindre un autre clan ? demanda Étagne à son compagnon.

— Je ne sais pas.

Elle le regarda avec effroi, comme s'il était insensible à ce qui pouvait arriver à ses enfants. Il se sentit obligé d'ajouter :

— Je n'ai pas aperçu de fumée dans les environs. Mais ça ne veut pas dire qu'il n'y avait personne. Le relief était très accidenté.

Relevant la tête, Le Fonceur sembla constater l'absence de Guillemot.

— Ton fils reviendra-t-il chez nous s'il ne rencontre pas d'autre clan ?

— Je ne crois pas. Il poursuivra sa quête plus loin. Il était déterminé.

— Les Quatre-Encoches ne cessent de perdre leurs membres ! D'abord Félin, puis Iranie, Le Solitaire, Aurochs, Guillemot… À croire que nous sommes maudits par les Esprits !

***

Assommés par le chagrin et peut-être par un repas copieux, les Quatre-Encoches se couchèrent tôt. Avant que le ciel nuageux n'obscurcisse totalement la nuit, Licorne-la-Puissante quitta sa cachette et rejoignit le gué. Sous l'assaut de la harde, la corde avait été emportée et plusieurs pierres déplacées. Elle traversa la rivière en cherchant son équilibre de l'une à l'autre, au milieu des bêtes mortes. Puis elle s'avança vers les tentes sur un sol de feuilles et de brindilles qui craquaient à chacun de ses pas. Sans s'attarder devant le renne à demi dépecé, elle ramassa un couteau de silex oublié, ainsi que des morceaux de viande cuite tombés dans la cendre. Dès qu'elle eut trouvé refuge sous le couvert des arbres, elle commença à remplir son ventre affamé que les pommes n'avaient pas suffi à rassasier. C'est alors qu'elle remarqua, dans l'ombre, deux yeux dorés qui la fixaient.

Elle réussit à ne pas crier, à ne pas fuir. Lentement, elle glissa les morceaux de viande dans sa main gauche, le couteau dans la droite, prête à frapper. Après un moment, elle distingua les contours de l'animal : sa fourrure hirsute, ses oreilles dressées, sa gueule entrouverte sur des crocs blancs. Le loup ne l'attaquerait pas s'il pouvait se diriger sans risque vers le renne dépecé dont l'odeur l'avait attiré : il préférerait une proie inerte à celle qui risquerait de se défendre et de le blesser. Il venait se nourrir en chapardant les restes du festin des Quatre-Encoches – exactement comme elle. Elle s'écarta pour lui libérer le passage et il fila vers le cadavre. La sympathie de Licorne-la-Puissante augmenta encore lorsqu'elle vit de profil son ventre plein : c'était une femelle, gravide.

Pendant que la louve plantait ses crocs dans la chair pour en arracher un morceau, la chamane revint en hâte vers le gué. Elle le franchit aussi vite que possible malgré les pierres manquantes et les carcasses gonflées d'eau. L'obscurité était totale lorsqu'elle rejoignit l'entaille dans la falaise. Bien que la nuit d'été soit tiède, et l'endroit abrité du vent, ses fourrures commençaient à lui manquer. Pour la première fois de sa vie, elle ne bénéficiait pas de la présence d'un feu, de sa lumière, de sa chaleur, de sa protection. Attentive au moindre bruit qui pourrait révéler la présence d'un prédateur, elle ramassa à tâtons des herbes sèches, qu'elle entassa au pied du pommier rabougri pour se protéger de l'humidité. Elle se lova dessus. Le couteau dans la main, elle parvint à s'endormir.

***

Le lendemain, elle contempla Le Fonceur qui tenait un discours véhément aux Quatre-Encoches. C'était leur premier matin sans Aurochs et peut-être s'étaient-ils querellés pour se répartir les tâches de la journée. Quand ils se dispersèrent, Licorne-la-Puissante se hâta de remonter la berge en direction de l'endroit discret où elle s'était baignée deux jours plus tôt. Les rennes morts regorgeant à proximité du camp, les Quatre-Encoches ne seraient pas tentés de s'aventurer plus loin. Après avoir dépassé le méandre, elle retira son pantalon, sa tunique et son collier trop lourd ; elle en fit un baluchon qu'elle posa sur sa tête. Vêtue seulement de son pagne et de son bandeau de poitrine, le couteau toujours en main, tantôt nageant, tantôt marchant, elle traversa la rivière, puis se rhabilla.

Cette rive montait en pente douce vers de petites collines boisées, ce qui permettait de progresser sans être vu. Licorne-la-Puissante fit un détour pour arriver au camp par l'arrière. Elle était guidée par le bruit de chocs sonores et réguliers ; Mégacéros devait améliorer l'équipement des Quatre-Encoches en outils de silex. En avançant accroupie, au milieu des fougères, elle put s'approcher des tentes. Elle vit passer les enfants qui rapportaient du bois.

— Quand je serai grande, disait Fuligule, je quitterai le clan pour voyager, moi aussi.

— Tu voyageras avec ton compagnon et sa famille, rectifia Courlis.

— Non. Je veux décider toute seule où je vais. Comme Guillemot.

— Tu es une fille !

— Et alors ?

— Les filles ne savent pas se défendre.

— Ce n'est pas vrai ! Saïga lance très bien la sagaie. Je ferai comme elle.

— Moi, je ne veux pas quitter maman, dit Marouette.

— Elle mourra un jour, comme ma mère, dit Fuligule.

— Tu seras quand même obligée, dit Courlis à Marouette. Moi, je vivrai toujours avec maman. C'est ma compagne qui viendra chez nous.

La petite fille se mit à pleurer et courut vers les femmes qui s'installaient autour d'une carcasse pour la dépecer. Au même moment, des chasseurs apparurent à la hauteur du gué dévasté : les Piégeurs-de-Rennes. Aussitôt, adultes et enfants se rassemblèrent de l'autre côté. Puisque aucun des deux chefs ne voulait prendre le risque de traverser la rivière à la merci des sagaies de l'autre groupe, ils communiquèrent à distance avec de grands gestes.

Les Quatre-Encoches finirent par comprendre que la descente des rennes s'était produite plus tôt que les autres années. Les Piégeurs-de-Rennes étaient furieux d'avoir manqué le carnage qui leur fournissait des provisions pour tout l'hiver. Dans sa cachette, Licorne-la-Puissante sourit en pensant aux critiques qu'ils avaient émises sur les femmes chamanes. Il semblerait que leur homme chamane n'ait pas été plus habile qu'elle à prédire l'événement. Puisque le groupe lui tournait le dos, elle s'élança jusqu'aux tentes et pénétra dans celle qui avait abrité Aurochs. Malgré le désordre, elle retrouva son sac. Elle fourra ses couvertures à l'intérieur ; elles ne manqueraient à personne puisque chacun avait les siennes.

Après avoir vérifié que les Quatre-Encoches étaient toujours occupés, elle se glissa hors de la tente et s'enfuit vers les vallons arborés. En amont du méandre, elle traversa de nouveau la rivière en tenant le sac sur sa tête. Quand elle revint vers le gué, elle aperçut le groupe plus loin, sur la même rive qu'elle. Ils aidaient les Piégeurs-de-Rennes à sortir de l'eau plusieurs cadavres de rennes. En se cachant, elle rejoignit la faille dans la falaise. Elle se laissa tomber au pied du pommier rabougri, impatiente de dresser l'inventaire de ses nouvelles possessions.

Outre les deux couvertures en fourrures, le sac contenait un anorak en peau de lièvre, des moufles, deux outres en vessie de renne avec leur bouchon en os, un bol et une cuiller en bois, trois couteaux de silex de taille différente, une lampe à graisse, une longue cordelette, du matériel de couture – perçoir, aiguilles et tendons – et plusieurs petites poches d'herbes aromatiques. À chaque objet qu'elle prenait en main, Licorne-la-Puissante pensait avec reconnaissance à Aurochs, dont les biens, complets et en bon état, lui seraient précieux pour survivre.

***

L'hostilité des Piégeurs-de-Rennes avait uni les Quatre-Encoches autour de leur chef. Ils avaient soutenu sa demande de rester deux jours encore, le temps de dépecer deux rennes, en échange de la préparation d'un convoi de dépouilles. Lorsque leurs hôtes viendraient organiser un second convoi, ils auraient quitté les lieux. L'effort physique nécessaire pour tirer hors de l'eau six carcasses leur avait donné l'illusion de former un groupe solidaire. Mais une fois les chasseurs de l'autre clan partis avec leur chargement, ils recommencèrent à se disputer.

— Le dépeçage exige d'excellents outils. Je vais en tailler de nouveaux, décida Mégacéros en s'asseyant en tailleur.

— Reconnais plutôt que tu ne veux pas nous aider ! dit L'Affectueuse, mécontente.

Elle se tourna vers Le Fonceur, qui ne réagit pas. Armé d'un galet, Mégacéros frappa un bloc de silex de coups précis. Les premiers éclats jaillirent.

— Je répare le gué, annonça L'Élégant en s'éloignant.

— Ce n'est pas urgent ! protesta Saïga. Ni indispensable. Les Piégeurs-de-Rennes ne nous ont rien demandé à ce sujet.

— Ils seront contents ! cria-t-il sans se retourner.

De l'eau jusqu'aux cuisses, il commença à remuer les pierres en tournant le dos au chef. Mais il n'avait rien à craindre : Le Fonceur restait planté sur la rive, le regard fixé sur les reflets miroitants. Contrariées, les femmes se remirent au travail, par habitude autant que par sens du devoir.

— Saïga et La Gracieuse, vous nettoierez les peaux et vous les assouplirez, décida L'Affectueuse. Étagne et moi, nous découperons les chairs.

— Tu n'as pas à nous donner d'ordres, répliqua Saïga.

— Nous n'avons plus de compagne de chef. Il faut bien que quelqu'un la remplace. Étagne, qui est la plus âgée, n'aime pas répartir les tâches.

Son amie acquiesça.

— Je suis la deuxième par rang d'âge, ajouta L'Affectueuse. Et moi, l'organisation ne me dérange pas.

— Je ne vois pas pourquoi La Gracieuse et moi ferions le travail le plus fatigant et le plus désagréable ! dit Saïga.

— Il faut partager ! Et vous êtes les plus jeunes.

— Puisqu'il faut partager, La Gracieuse et moi nous chargerons d'un renne entier. Étagne et toi vous occuperez du second.

— Je suis d'accord, s'empressa de dire La Gracieuse.

Furieuse, L'Affectueuse ne trouva pas d'arguments à leur opposer.

— On sera plus tranquilles toutes les deux, lui dit Étagne à voix basse. Je vais m'occuper de la peau et tu découperas les chairs.

Bientôt, les quatre femmes s'activèrent. Étagne raconta à son amie que, après ses maigres explications devant le groupe, Mégacéros avait retrouvé son mutisme habituel. Comme s'il n'avait pas disparu plusieurs jours ! Comme si Guillemot ne les avait pas quittés sans un au revoir ! Indifférent au désarroi de sa compagne, il l'avait prise de force au cours de la nuit.

L'Affectueuse l'écouta d'une oreille distraite, préoccupée par autre chose. Le Fonceur était de nouveau veuf ! Chef d'un groupe affaibli, il n'était plus un parti très intéressant. Les femmes libres de son âge seraient chargées d'enfants, les femmes plus jeunes espéreraient en avoir, et aucune ne voudrait mettre leur progéniture en danger en intégrant une famille en perte de vitesse. Puisque elle-même était sans compagnon depuis la disparition du Solitaire, il serait logique qu'un rapprochement se produise entre Le Fonceur et elle. Elle ne détesterait pas devenir la compagne d'un chef, même d'un chef modeste – au contraire, elle pourrait ainsi lui tenir tête. Elle se satisferait de diriger seulement Étagne et Saïga. La première, son amie, lui obéissait déjà au doigt et à l'œil, la seconde allait être privée de son unique alliée avec le départ de La Gracieuse.

Ce plan échouerait si les Quatre-Encoches intégraient une famille plus puissante. Mais lorsqu'elle serait la compagne du Fonceur, L'Affectueuse saurait le persuader qu'il s'agissait d'une fausse bonne idée. Depuis le retour de Mégacéros, le groupe comprenait de nouveau quatre chasseurs – elle comptait Saïga de manière à consolider son argumentation. Les Quatre-Encoches pourraient échanger leur défense de mammouth contre une promesse de viande pour trois ou quatre hivers, le temps que son fils Courlis vienne compléter l'équipe. L'ivoire valait bien plusieurs hivers de viande ! Il ne fallait surtout pas le sous-estimer ! Le mieux serait de le cacher dans un lieu sûr pour n'en troquer qu'une partie chaque année…

Ravie de s'imaginer compagne de chef, L'Affectueuse mit trop d'élan dans son mouvement et troua la vessie du renne – qui aurait fait une outre de bonne taille. Elle poussa une exclamation de dépit. Près d'elle, Étagne sursauta, s'écorcha un doigt avec son racloir et éclata en sanglots. Cette fois, L'Affectueuse l'entoura de ses bras pour la consoler.

De l'autre côté du foyer, Saïga raclait la peau du second renne. Ce geste répétitif et énergique l'aidait à surmonter sa colère. Elle n'appréciait pas que L'Élégant s'amuse avec les pierres de la rivière au lieu de les aider. Et elle refusait de se laisser brimer par L'Affectueuse. Les décès simultanés d'Aurochs et de Licorne-la-Puissante la privaient des deux personnes du groupe en qui elle avait confiance.

Ce matin, derrière les tentes, elle s'était retrouvée face à un loup ! Il montrait les crocs, prêt à bondir. Effrayée, elle avait lancé sa sagaie. Ensuite, en contemplant la bête morte, elle avait remarqué les mamelles gonflées et le ventre qui pendait comme un sac vide. Voilà qui expliquait l'agressivité de la bête. Curieuse, elle avait fouillé les herbes à la recherche des louveteaux, sans les trouver. Ce souvenir lui donnait une idée. Interrompant son travail, elle rejoignit Le Fonceur qui n'avait pas bougé depuis le départ des Piégeurs-de-Rennes.

— La vie de Licorne-la-Puissante a été brisée par la harde, déclara-t-elle.

Le chef hocha la tête.

— Il s'agit d'une grande perte pour les Quatre-Encoches, ainsi que pour le clan des Grandes-Mains-Blanches, ajouta Saïga.

— C'est vrai. Espérons que les Esprits nous enverront bientôt une autre chamane.

— Au cours de notre voyage, elle nous a préservés de la furie des Esprits. Elle nous a soignés. Elle a sauvé Fuligule. Elle a annoncé le retour de Mégacéros. Juste avant de mourir, elle nous a avertis de nous mettre à l'abri.

— Elle nous a avertis trop tard.

— Je comprends ton chagrin, Le Fonceur. Je suis profondément triste pour Aurochs. Je l'aimais beaucoup.

Elle attendit un instant avant de raconter :

— Tout à l'heure, j'ai tué une louve qui me menaçait en protégeant ses petits. Je voudrais offrir sa peau aux Esprits, en hommage à Licorne-la-Puissante. Au nom de notre famille.

— Tu fais ce que tu veux de cette bête, c'est toi qui l'as tuée. Avec toute cette viande de renne à notre disposition, nous n'allons pas manger du loup.

— Merci.

— C'est moi qui te remercie. Ton idée est bonne, Saïga.

Ainsi encouragée, la jeune femme alla chercher le cadavre de la louve, qu'elle rapporta près du feu. Pour couper court aux remarques de L'Affectueuse, elle expliqua que le chef lui avait confié l'hommage à la chamane disparue.

— La mort de Licorne-la-Puissante est un drame pour les Quatre-Encoches, répéta-t-elle. Et pour le clan des Grandes-Mains-Blanches. Qui nous soignera désormais ? Qui nous protégera ?

— Ça me tracasse aussi, avoua Étagne. Mais Mégacéros se moque de mes inquiétudes.

— C'est un homme. Il ne craint pas d'accoucher, fit remarquer L'Affectueuse.

— Il pourrait être blessé à la chasse, tempéra Saïga.

Avec précaution, elle décolla la peau des chairs, depuis la queue jusqu'au museau. Puisqu'il s'agissait d'honorer une morte, et non d'offrir une fourrure à une personne vivante, elle s'arrêta là dans le processus de conservation. Elle traversa la rivière sur le gué reconstitué. Elle rejoignit l'endroit où les biches avaient transmis à la chamane un message des Esprits. Suivie des yeux avec respect par le reste du groupe, elle déposa la dépouille sur la pierre plate.

Elle était très émue. Licorne-la-Puissante lui manquait plus qu'elle n'avait osé le dire aux autres femmes. Ne saurait-on jamais ce qui était arrivé à Iranie sur la plage ? Depuis le retour de Mégacéros sans son fils, deux hypothèses avaient surgi dans l'esprit de Saïga. Soit Guillemot avait tué la jeune fille par accident, et son père l'avait conduit dans un autre clan de peur qu'il ne s'accuse. Soit l'assassin était Mégacéros en personne, qui s'était débarrassé de son fils parce qu'il avait été le témoin du meurtre et qu'il risquait de tout révéler. Cette seconde hypothèse la terrifiait. Les Quatre-Encoches abritaient-ils un monstre capable de sacrifier son enfant ?

De retour sur l'autre rive, elle reprit le raclage de la peau de renne. Malgré sa tristesse, elle sentait qu'elle avait agi de manière juste. Quand elle releva la tête, ce travail terminé, elle découvrit que la dépouille du loup avait disparu. Elle se réjouit que son offrande ait été acceptée par les Esprits.

***

Cachée dans les buissons, Licorne-la-Puissante observa Saïga déposer son offrande sur la pierre plate. Ce geste la toucha. Elle considéra qu'il pouvait s'adresser aussi bien à la chamane vivante que morte. Après le départ de la jeune femme, elle rampa le plus près possible de la peau de loup qu'elle attira à elle à l'aide d'un bâton.

Au pied du pommier, elle poursuivit le travail sur la dépouille. Armée des outils de silex d'Aurochs – qu'elle prenait garde de ne pas heurter –, elle finit de retirer tous les morceaux de chair qui subsistaient sous la peau. Lorsqu'elle eut reconstitué la partie supérieure du crâne, elle possédait de nouveau une parure qui recouvrait sa tête et ses épaules jusqu'au bas du dos, avec des orbites sombres, le haut du museau, des crocs pointus, une fourrure épaisse d'un beau gris irisé, les pattes et leurs griffes, une queue touffue.

Reconnaissant la robe de la louve gravide, elle y voyait un signal des Esprits : ils lui indiquaient clairement ce qu'elle devait faire. Malgré l'ardeur du soleil, elle rangea son sac, remplit une outre à la cascade et se mit en marche vers le méandre. Elle traversa la rivière à la nage, son sac sur la tête, puis elle se dirigea vers l'arrière du camp des Quatre-Encoches. Elle arrivait à proximité lorsqu'elle entendit les gémissements feutrés qu'elle guettait. En fouillant délicatement les feuilles mortes, elle découvrit deux boules grises dans le tronc creux d'un arbre mort. Grosses comme le poing, serrées l'une contre l'autre, elles s'agitaient en couinant. Leurs yeux étaient encore fermés et leurs poils collés. Les louveteaux étaient âgés d'une demi-journée tout au plus. Puisque leur mère ne surgissait pas pour les protéger, il s'agissait bien de la louve qui rôdait la veille près du camp et que Saïga avait tuée.

Licorne-la-Puissante s'accroupit pour les prendre dans ses mains. Leurs oreilles minuscules se dressèrent, et ils attrapèrent un peu de chair de ses paumes en essayant de téter. Ils semblaient vifs et en bonne santé. L'un d'entre eux était une femelle, ce qui dicta son choix. Selon la tradition des chamanes, apprivoiser un loup n'était possible que si l'on trouvait une femelle le jour de sa naissance. Dès le lendemain, ce n'était plus possible. Quant aux mâles, ils devenaient trop dangereux en grandissant. Confiant le second louveteau à l'Esprit de la Terre, elle le remit dans l'arbre creux où il vivrait son destin – probablement bref. Puis elle installa la petite louve sous sa tunique, coincée entre ses seins. Son odeur devait s'inscrire tout de suite dans la mémoire de l'animal afin de primer sur n'importe quelle autre.

L'animal affamé s'agitait contre sa peau. Elle revint vers la rivière au-delà du méandre. Assaillis par de grosses mouches bleues, quelques cadavres de renne gisaient toujours sur la berge. Elle repéra une femelle dont les mamelles étaient gorgées de lait. D'un coup de couteau, elle les trancha l'une après l'autre, recueillant dans une outre le précieux liquide qui avait conservé sa couleur d'ivoire et son odeur fraîche. Sous un rocher bas qui la mettait à l'abri des mouches, elle glissa entre les mâchoires de la louve une pièce de peau imbibée de lait. Celle-ci eut l'instinct de la mâchonner. Une fois le petit animal rassasié et endormi contre elle, elle se hâta de quitter les bords de la rivière.

Les Esprits faisaient à Licorne-la-Puissante un cadeau exceptionnel. Mais puisqu'elle devait habituer la louve à la présence du feu, ils exigeaient qu'elle s'éloigne des Quatre-Encoches. Elle se dirigea vers les collines et, tout en réfléchissant aux terribles événements de ces dernières lunes, elle entama le voyage de retour vers la vallée des Saumons-Bondissants. Elle savait maintenant qui avait tué Iranie, et pourquoi. Ce n'était plus seulement les Quatre-Encoches qu'elle devait protéger, mais le clan tout entier des Grandes-Mains-Blanches.

8

Le soleil ne brûlait plus la peau de L'Énergique, il la réchauffait avec douceur. Il ne jaillissait plus, triomphant, dans l'abri des Grandes-Mains-Blanches[1] ; mais il naissait aux pieds de la jeune femme, dans la brume, là où la rivière des Saumons-Bondissants quittait la falaise pour entamer sa grande boucle. Le soir, au lieu de s'étirer au-delà des collines, il s'éclipsait en un instant, plongeant la vallée dans l'ombre. L'automne était là, enfin ! Chaque fois qu'elle se levait la nuit, L'Énergique observait la lune qui gonflait comme le ventre d'une femme enceinte. Son impatience était si grande ! Avant que la sixième lune de l'année ne soit pleine, toutes les familles du clan seraient réunies.

Cela faisait bientôt un an que Félin avait été transpercé par la corne d'un bison. Un an que L'Énergique avait cru mourir de révolte devant leurs destins : celui du chasseur Quatre-Encoches dont la vie avait été interrompue dans la fleur de l'âge. Et celui de la veuve abandonnée avec un nouveau-né, reconduite chez ses parents. Elle avait pleuré tant de larmes au cours de l'hiver que sa mère avait craint qu'elle n'ait plus de lait

1. L'abri sous roche de la Madeleine.

– même si le petit Colombin grandissait aussi bien qu'un autre bébé. Au printemps, lorsque les familles du clan s'étaient dispersées, la jeune femme avait refusé de suivre sa famille de naissance, les Détours-Réussis, dans leur lente pérégrination le long de la vallée. Elle était restée dans l'abri avec son enfant et la doyenne du clan, La Légère, trop fatiguée pour de longues marches.

Entre Colombin qui souriait sans poser de questions et la vieille femme qui répétait toujours les mêmes histoires, L'Énergique s'était retrouvée au calme avec ses pensées. Loin de tous ceux qui lui donnaient des conseils, la réprimandaient pour son chagrin prolongé ou insistaient sur son malheur, elle avait laissé libre cours à sa douleur. Elle avait osé reprocher aux Esprits l'injustice dont elle était la victime. Ensuite, elle s'était de nouveau réchauffée au soleil, elle s'était baignée nue, le ventre un peu flétri et les seins épanouis, elle avait recommencé à chantonner. Et elle s'était interrogée : voulait-elle rester la fille malheureuse d'une mère compatissante chez les Détours-Réussis, ou bien devenir la compagne d'un autre chasseur, dans une autre famille du clan ?

Elle savait qu'elle intéresserait les veufs, mais aussi les hommes de son âge qui apprécieraient d'avoir tout de suite un premier fils. Elle avait beaucoup aimé Félin, pour qui elle avait fait l'effort de s'habituer aux personnes désagréables dont ils partageaient la tente : L'Affectueuse et Le Solitaire, Étagne et Mégacéros. Si elle n'avait guère apprécié La Gracieuse, elle s'était bien entendue avec Aurochs et Iranie ; elle s'était réjouie que son amie Saïga s'unisse avec L'Élégant. Quand Le Fonceur l'avait ramenée chez ses parents, elle s'était sentie rejetée et humiliée. À quoi bon avoir considéré qu'elle n'était plus une Détours-Réussis mais une

Quatre-Encoches si on lui interdisait de partager leur malheur ?

Maintenant que ses larmes étaient taries, et qu'elle s'ennuyait en compagnie du bébé et de la vieille radoteuse, elle se sentait la force d'intégrer une troisième famille.

***

En pénétrant sur le territoire du clan, Licorne-la-Puissante laissa sur sa droite la vallée des Fuites-au-Galop[1] pour grimper sur la crête des Trois-Regards[2]. Depuis le sommet, elle repéra en face, dans la falaise calcaire, la longue fente horizontale de l'abri. La roche qui la surplombait était creusée de sillons verticaux qui ressemblaient à des doigts serrés, géants et protecteurs. Chaque fois qu'au retour d'un voyage la chamane redécouvrait le refuge des Grandes-Mains-Blanches, elle reprenait confiance en la bienveillance des Esprits. C'était pour les humains qu'ils avaient conçu cette cavité peu profonde, plus haute qu'un homme, d'une largeur exceptionnelle de deux cents pas, située de manière idéale. Pendant l'hiver, elle concentrait la lumière et la chaleur parce qu'elle était orientée au sud. Rares étaient les membres du clan qui y vivaient pendant l'été mais, lorsque c'était le cas, il suffisait de reculer de quelques pas sous la roche pour sentir sa fraîcheur. Au printemps, quand la rivière des Saumons-Bondissants débordait dans la vallée, l'abri était assez haut pour échapper aux inondations. Pendant les grandes chasses d'automne, aucun poste d'observation ne pouvait rivaliser avec lui.

1. La vallée de la Beune.
2. La crête de Tursac au-dessus des Eyzies.

À cet endroit, la falaise formait une avancée large et plate. En venant se cogner contre elle, le cours d'eau changeait de direction. Il effectuait sur le côté une boucle étroite avant de revenir presque au point précédent, de longer le refuge d'un bout à l'autre, et enfin de s'éloigner paresseusement devant lui. En créant ce parcours tortueux, les Esprits avaient pensé à tout. Grâce à la vue que l'abri offrait sur la vallée, les chasseurs pouvaient repérer le gibier de passage, choisir une tactique, organiser le groupe, vérifier les armes, et enfin se lancer à l'assaut de leurs proies – pendant que les animaux les plus rapides perdaient leur temps à suivre les méandres de la rivière. Une mésaventure comparable à celle qu'avaient vécue les Piégeurs-de-Rennes quand la harde folle leur avait échappé ne pourrait jamais survenir aux occupants des Grandes-Mains-Blanches.

En réalité, plus elle approchait du refuge du clan, plus Licorne-la-Puissante avait envie de croire en la bienveillance des Esprits. Pendant sa marche de deux lunes en la seule compagnie de la louve, elle avait passé et repassé dans sa tête chacun des événements qui avaient marqué le périple des Quatre-Encoches. Il ne serait pas facile de confondre l'assassin sans laisser subsister le moindre doute, tout en restaurant l'harmonie d'une famille déchirée par des questionnements secrets. Si son hypothèse se vérifiait, le meurtrier d'Iranie se préparait à d'autres crimes chez les Grandes-Mains-Blanches ; elle-même était menacée.

Avant d'entamer la traversée de la vallée, elle fit une pause. Puisqu'elle allait être visible de loin, elle réajusta sur elle la dépouille de loup, mettant en évidence les crocs sur son front et les pattes griffues sur ses bras. Elle attrapa l'animal qui trottinait à ses côtés, tenu en laisse. Elle l'installa dans un petit sac qu'elle portait sur le dos, semblable à celui que les mères utilisaient pour leurs jeunes enfants.

Les arbustes, les buissons épineux et les plantes grimpantes formaient dans le fond fertile un enchevêtrement serré de végétation. Plutôt que de se frayer un chemin à coups de bâton, Licorne-la-Puissante rejoignit la rivière des Saumons-Bondissants pour remonter son cours. L'eau n'était pas transparente comme celle des Hardes-Folles, mais chargée de particules brunes arrachées à la terre argileuse. Des branchages filaient vers l'aval, entraînés par un courant rapide, signe que des orages avaient éclaté dans les montagnes de l'Est[1]. Jusque-là, la chamane avait choisi le trajet le plus discret mais aussi le plus éprouvant, celui qui évitait les bords de rivières et privilégiait les crêtes, les vallons et les ruisseaux. Elle avait renoncé à se nourrir de saumons et de truites qui abondaient à cette époque de l'année, se contentant de fruits, de légumes, d'œufs, d'écrevisses. Les Quatre-Encoches – qui avaient pu pêcher et avaient des provisions de viande – pouvaient l'avoir précédée.

En se dirigeant vers l'abri, Licorne-la-Puissante nota avec soulagement la minceur de la colonne de fumée qui se dressait au-dessus de la falaise. Le feu était de ceux qu'on entretient juste assez pour qu'ils ne s'éteignent pas : les occupants actuels étaient peu nombreux. Peut-être les Quatre-Encoches n'avaient-ils aucune raison de se presser, contrairement à elle. En s'approchant, elle distingua deux silhouettes féminines. La première était assise à côté du foyer, une couverture jetée sur les épaules : ce devait être La Légère. La seconde, mince, plantée fermement sur ses jambes, un enfant dans les bras, la regardait approcher. Elle reconnut L'Énergique.

1. Le Massif central.

***

— Non, pas dans la bouche, petit coquin. C'est dangereux.

L'Énergique réussit à écarter les doigts serrés de Colombin qui retenaient un éclat de silex. Lorsqu'elle s'approcha du bord de la terrasse rocheuse pour le lancer au loin, elle repéra un animal qui avançait le long de la berge, tête haute, sans brouter, sur deux pattes. Il avait une fourrure épaisse, des oreilles pointues, des dents de carnassier…

— Un loup debout ! s'exclama-t-elle, avant de se reprendre et d'expliquer à Colombin : Seuls les oiseaux marchent sur deux pattes comme les humains. Des oiseaux à fourrure, ça n'existe pas ! Alors, là-bas, c'est un humain, revêtu d'une dépouille de loup. Une chamane…

Cette silhouette petite et souple aurait pu être celle de Licorne-la-Puissante, mais L'Énergique l'avait toujours connue coiffée d'un crâne de lion avec des baguettes de coudrier. Pourquoi une autre chamane rendrait-elle visite aux Grandes-Mains-Blanches ? Intriguée, la jeune femme ne remarqua pas que Colombin suçait une limace qu'il venait d'attraper sur une branche à sa portée.

La chamane arrivait au pied de l'abri, sur la rive opposée. Lorsqu'elle s'avança sur la passerelle de lianes et de rondins, L'Énergique reconnut ses traits fins, marqués par les années. C'était bien Licorne-la-Puissante. Pourquoi avait-elle changé de parure sacrée ? Serait-elle devenue l'interlocutrice privilégiée d'un Esprit différent ?

En prenant pied sur la terrasse, la chamane salua avec

chaleur L'Énergique. Elle admira l'enfant de 1 an, en bonne santé, dont elle avait facilité la naissance.

— Colombin, je ne t'aurais pas reconnu ! Quelles belles joues tu as ! Tiens, on dirait que tu apprécies les limaces…

— Oh, non ! s'exclama la mère.

— Ne t'inquiète pas. Celle-ci n'est pas toxique.

— Il met à la bouche tout ce qu'il trouve ! Je dois le surveiller en permanence. Et puis tu verrais comme il file à quatre pattes ! J'ai tout le temps peur qu'il tombe de la falaise.

— Je comprends. Les petits humains sont curieux et aventuriers. Leur vie est pleine de dangers. Ils ne pourraient pas supporter de rester en laisse comme ma louve.

Licorne-la-Puissante se tourna pour montrer ce qu'elle avait dans le dos : un sac d'où dépassait une petite gueule grise et poilue, avec des crocs, et des yeux dorés. L'Énergique poussa un cri et recula de quelques pas. Il ne fallait pas oublier d'exprimer sa reconnaissance envers les animaux morts qui offraient de quoi se nourrir et se vêtir. Mais les animaux vivants étaient une source perpétuelle de danger : on ne savait jamais quand l'un d'entre eux pouvait surgir et attaquer. Seule une chamane puissante pouvait se permettre un acte aussi insensé que celui de porter un loup dans son dos, contre sa chair.

— Elle t'obéit ? demanda-t-elle en tremblant.

— Oui. C'est l'Esprit de la Terre qui me l'a offerte.

— C'est pour ça que tu portes cette dépouille de loup ! Elle te donne le pouvoir de commander à ta louve !

Licorne-la-Puissante acquiesça, sans révéler qu'elle avait plutôt apprivoisé l'animal en le nourrissant, en l'habituant à son odeur, en le maîtrisant. Elle alla saluer La Légère, assise sur une pierre près du feu, enveloppée dans une monumentale fourrure d'ours malgré le soleil doux. Elle écouta ses plaintes sur les douleurs de ses membres, et lui laissa des feuilles de cassis à infuser. Puis elle se hâta de reprendre la passerelle ; de nombreuses tâches l'attendaient dans son refuge avant la tombée de la nuit.

À ses deux interlocutrices, elle n'avait rien révélé des événements qui avaient affecté le périple des Quatre-Encoches. L'essentiel était qu'elle soit passée la première au refuge des Grandes-Mains-Blanches. Bientôt, le clan entier serait informé que leur chamane avait apprivoisé une louve grâce à une nouvelle parure sacrée. Le prestige ainsi conféré contribuerait à la protéger.

Malgré sa fatigue, Licorne-la-Puissante traversa en sens inverse le large fond de la vallée. Elle grimpa sur la crête escarpée des Trois-Regards avant de redescendre dans la vallée voisine des Fuites-au-Galop. Un cours d'eau modeste s'écoulait dans un espace plat et rectiligne, sans végétation envahissante ; les hardes de chevaux qui l'occupaient foulaient les broussailles et les arbustes naissants. Sur l'autre versant, moins raide, elle rejoignit la combe où se trouvait la grotte des Cent-Juments[1]. Elle n'était pas propice aux séjours hivernaux avec son entrée orientée à l'est, plongée dans l'ombre dès le milieu de la journée ; la petite terrasse et le muret de pierres sèches ne captaient qu'un peu de soleil supplémentaire. Pourtant, c'était là que la chamane des Grandes-Mains-Blanches vivait pendant la saison froide – en été, elle voyageait.

1. La grotte des Combarelles.

En ce lieu plus qu'ailleurs, elle était en lien avec les Esprits. La source à laquelle elle s'abreuvait traversait la roche sacrée avant de lui offrir force et lucidité. Le souffle des Esprits l'inspirait sous la forme d'un léger courant d'air. Et quand on la sollicitait pour répondre à une question délicate, elle trouvait la réponse pendant un séjour plus ou moins long à l'intérieur de la grotte. Dans ce refuge familier qu'elle avait fini par aimer, austère mais dont elle connaissait les moindres ressources, elle pourrait enfin se reposer. Elle utiliserait le bois qu'elle avait mis à sécher et qui brûlerait mieux que n'importe quel autre. Elle saurait où cueillir de délicieux champignons qui constitueraient son dîner. Elle pourrait facilement relever les collets posés à proximité ; il y aurait bien un écureuil ou un lapin à laisser à la louve. Elle allait retrouver toutes sortes d'objets utiles et de provisions diverses, qu'elle dissimulait dans les anfractuosités de la roche.

Mais d'abord, elle devait reconstituer l'abri qu'elle avait démonté avant de partir en voyage. Sur la terrasse, dans le prolongement du porche, elle fixa des perches de bois souple. D'autres furent attachées au muret et aux perches verticales. Par-dessus, elle tendit des peaux de renne cousues, dont les pans retombaient à l'extérieur. Le fond de l'abri permettait d'accéder à la grotte. Le côté le plus étroit, tourné vers l'est et le soleil du matin, pouvait être refermé en cas de tempête ; le reste du temps, la fumée du foyer s'en échappait.

Pressée par la pénombre qui envahissait la combe, Licorne-la-Puissante alla encore ramasser des brassées d'herbes qu'elle tria avec soin, retirant les plantes dures ou épineuses ; elle se fabriqua un matelas neuf qu'elle recouvrit de fourrures. Elle frappa une pierre de marcassite avec un silex pour allumer un premier feu de brindilles. Quand celles-ci flambèrent, elle ajouta du petit bois, puis des bûches. Dès les premières flammes, la petite louve s'était couchée près du foyer ; à sa place, n'importe quel autre loup retenu près d'un feu aurait hurlé à la mort. La chamane fit griller les champignons sur des baguettes de bois et cuire des œufs sur une pierre brûlante. Dans une peau remplie d'eau, suspendue au-dessus du foyer, elle jeta des baies et des feuilles pour composer une boisson fortifiante.

Lorsqu'elle fut rassasiée, la nuit était tombée, particulièrement noire. Seule une trouée au centre de la combe permettait d'apercevoir la voûte étoilée. Licorne-la-Puissante emplit de graisse de renne une petite pierre taillée en forme de cuiller ; à l'intérieur, elle enflamma du bois de genévrier ; cette lampe pourrait brûler longtemps. Ainsi éclairée par une lumière douce, elle s'avança sous le porche de la grotte sacrée des Cent-Juments. Laissant à droite un premier passage dans la roche, elle pénétra, au fond à gauche, dans l'étroit boyau.

***

L'intérieur de la grotte n'était pas plus silencieux que l'extérieur. Mais l'environnement sonore était très différent. Au-dehors, les feuillages de la combe bruissaient en permanence, le tapis de végétation craquait sous le passage incessant des petits animaux, les insectes stridulaient, les crapauds coassaient, les oiseaux sifflaient et faisaient claquer leurs ailes – et quand ils allaient se coucher, chouettes et hiboux prenaient le relais avec des cris presque humains. Dans le monde souterrain, le tumulte de la vie sous toutes ces formes s'effaçait. Il laissait place à une succession de clappements isolés les uns des autres, proches ou lointains, qui rebondissaient sur les parois, semblaient se répondre, et produisaient une sorte de musique lente, impossible à reproduire, ni menaçante ni accueillante, étrange.

Cette musique mettait les nerfs à vif. Elle renforçait la crainte d'entrer dans le boyau sacré et le caractère unique des épreuves d'initiation. Comme les autres chamanes avant elle, Licorne-la-Puissante avait apprivoisé cette peur. Ses sens aux aguets avaient développé une attention exacerbée qu'elle retrouvait à chaque visite. Alors que seul l'Esprit de l'Eau s'exprimait à voix haute sous la forme de gouttes qui s'écoulaient du plafond et claquaient sur le sol, elle sentait la présence silencieuse de l'Esprit de la Terre qui l'abritait, de l'Esprit du Vent qui respirait sur son front, et même de l'Esprit du Feu qui animait son cœur.

Elle trébucha sur le sol bosselé par les stalagmites. Même si le plafond de la grotte se perdait très haut dans la roche, les deux parois se rapprochaient parfois comme celles d'une tente écrasée par le vent ; elle devait alors se plier en deux sur une petite distance. Des virages serrés compliquaient sa progression. Enfin, sa lampe éclaira sur la droite deux grandes gravures : une jument et un mammouth, et, sur la gauche, un couple de chevaux qui se regardaient. Derrière eux surgissaient des chevaux, des mammouths, des bisons, des aurochs, des félins, des renards, des bouquetins, des ours et des rennes. Certains étaient dessinés avec une grande précision ; la plupart n'étaient qu'esquissés, un ou deux détails permettant de les reconnaître.

Lors des cérémonies d'initiation, les jeunes pubères, garçons et filles, devaient pénétrer seuls dans la grotte sacrée. Ils sursautaient aux bouches d'ombre qui s'ouvraient devant eux. Ils étaient interpellés par le regard du mammouth. Puis ils se heurtaient à la harde hétéroclite, comme il n'en existait jamais à l'extérieur, et qui semblait s'agiter à la lumière de la lampe. L'étroitesse du passage les empêchait d'accélérer le pas. Habitué depuis toujours à distinguer les animaux mâles des femelles, le futur initié les reconnaissait d'emblée sur les parois. Il était frappé par l'étrangeté des couples : une jument et un bison, une mammouthe et un cheval. Le garçon dont le sexe avait pris de l'ampleur et la fille dont les seins venaient de pousser pensaient aux différences entre les hommes et les femmes. Pour que les familles se perpétuent, les deux visages de l'humanité ont besoin l'un de l'autre, ce qui rend leur entente indispensable. Voilà l'enseignement qui était transmis par les Esprits aux jeunes gens qui entraient dans l'âge adulte.

Pendant qu'elle méditait une fois de plus sur ce message, Licorne-la-Puissante eut un choc. Certains traits n'existaient pas au printemps dernier ! Incrédule, elle passa et repassa sa lampe devant la paroi. Elle ne parvenait pas à distinguer ce qui était représenté. Plus elle s'approchait des dessins, plus ils devenaient flous. Son éclairage était trop faible ; elle devait préparer une torche. En rebroussant chemin, elle se demanda si sa vision déclinante ne l'avait pas trompée. Et si ce n'était que les griffures d'un ours ? Non, une bête aussi imposante ne pouvait pas se faufiler jusque-là. Mammouthe et Harfang, les deux graveurs, seraient-ils venus en son absence ? Mais même ces jeunes audacieux n'auraient pas osé pénétrer dans un lieu sacré sans la protection d'une chamane ! Encore moins graver la roche sans les indications des Esprits, qu'elle seule pouvait transmettre !

L'auteur des dessins provenait-il d'un autre clan ?

Des personnes extérieures voulaient-elles s'approprier la grotte sacrée des Grandes-Mains-Blanches ? Licorne-la-Puissante n'avait jamais connu, ou même entendu parler, de conflits sanglants entre deux groupes – sauf dans le récit du commencement qui racontait l'apparition des humains, au temps des ancêtres des ancêtres des ancêtres. Si certains clans revendiquaient parfois ce qu'ils considéraient comme leur territoire hivernal, un défilé de chasseurs armés suffisait à impressionner leurs voisins.

À son retour, la lumière plus vive de la torche éclaira les détails des nouvelles gravures. Leur style n'était pas du tout celui de Mammouthe et de Harfang. Les figures étaient debout sur deux pattes ; contrairement à la tradition, il ne s'agissait pas d'animaux. Elles étaient de profil, les unes à côté des autres, selon des axes différents, comme si elles dansaient. Elles avaient des jambes sans pieds, ainsi que des bustes sans bras, et elles étaient privées de têtes. L'une d'elles était dotée d'un sein ferme et haut, de bonne taille ; les autres en étaient dépourvues. Mais leurs points communs à toutes étaient des fesses proéminentes sur des silhouettes filiformes. L'artiste avait voulu représenter de jeunes croupes féminines particulièrement désirables. Et offertes, comme le montraient certains bustes penchés en avant. Les portions de corps qui les prolongeaient de quelques traits ne servaient qu'à rendre le dessin plus lisible.

Licorne-la-Puissante était stupéfaite. Les ancêtres des Grandes-Mains-Blanches leur avaient légué une statuette qui représentait une femme. Celle-ci était dotée de formes généreuses : pas seulement des fesses bien en chair, mais des seins rebondis, des cuisses opulentes et un ventre rond. La tête elle-même ressemblait à une boule, entièrement couverte d'une chevelure tressée.

Puisque les traits du visage n'étaient pas personnalisés, chaque femme pouvait s'identifier à cette figure qui célébrait la fécondité du corps féminin. Lorsqu'on la regardait, on ressentait de la joie et du respect. Ce n'était pas du tout le cas face à ces nouvelles gravures. Au contraire, plus elle les contemplait, plus Licorne-la-Puissante se sentait mal à l'aise. Le graveur n'avait pas mis en valeur des mères dans leur plénitude, mais de très jeunes filles qui n'avaient jamais connu la maternité, des femmes-enfants faciles à dominer.

Abasourdie, la chamane poursuivit son examen des parois. Un même symbole avait été reporté plusieurs fois autour des silhouettes féminines : un triangle, pointe en bas, traversé par une ligne verticale – un pubis. Sur la statuette des ancêtres, la vulve était dessinée et l'entrée des lèvres marquée par une incision nette. Mais jamais Licorne-la-Puissante n'avait vu un si grand nombre de sexes féminins, complètement isolés du corps.

Plus loin dans le boyau se trouvait une autre scène : un homme au pénis dressé s'apprêtait à pénétrer une femme qui lui offrait sa croupe. Ils avaient les mêmes visages aux crânes plats, aux mentons arrondis, aux nez pointus, aux grands yeux ronds. L'homme tendait devant lui ses longs bras pour attraper la femme ; sa partenaire n'avait ni doigts ni mains, et seulement l'amorce des bras, ce qui accentuait sa passivité.

Une dernière nouveauté figea Licorne-la-Puissante : un visage humain ! Doté de cheveux mi-longs et d'une barbe courte, c'était un homme. Son front était creusé de rides. Il avait un nez curieux, assez gros, posé de travers. Son demi-sourire lui donnait une expression intense, impossible à déchiffrer ; il semblait interroger le visiteur du regard. Dans un lieu habité par les Esprits, ce ne pouvait être qu'un chamane. Un chamane inconnu, un homme de surcroît, était honoré dans la grotte sacrée des Grandes-Mains-Blanches !

Elle sentit la colère l'envahir. Ainsi, des étrangers voulaient s'immiscer dans les affaires du clan ! Au moins, elle connaissait les traits de celui qui les inspirait : un chamane d'âge mûr au nez cassé.

9

L'Énergique se leva pleine d'ambition pour la journée. La visite de Licorne-la-Puissante annonçait, à coup sûr, le retour des familles du clan : une centaine de personnes. Dans les jours à venir, le refuge allait de nouveau bruire d'activité. Les enfants allaient courir partout, crier et rire ; les femmes allaient descendre sans cesse au bord de la rivière pour rapporter de l'eau ou du bois, laver les vêtements et leur progéniture, partir à la cueillette ; elles échangeraient des nouvelles en s'interpellant ; les hommes ne seraient pas en reste, leurs voix graves résonnant sur les parois lorsqu'ils prépareraient les grandes chasses d'automne.

Après s'être occupée de Colombin, L'Énergique s'aventura plus loin que d'habitude à la recherche de plantes aromatiques ; elle voulait préparer un repas qui signalerait ses talents de cuisinière. Quand un bouillon parfumé commença à mijoter, elle demanda à La Légère d'en surveiller la cuisson. Installée près d'une source, l'enfant à ses pieds, elle se dévêtit, frotta sa peau et ses cheveux avec de la cendre, se rinça abondamment d'eau froide, se sécha en se secouant au soleil, puis, à l'aide d'un peigne en bois de renne, commença à tresser ses cheveux.

Quel plaisir de retrouver ces gestes, odes à la joie d'être vivante et belle, préludes au bonheur d'être aimée et d'aimer ! Deux ans plus tôt, quand elle désirait séduire Félin, l'instant était simple et parfait. Aujourd'hui, les frasques de Colombin l'interrompaient constamment. Elle venait à peine de lui retirer une écorce de la bouche qu'il goûtait un bâton couvert de fourmis. Il se redressait en prenant appui sur un arbre, faisait quelques pas, trébuchait sur une racine, et elle devait le consoler. Ou alors il filait à quatre pattes vers l'eau et elle se précipitait pour le déposer plus loin.

Elle finit par rentrer au camp à demi coiffée, l'enfant hurlant de frustration dans ses bras. Lorsqu'elle prit pied sur la terrasse rocheuse, elle aperçut du mouvement à l'autre bout de la vallée. Son cœur bondit. Elle plissa les yeux pour distinguer ceux qui approchaient. Dans le chasseur mûr et râblé qui ouvrait le chemin, elle reconnut Le Solide, le chef des Vole-en-Tête. Fiévreusement, elle chercha dans sa mémoire combien de jeunes hommes célibataires vivaient avec lui, et lesquels avaient une chance de lui plaire.

Pendant qu'elle retirait le bouillon du feu, Colombin déchargea ses intestins ; elle dut courir à la source pour le nettoyer, avant d'enfiler à la hâte son collier de noisettes et de canines de renne. Gênée par le regard de La Légère qui semblait l'accuser de ne pas être une bonne mère, elle remit l'enfant au sein. Elle était alors si affamée qu'elle prit un bol de bouillon ; Colombin en profita pour tirer sur le collier ; le tendon se cassa et les perles s'échappèrent. Au même moment, les premiers Vole-en-Tête surgirent sur la passerelle.

Une quinzaine d'adultes et autant d'enfants se dirigèrent vers la partie qui leur était réservée ; elle était marquée au charbon de bois d'un grand V inversé, de la forme d'un vol d'oies. Après un séjour de plusieurs mois dans les montagnes de l'Est, tous semblaient heureux de revenir dans l'abri des Grandes-Mains-Blanches, ensoleillé, isolé de l'humidité par des dalles, des anneaux creusés dans la roche permettant de fixer les parois de peaux – le sommet du confort. Parmi ceux qui passèrent, le seul qui lui lança un regard curieux fut Le Solide, un vieillard aux yeux de L'Énergique. Aucun homme de son âge ne sembla remarquer la jeune mère qui retenait ses larmes dans un parfum de fenouil.

***

En début de soirée, l'abri se peupla également des Détours-Réussis. Sous les ordres de leur chef, Le Malicieux, ils s'installèrent devant le signe de leur groupe : un demi-cercle. L'Énergique eut le plaisir de retrouver ses parents. Satisfaits d'apprendre son projet de nouvelle union, ils promirent de l'aider.

Le lendemain, appuyée sur une canne, La Légère traversa lentement la passerelle pour accueillir son fils, Le Discret, un barbu de 30 ans au regard fuyant. Les Deux-Doigts-Pliés, dont il était le chef, avaient pour symbole l'empreinte d'une main avec trois doigts.

Les Infini-Percé, que l'on représentait par un cercle complet, arrivèrent presque en même temps. Ils formaient un groupe bruyant, indiscipliné et joyeux, autour de leur chef L'Engourdi, un homme souriant qui paraissait suivre le mouvement plutôt que le diriger. Dans l'excitation des retrouvailles, chaque famille reconstitua son espace privé. Puis les tailleurs de silex, les couturières, les sculpteurs et sculpteuses se regroupèrent par spécialité aux deux extrémités du camp. Les autres femmes se mirent à balayer, ranger, cuisiner, faire des provisions d'eau et de bois, houspiller les hommes qui oubliaient de les aider. Les enfants, qui s'étaient retrouvés comme s'ils s'étaient quittés la veille, jouaient à cache-cache, à la chasse au bison, à la poupée avec des personnages de bois.

Réunis au point le plus haut de la terrasse, les chefs devisèrent avec gravité. Qu'avaient vu les Vole-en-Tête dans les montagnes de l'Est ? Les Détours-Réussis dans les plateaux au sud ? Les Deux-Doigts-Pliés en amont de la vallée des Saumons-Bondissants ? Les Infini-Percé dans les plateaux au nord ? Le Solide, Le Malicieux, Le Discret et L'Engourdi détaillèrent les hardes aperçues à proximité. Mais aucune stratégie pour la chasse ne serait définie sans Le Fonceur. Le chef de la famille la plus restreinte était le plus aventureux. Il avait sillonné les environs plus loin qu'eux tous et son expérience était précieuse.

Les jours suivants furent denses et joyeux. Tout en se rappelant d'anciens exploits et quelques mésaventures, les chasseurs – plusieurs femmes et tous les hommes – reconstituèrent leurs réserves de pointes de sagaie : ils les taillèrent dans du bois de renne, les chauffèrent dans le feu et rectifièrent leur courbure à l'aide de bâtons percés. Ils fabriquèrent des hampes en bois de noisetier et des propulseurs en os de renne. Ils affûtèrent le tranchant de leurs couteaux de silex. Soulagée de pouvoir déposer Colombin dans les bras de sa mère, L'Énergique participa à ces préparatifs, après avoir reconstitué son collier et repris le nattage de sa chevelure. Elle pouvait maintenant redresser la tête et sourire aux jeunes hommes qu'elle croisait, présentant le fils qui prouvait sa fertilité.

Des nuages épais bouchèrent l'horizon, emplirent de brume la vallée, puis déversèrent leur pluie devant l'abri. Les feuillages des arbres prirent les teintes éclatantes des fleurs. Avec ces rouges et ces jaunes vifs, les Esprits voulaient consoler les humains du raccourcissement des jours et de l'affaiblissement du soleil. La sixième lune n'était plus qu'un trait de poinçon gravé dans le noir de la nuit ; elle n'allait pas tarder à s'effacer. Bientôt, les hardes allaient parcourir la vallée. Les chasseurs piaffaient. Pourquoi les Quatre-Encoches n'avaient-ils pas rejoint le refuge ? Fallait-il démarrer les grandes chasses sans eux ?

***

Deux lunes plus tôt, Le Fonceur examinait les reflets changeants de la lumière sur la rivière, au milieu des saumons et des truites qui lui frôlaient les chevilles. Mégacéros l'appela depuis la rive :

— Il faut quitter le gué ! Sinon, les Piégeurs-de-Rennes vont nous chasser avec leurs sagaies ! Ils sont trois fois plus nombreux que nous !

Le chef hocha la tête.

— Qu'on commence à empaqueter les affaires.

— Tout est prêt ! Il ne reste que la défense de mammouth, qui attend tes épaules.

— J'arrive.

Malgré la fermeté qu'il souhaitait manifester, il n'exprima que du chagrin et de la lassitude. Habitué depuis l'enfance à ce que la mort frappe par surprise, il savait qu'elle participait, comme la naissance, au mystérieux mouvement qui alternait les hivers hostiles et les étés généreux. Lorsqu'un arbre était foudroyé par l'orage, ses voisins immédiats se déployaient largement ; ils se chargeaient de transformer sa portion d'humus en feuilles et en fruits. Qu'importe si l'on trouvait ensuite à cet endroit plus de châtaignes et moins de noisettes, ou l'inverse. Si Le Fonceur avait été un sous-bois, il aurait laissé le noisetier occuper la place du châtaignier – et L'Affectueuse devenir sa compagne. Cela paraissait absurde qu'un homme reste sans femme alors que vivait près de lui une femme sans homme. Oui, mais voilà… Cette manière qu'avait Aurochs de poser sa main sur son bras pour l'aider à réfléchir… Le sourire avec lequel elle lui souhaitait bonne nuit et le tranquillisait sur la journée à venir… Aucune autre femme du clan des Grandes-Mains-Blanches n'aurait les mêmes gestes. Sa disparition laissait un vide impossible à combler, dans l'organisation quotidienne du groupe comme dans son cœur.

— Le chef a dit qu'on s'en allait maintenant ! cria Mégacéros en revenant vers le groupe.

Comme Le Fonceur continuait de leur tourner le dos, L'Élégant jugea qu'il devait intervenir en tant que futur successeur ; L'Affectueuse décida qu'il était temps d'imposer son autorité à un homme détruit par le chagrin ; La Gracieuse trouva insupportable que son père ressemble à un vieil homme incapable d'assumer le présent. Tous les trois s'avancèrent sur les galets glissants, avant de découvrir qu'ils n'étaient pas seuls à le faire. La Gracieuse renonça aussitôt, laissant les deux autres agir. Piquée par la concurrence, au contraire, L'Affectueuse accéléra, imitée par L'Élégant.

Le jeune homme fut le premier à arriver à la hauteur du Fonceur.

— C'est le moment de partir. Il ne manque que toi, dit-il, embarrassé.

Le chef ne bougea pas. L'Affectueuse lui attrapa le bras.

— Allez, viens, tout le monde t'attend.

Le Fonceur la suivit docilement, sortit de l'eau et remit ses mocassins. Les Quatre-Encoches attendirent qu'il prenne la tête du convoi et indique la direction à prendre.

— On longe la berge, ou bien on coupe par les collines ? finit par demander L'Élégant.

L'Affectueuse voulut donner son avis, mais Mégacéros la devança :

— Notre chef est très fatigué. L'Élégant, tu porteras la défense. Puisqu'il t'a transmis ses enseignements, c'est toi qui dois nous guider.

Le Fonceur acquiesça. Le jeune homme sembla hésiter.

— Nous allons… suivre la rivière des Hardes-Folles.

À l'exception de L'Affectueuse, qui protesta, personne ne broncha. Pourtant, tous avaient conscience qu'il venait de se passer quelque chose d'important. Certains étaient soulagés que leur destin ne soit plus confié à quelqu'un qui avait vieilli de dix ans en quelques jours. D'autres attendaient que L'Élégant prouve sa valeur. Saïga et La Gracieuse trouvèrent désagréable que Mégacéros impose sans discussion une révolution dans la hiérarchie familiale. Le Fonceur ne traversait peut-être qu'une mélancolie passagère… Que se passerait-il quand il se sentirait mieux ? Mais Saïga ne pouvait intervenir sans paraître contester la légitimité de son compagnon. Et La Gracieuse considéra que l'organisation des Quatre-Encoches ne la regardait pas, elle qui allait bientôt vivre au sein d'une famille plus digne d'elle.

Ils s'ébranlèrent enfin, et marchèrent d'un bon pas ; ils se trouvaient toujours sur le territoire des Piégeurs-de-Rennes. Quand il fallut dresser le campement pour la nuit, L'Élégant alla se concerter avec son père. Il revint annoncer au groupe :

— Puisque je suis votre chef, je me réserve la grande tente. J'y dormirai avec Saïga et les enfants que nous aurons. Mon père, ma mère et ma petite sœur se joindront à nous. La seconde tente sera occupée par Le Fonceur, ses filles, L'Affectueuse et son fils.

Un silence accueillit ses paroles. Étagne était surprise par cette promotion inattendue. Insensible aux honneurs, elle se sentait gênée pour son amie L'Affectueuse qui, elle, avait rêvé de dormir dans la tente principale en tant que nouvelle compagne du chef. La Gracieuse se réfugia comme d'habitude dans l'idée que ces contrariétés n'étaient que provisoires. Seuls les enfants manifestèrent bruyamment leur opinion. Marouette ne voulait pas être séparée de Courlis, qui encouragea son caprice dans l'espoir d'aller dans la grande tente. Fuligule se révolta contre un changement supplémentaire imposé après le décès de sa mère. Mais ils n'avaient aucune chance de bouleverser les plans des adultes.

De son côté, Saïga fit de son mieux pour dissimuler ses sentiments. Elle était très inquiète de devoir cohabiter avec Mégacéros, qui semblait toujours la surveiller de son regard glaçant. S'il comprenait qu'elle le soupçonnait du meurtre d'Iranie et de Guillemot, il n'aurait aucun mal à se débarrasser d'elle. Elle aurait beau lui enfoncer un coquillage dans l'oreille, il ne la lâcherait pas avant de l'avoir étouffée – contrairement au Solitaire. Depuis la mort de Licorne-la-Puissante, la jeune femme ne pouvait se confier à personne, même pas à L'Élégant. Comment accuser, sans preuve, le père de son compagnon ?

L'ambiance fut moins morose les jours suivants. Depuis que les femmes et les enfants obéissaient à

Saïga, tous constataient qu'il ne manquait jamais de bois pour le feu, ni d'eau de source dans les outres, ni de quoi se nourrir trois fois par jour ; la répartition du travail s'effectuait avec équité. Désormais, la jeune compagne du chef était trop occupée pour se servir d'une sagaie – un point de satisfaction pour Mégacéros. Elle marchait à la place qu'il considérait comme naturelle pour une femme, au milieu du groupe.

En tête du peloton, le chasseur aux pieds maladroits ne quittait plus son fils, à qui il imposait un rythme de progression nettement plus tranquille ; les femmes et les enfants qui piétinaient avaient tendance à se disperser, attirés par les fruits à cueillir et les promesses de jeux ; il n'y avait plus d'arrière-garde protectrice. Traînant seul derrière, Le Fonceur s'arrêtait chaque fois qu'une portion de rivière lui rappelait celle du gué fatidique, jusqu'à ce que La Gracieuse vienne le tirer de ses rêveries.

C'est ainsi que les Quatre-Encoches progressèrent avec une lenteur inhabituelle le long de la rivière des Hardes-Folles[1], puis de celle des Saumons-Bondissants[2]. La sixième lune apparut, prit son ampleur, commença à rétrécir, et finit par disparaître.

***

— Les saïgas sont descendus dans la vallée ! annonça l'éclaireur essoufflé.

Impossible de retarder plus longtemps le début des grandes chasses d'automne ! Impatients, les chasseurs, hommes et femmes, saisirent leurs armes

1. La Dordogne.
2. La Vézère.

et se regroupèrent devant la passerelle. Parmi eux se trouvait L'Énergique, qui avait confié Colombin à sa mère. Puisque les Deux-Doigts-Pliés avaient parcouru cet espace récemment, Le Discret dessina dans la terre meuble les méandres de la rivière des Saumons-Bondissants, les falaises plus ou moins abruptes, les collines plus ou moins escarpées, et le fond plat, tantôt très large et tantôt étroit comme un couloir.

L'éclaireur indiqua le lieu précis, bien en amont de l'abri, où il avait aperçu les antilopes : une trentaine de femelles et une dizaine de petits.

— Je pense que nous avons de la chance.

Avec la mine d'un comploteur, Le Discret signala la chute d'un chêne immense qui barrait en partie la route de la berge, en aval de la harde.

— La rivière est-elle large à cet endroit ? demanda Le Solide.

— Je ne crois pas, répondit l'éclaireur.

— Elle est profonde ?

— Le niveau a beaucoup baissé au cours de l'été, qui a été très sec, expliqua Le Discret. Mais les averses de ces derniers jours ont peut-être modifié la situation.

L'éclaireur ne put le confirmer. Il avait remarqué l'arbre renversé, sans penser à aller voir de l'autre côté.

— Dommage. Le rétrécissement du passage pourrait nous permettre d'installer une embuscade… Sauf si les saïgas peuvent s'enfuir par la rivière.

À cette évocation d'une chair délicieuse, et d'une chasse moins dangereuse que les autres, beaucoup se levèrent avec enthousiasme. Le Solide les retint d'un geste.

— Le vent vient de l'ouest. N'oublions pas que les saïgas ont un excellent odorat. La moitié des chasseurs feront un détour par les collines pour les rabattre vers le chêne. Je propose que ce rôle soit confié aux Deux-Doigts-Pliés et aux Détours-Réussis. Pendant ce temps, nous, les Vole-en-Tête et les Infini-Percé, nous installerons juste après le chêne, mais sur l'autre rive, sous la falaise, à l'abri du vent.

Quelle que soit la situation, Le Solide s'arrangeait pour faire équipe avec les Infini-Percé. Il aidait L'Engourdi à contrôler ses troupes.

— Qui donnera le signal de l'assaut ? demanda Le Discret, qui semblait contrarié à l'avance de ce qu'on allait lui répondre.

— Toi. Tu seras le mieux placé pour juger du moment favorable.

Le chef des Deux-Doigts-Pliés en fut rasséréné.

— Ce plan me convient.

L'Engourdi et Le Malicieux l'approuvèrent également, satisfaits que d'autres aient une stratégie, le premier parce qu'il manquait d'idées, le second parce que son imagination préférait vagabonder ailleurs. Tous les chasseurs se concentrèrent sur le dessin dans la terre. Quand ils eurent mémorisé le trajet, ils se regardèrent et firent sortir de leur poitrine, cinq fois de suite, le cri de chasse du clan, violent comme un coup de poing. Ils se bousculèrent pour traverser la passerelle. Regroupés par famille, ils s'élancèrent, quittèrent la portion de vallée dominée par l'abri et remontèrent la rivière en suivant la berge.

Ce fut un chasseur de 16 ans très débrouillard, L'Astucieux, qu'on envoya en éclaireur au-devant des antilopes. Pendant son absence, les chefs examinèrent le terrain autour de l'arbre abattu.

— L'eau n'est pas assez profonde pour les décourager, constata Le Discret.

— Construisons un mur de ronces, proposa Le Solide.

Les mains protégées par des peaux de renne, les chasseurs coupèrent des brassées de ronces qu'ils accumulèrent le long de la rivière.

— Les saïgas sont toujours assez loin, annonça L'Astucieux à son retour. Mais ils se dirigent vers nous, c'est l'essentiel.

— Le risque est-il important qu'ils changent de direction ? demanda L'Engourdi.

— Rien ne les empêche de rebrousser chemin ou de s'éloigner sur les côtés.

Contrairement à d'autres mammifères, les saïgas résistaient bien aux rigueurs de l'hiver et ne migraient pas. Ils ne descendaient donc pas forcément la vallée.

— Le jeu en vaut la peine, assura Le Malicieux.

Quand le piège fut achevé, les Vole-en-Tête et les Infini-Percé allèrent se poster de l'autre côté de la rivière, face à la sortie du couloir. Les Détours-Réussis et les Deux-Doigts-Pliés partirent dans les collines pour contourner la harde ; ils devaient se garder d'approcher leurs proies avant le signal de l'assaut. Si les saïgas sentaient leur présence, ils se disperseraient aux alentours et la chasse serait un échec.

L'attente fut longue et éprouvante. Enfin, les Vole-en-Tête et les Infini-Percé virent arriver les bêtes élancées au nez épais. Leur lente progression, guidée par la recherche de l'herbe la plus tendre, paraissait aléatoire. De temps en temps, l'animal de tête flairait le vent et les chasseurs retenaient leur souffle – jusqu'à ce qu'il baisse de nouveau la tête. Ils le dévorèrent des yeux lorsqu'il atteignit enfin l'entrée du piège. Allait-il se décider à passer le chêne ?

Quand les premières bêtes disparurent derrière le

feuillage, les Vole-en-Tête et les Infini-Percé levèrent leurs propulseurs, prêts à lancer leurs sagaies. Depuis les collines, Le Discret jugea que la harde s'était suffisamment engagée dans le piège. Si les chasseurs tardaient, ils risquaient de provoquer une bousculade qui ne leur offrirait que des cadavres piétinés. Il se redressa et fonça en hurlant, suivi par les Deux-Doigts-Pliés et les Détours-Réussis. Paniquées, les bêtes s'élancèrent dans plusieurs directions. Peu d'entre elles tentèrent de franchir le mur de ronces. Plusieurs bondirent de côté et s'échappèrent vers les collines. Mais beaucoup choisirent le couloir, accueillies à leur sortie par une pluie de sagaies. Lorsque la harde se reconstitua plus loin dans la vallée, elle laissait derrière elle neuf femelles et deux petits.

Chez les chasseurs victorieux qui n'avaient aucun blessé à déplorer, les cris de joie furent d'autant plus forts, les sauts d'autant plus hauts et les embrassades d'autant plus chaleureuses que l'attente avait semblé interminable. Les bêtes mortes furent rassemblées pour être dépecées. Des pièces de choix furent déposées dans les arbres pour remercier les Esprits, dont Licorne-la-Puissante avait su obtenir la bienveillance. En pensant à leur chamane, L'Énergique se demanda pour la première fois s'il y avait un lien entre ses nouveaux pouvoirs et l'inquiétant retard des Quatre-Encoches. Dire qu'elle-même avait failli les accompagner dans leur périple !

Cette pensée ne fit que traverser son esprit. Avec ses traits chiffonnés, ses cheveux en épis, sa peau trop pâle, le jeune L'Astucieux n'avait pas la beauté virile d'autres jeunes chasseurs qui attiraient toutes les filles. S'il intéressait L'Énergique, c'était pour ses yeux qui étincelaient comme un feu de châtaignier. À la grande surprise de la jeune femme, il s'était tourné triomphalement vers elle quand l'animal qu'il avait touché s'était effondré. Pourquoi elle, qu'il connaissait à peine ? Avait-il senti qu'elle le regardait avec plaisir ?

Pendant le trajet du retour, elle s'était placée loin de lui en feignant de l'ignorer. Il avait alors ralenti le pas et contourné le groupe pour venir cheminer près d'elle. Malgré le chargement qui pesait sur leurs épaules, ils n'avaient pas économisé leurs paroles. Avec une facilité déconcertante, elle lui avait raconté qu'elle avait grandi chez les Détours-Réussis, qu'elle avait vécu une année chez les Quatre-Encoches, et qu'elle était prête maintenant à entamer une troisième vie de famille. Sans quitter le petit Colombin, un enfant plein d'énergie et de santé.

— Tu cherches donc un nouveau compagnon ?

— Oui. Félin n'a plus besoin de moi au pays du Long-Repos.

— C'est sûr ! Tu as été heureuse avec lui. C'est pour ça que tu penses que tu peux être heureuse avec un autre homme.

— Tu as raison !

— J'aime que tu aies cette idée. Moi, je suis de la famille des Infini-Percé. Mon meilleur ami, Harfang, est graveur, comme sa sœur, Mammouthe. Nous avons aussi un musicien dans notre groupe : Rousserolle. L'Engourdi est parfois agacé par la présence de tous ces artistes, parce qu'ils ont tendance à oublier les priorités. Si Rousserolle était notre chef, nous nous arrêterions dans chaque lieu qui l'inspire pour jouer de la flûte !

Ils se mirent à rire.

— Tu ne trouves pas cette originalité agréable ? demanda-t-elle.

— Si, bien sûr ! Mais je suis content qu'il existe des gens comme nous qui aiment chasser !

Avec une gravité soudaine, il ajouta :

— Personne ne sait combien de temps dure la vie d'un chasseur. Un jour, il peut tuer un lion des cavernes, et le lendemain glisser et se briser le crâne sur une pierre, comme une vieille noix. C'est arrivé à mon père. Certaines personnes ont dit qu'il avait offensé les Esprits. Moi je pense que rien n'est prévisible. Tout est une question de chance. Le saïga que j'ai tué tout à l'heure n'était pas plus bête qu'un autre, il était juste mal placé dans la cohue…

L'Énergique, qui pensait à Félin, acquiesça. Ces paroles, que d'autres auraient trouvées choquantes, étaient pour elle apaisantes.

— Je n'ai que 16 printemps, poursuivit L'Astucieux. Il paraît que c'est jeune pour fonder une famille. J'ai été initié au printemps dernier. Mais je n'ai pas envie d'attendre plus longtemps. Je cherche moi aussi la bonne personne avec qui former un couple : quelqu'un avec qui je me sentirais bien. J'ai l'intention de m'accorder avec elle pendant l'hiver.

Ils se turent. L'Énergique bouillonnait de questions qu'elle n'osait poser, et L'Astucieux était plongé dans ses pensées.

Dans l'abri des Grandes-Mains-Blanches, Licorne-la-Puissante s'occupait d'un enfant qui avait de la fièvre. Malgré la présence menaçante de la louve, elle était comme d'habitude compatissante et efficace. Mais les chefs avaient espéré que Le Fonceur et sa famille seraient arrivés en leur absence. Déçus de ne pas les trouver, ils interrogèrent la chamane dès qu'elle eut quitté le chevet du jeune malade :

— Que font les Quatre-Encoches ? demanda Le Solide, exaspéré.

— Ils sont sur le chemin du retour.

— Tu as voyagé avec eux, fit remarquer Le Discret. Où les as-tu quittés ? Et quand ?

— Au gué des Piégeurs-de-Rennes, à deux lunes d'ici. C'était il y a trois lunes.

— Ils devraient donc être arrivés ! Cela ne t'inquiète pas, Licorne-la-Puissante ? s'étonna L'Engourdi.

— Les Esprits les protègent. Parfois contre eux-mêmes.

— Ils sont très en retard ! Ils ne respectent pas leurs engagements, insista Le Solide.

— Ils seront là bien assez tôt !

— Veux-tu dire que nous devrions plutôt souhaiter qu'ils ne reviennent pas ? dit Le Malicieux, médusé.

Elle refusa de répondre. Chez ceux qui avaient une sœur, une fille, un ami parmi les Quatre-Encoches, l'inquiétude grandit. Les autres commencèrent à craindre leur retour. La chamane reçut sa part de viande pour le succès de la chasse, ainsi que des châtaignes, présent personnel de la mère de l'enfant. Après avoir salué les membres du clan, elle franchit la passerelle. La louve trottinant près d'elle, elle s'éloigna au milieu des couleurs d'automne, petite silhouette grise, solitaire et puissante.

10

— La chamane a changé ! s'exclama L'Engourdi.

— Tu veux dire qu'elle a une nouvelle tenue. Et un nouveau compagnon, blagua Le Malicieux.

— Pas seulement. On dirait qu'elle a rajeuni !

— Elle est en colère, assura L'Astucieux. Contre les Quatre-Encoches.

— Que sait-elle ? Que nous cache-t-elle ? s'emporta Le Solide. Si Le Fonceur et sa famille ne sont pas là avant la descente des bisons, ils ne feront plus partie du clan.

Certains chasseurs se récrièrent.

— Nous pouvons nous passer d'eux, affirma-t-il. Regardez combien nous avons d'enfants en ce moment : une bonne trentaine ! Un jour, il faudra scinder une famille en deux. Ce n'est pas pratique d'être nombreux. Les marcheurs s'étirent en colonnes difficiles à protéger. Nous ne pouvons pas passer nos journées à nous compter mutuellement ! Moins de lieux sont propices à une halte… Il faut trop de temps pour s'installer, et aussi pour lever le camp…

Les autres chefs écoutèrent ce discours en baissant la tête. Ils comprenaient la nécessité de mieux répartir les membres du clan, à condition de ne pas être concernés.

Même L'Engourdi ne voulait pas renoncer au plaisir d'être obéi d'un groupe important.

***

Pendant que les nappes de brouillard stagnaient dans la vallée, des éclaireurs furent envoyés sur le plateau au-dessus de l'abri. L'un d'entre eux revint à la fois excité et effrayé. Vers le nord, à un quart de journée de marche, il avait découvert dans une mare boueuse les traces du passage de plusieurs rhinocéros laineux, probablement des mâles. Tous tremblèrent à cette nouvelle : l'animal était très dangereux, et très difficile à tuer. De surcroît, son parcours était impossible à prévoir car, comme les saïgas, il ne migrait pas ; en hiver, pour se nourrir, il déblayait la neige avec ses grandes cornes.

Aucun des chefs n'osait donner son avis le premier. Le Malicieux finit par interpeller Le Solide :

— Cet animal a des points communs avec toi, si l'on en croit ton nom. Que penses-tu de sa présence ici ?

— Je suis tenté de l'affronter… Mais faut-il prendre le risque d'avoir des blessés graves, peut-être des morts ? Je n'en suis pas sûr.

— Moi non plus ! s'exclama L'Engourdi.

Le Discret hocha la tête d'un air entendu. Le cercle de chasseurs parut soulagé. Les rhinocéros auraient poursuivi tranquillement leur chemin si L'Astucieux n'était pas intervenu :

— Vous oubliez qu'ils n'ont pas été vus n'importe où !

— Que veux-tu dire ?

Le jeune homme lissa de la main la terre qui avait servi à préparer la chasse aux saïgas. Cette fois, il traça l'avancée rectangulaire du plateau qui, sur trois côtés, s'interrompait par des aplombs rocheux au-dessus du vide. La mare de boue remarquée par l'éclaireur se trouvait au nord du promontoire.

— Il faut inciter les rhinocéros à entrer sur cette partie du plateau. Et les empêcher d'en sortir ! Les rhinocéros ont un très bon flair mais ils sont presque aveugles. Si on les oblige à reculer vers la falaise, ils finiront par basculer dans le vide.

— C'est une bonne idée. Mais comment veux-tu les entraîner par là ?

— On peut balancer sous leur nez des torches enflammées.

Seul le feu effrayait ces animaux, qui n'avaient pas d'autres prédateurs que l'homme. Mais s'ils comprenaient qu'ils étaient cernés par les précipices, ne préféreraient-ils pas charger les porteurs de torches ? Les chefs hésitaient.

— Pensez à leurs réserves de graisse, insista L'Astucieux. Pensez à leur poil incomparable. La dépouille d'un seul rhinocéros nous permettrait d'obtenir un tapis épais, bien étanche, qui sera très apprécié cet hiver, au centre de l'abri.

— On peut essayer, dit enfin Le Solide. Mais si les bêtes ne réagissent pas comme prévu, on abandonne avant qu'il y ait des blessés.

Tous l'approuvèrent, certains espérant que ces monstres n'en feraient tout de suite qu'à leur tête, ce qui les libérerait d'une expédition dangereuse, d'autres rêvant malgré tout d'un tapis confortable sous leurs pieds. Pendant que les hommes vérifiaient l'état de leurs sagaies, les femmes préparaient les torches. Aucune ne serait de l'expédition. La graveuse Mammouthe insista pour accompagner les chasseurs parce qu'elle n'avait jamais vu de rhinocéros laineux. Si elle se contentait des récits, elle risquait de dessiner des rochers à six pattes et trois cornes ! Les chefs restèrent inflexibles. Parmi les hommes, ils n'avaient sélectionné que les plus rapides à la course. Au final, ils furent seulement une vingtaine à grimper sur le plateau par un sentier à l'est de l'abri, une torche enflammée dans chaque main.

Après une assez longue marche, les Grandes-Mains-Blanches atteignirent la mare indiquée par l'éclaireur. Les empreintes les impressionnèrent par leur profondeur, signe du poids considérable des animaux. Les Esprits leur étaient de nouveau favorables puisque les sept bêtes qu'ils repérèrent s'étaient déjà engagées sur le promontoire. Dans l'air humide qui exacerbait les senteurs, elles tournèrent vers eux leurs gros yeux ronds immobiles. Durant un instant, ni les hommes ni les rhinocéros laineux ne bougèrent, fascinés, les premiers par cette masse énorme capable d'anéantir n'importe quel obstacle, les seconds par l'odeur caractéristique du feu, mêlée à l'inquiétant parfum de sueur humaine.

Puisque aucun animal ne se décidait à charger, les chefs donnèrent le signal d'approcher. Balançant leurs torches devant eux, les chasseurs entonnèrent un chant qui rythmait les pas et permettait d'oublier la peur. Face à ces monstres, ils croyaient déjà sentir leurs os craquer, leur chair s'écraser et leur sang jaillir. S'il prenait à un rhinocéros la fantaisie de leur foncer dessus, leurs lames de pierre ne feraient qu'égratigner sa carapace ; les environs n'offraient aucun arbre dans lequel ils auraient pu grimper ; les meilleurs coureurs seraient rattrapés par une bête qui courait aussi vite qu'un loup.

Brusquement, le feu franchit la limite de ce que les rhinocéros considéraient comme leur espace de sécurité. Ils réagirent à l'unisson : cinq d'entre eux s'éloignèrent au petit trot vers les falaises ; deux choisirent d'affronter le danger. Avec une vélocité incroyable pour des bêtes aussi massives, ils foncèrent droit sur le rideau mouvant de flammes. Ils le traversèrent sans peine, les porteurs visés ayant lâché leurs torches dans l'herbe pour s'enfuir sur les côtés.

Après leur passage, les chasseurs tremblants ramassèrent leurs torches et reprirent leur progression. Les cinq autres rhinocéros se rapprochèrent des pentes raides dont ils ne soupçonnaient pas l'existence. Pour l'instant, c'était la présence du feu dans leur dos qui les rendait nerveux. Soudain, l'animal de tête s'arrêta, surpris de sentir monter devant ses pattes le brouillard de la vallée. Il ne fallait pas lui laisser le temps de comprendre la situation ; Le Solide s'élança en hurlant, suivi des autres chasseurs. Paniqués par le feu qui se précipitait vers eux, les rhinocéros cherchèrent à lui échapper. Mais le sol se déroba sous leurs pattes. Les monstres cornus furent entraînés dans le vide, leurs barrissements de terreur résonnant contre les parois de la falaise.

Stupéfaits de leur réussite, tremblant d'une peur rétrospective, les chasseurs ne purent tout de suite célébrer leur triomphe. Ils s'arrêtèrent, hagards, dans le brouillard qui envahissait maintenant le plateau. Le plus bouleversé était L'Engourdi. Il s'était senti visé chaque fois que les rhinocéros avaient regardé les humains. Dans leurs yeux, il avait cru lire un avertissement : s'ils mouraient, il allait partager leur destin. Depuis qu'ils avaient été engloutis par la vallée, il avait beau se frotter les paupières, encore et encore, il continuait de voir leurs pupilles noires, immobiles, dans un grand œil laiteux. C'était l'œil de la mort, il le savait, l'œil de l'Esprit du Vent quand il saisit l'âme du chasseur pour l'emporter.

L'Engourdi avait lâché ses deux torches qui finissaient

de s'éteindre dans l'herbe trempée. Impatient de quitter ce lieu hanté, il se hâta vers ce qu'il pensait être l'entrée du promontoire, où il attendrait ses compagnons. Hélas, trompé par le brouillard, il s'approchait du bord de la falaise. Le tapis d'herbes se retira brusquement sous lui. Il tomba. Affolé, il écarta les bras, prêt à agripper n'importe quoi, même un buisson d'épines. Mais ses doigts ne rencontraient que de l'air humide. Il ferma les yeux.

***

Les chasseurs qui se regroupaient pour le retour notèrent avec inquiétude l'absence du chef des Infini-Percé. Leurs appels restèrent sans réponse, tandis que le brouillard s'épaississait. Ils finirent par se résigner. Dans le sentier qui descendait du promontoire, ils furent soulagés de retrouver le soleil. La lumière qui éclairait de plein fouet la falaise leur permit de repérer un premier cadavre de rhinocéros. Aucun être vivant, quelle que soit l'épaisseur de sa carapace, n'aurait pu survivre à une telle chute ; ils lancèrent pourtant des cailloux sur lui avant de s'approcher. L'animal resta aussi inerte qu'un rocher. Rassurés, les chefs envoyèrent chercher des femmes pour le dépeçage.

En poursuivant leur descente, ils ne tardèrent pas à trouver le deuxième rhinocéros, bel et bien mort lui aussi ; d'autres femmes furent sollicitées. Le troisième cadavre fut plus difficile à trouver, à demi plongé dans la rivière des Saumons-Bondissants. Le quatrième ne posa pas de problème, sinon un début de pénurie de main-d'œuvre féminine. Dissimulé derrière un éboulis, le cinquième rhinocéros leur réserva une énorme surprise : L'Engourdi était tombé sur son dos. Ses jambes formaient des angles étranges avec les hanches. Le sang teintait sa chevelure grise. Mais il respirait encore.

***

Les Quatre-Encoches arrivèrent en vue de l'abri des Grandes-Mains-Blanches. Après une absence longue et mouvementée, la falaise qui émergeait des feuillages flamboyants ressemblait plus que jamais à des mains géantes et protectrices. Ils pressèrent le pas. Quand ils commencèrent à traverser le pont de bois et de corde, des effluves de viande grillée les firent saliver, eux qui se nourrissaient surtout de poissons depuis trois lunes. Ils étaient attendus de l'autre côté par Le Solide, Le Malicieux, Le Discret, et l'ensemble du clan. Ils n'étaient pas accueillis par des signes de bienvenue, mais par des silhouettes raidies, des visages crispés.

— Où est Le Fonceur ? demanda Le Solide dès que L'Élégant mit un pied sur la terrasse. Il est mort ?

— D'où vient cet ivoire ? ajouta Le Discret, impressionné.

Le jeune homme posa la défense qui meurtrissait ses épaules. Privé du soutien de son père qui se trouvait à mi-chemin sur la passerelle, il tenta de prendre un air assuré.

— Le Fonceur a une maladie de l'âme. Il fallait un chef pour diriger la famille. Je lui ai succédé, avec son accord.

— Quelle maladie de l'âme ? Où sont ses blessures ?

— Elles sont invisibles. Il ne prend plus de décisions. Il n'a envie de rien.

— Curieuse maladie !

— Est-il malade depuis longtemps ?

— Depuis que sa compagne a été piétinée par une harde folle.

— Les hardes folles existent ?!

— Y a-t-il eu d'autres victimes ?

— Oui, malheureusement : Licorne-la-Puissante.

Le Malicieux éclata de rire. Le Solide fronça les sourcils.

— Que racontes-tu ? Licorne-la-Puissante est ici !

L'Élégant en resta bouche bée. Surgi derrière lui, Mégacéros semblait tout aussi surpris.

— Où est-elle ? demanda-t-il.

— Dans la tente de L'Engourdi, grièvement blessé à la chasse, répondit Le Solide. Mais tu ne peux pas t'y rendre tout de suite.

— Ah non ?

— Non. Nous devons d'abord parler avec vous.

Après Mégacéros, Saïga arriva sur la terrasse. Puis ce furent L'Affectueuse et son fils Courlis, Étagne et sa fille Marouette, La Gracieuse et sa petite sœur Fuligule ; enfin, Le Fonceur, qui ne cessait de s'arrêter pour contempler la rivière sous ses pieds. Quand la famille des Quatre-Encoches fut réunie, le clan découvrit qu'elle avait été décimée.

— Où est Iranie ? demanda L'Énergique avec inquiétude à La Gracieuse.

— Morte, répondit celle-ci en baissant la tête.

— À 14 printemps ? Quelle tristesse ! Je ne vois pas Guillemot non plus…

— Disparu, répondit Étagne en éclatant en sanglots.

— Tu veux dire qu'il vous a quittés, ou bien qu'il est mort ?

— Il est allé se réfugier dans un autre clan.

— Vraiment ? Et Le Solitaire ? Disparu lui aussi ?

— Parti comme un voleur ! gronda L'Affectueuse.

Il a emporté ce que nous avions de plus précieux ! Après avoir assassiné Iranie !

Les exclamations de surprise fusèrent de toutes parts :

— Un meurtre ! Le Solitaire a tué Iranie !

— Et la chamane vous a laissé croire à sa mort !

— Mais que s'est-il passé, chez vous ?

— L'Esprit du Vent vous a rendus fous !

— Vous étiez quinze au départ, vous revenez à dix !

Certains s'accroupirent pour caresser la défense de mammouth.

— Pourtant, vous rapportez un trésor…

— Il vous a coûté cher !

À voix basse, L'Énergique confia à Saïga :

— Licorne-la-Puissante a affirmé que les Esprits vous avaient protégés. Contre vous-mêmes ! Que voulait-elle dire ?

Son amie était trop choquée pour répondre. Pourquoi la chamane les avait-elle abandonnés, si les rennes l'avaient épargnée ? Persuadée de la culpabilité de Mégacéros, elle s'était sentie tellement seule… Tellement vulnérable, dans la tente, sous le regard haineux de son beau-père… Elle ne parvenait plus à s'endormir que recroquevillée contre L'Élégant, qui s'en étonnait, mais à qui elle ne pouvait rien révéler.

Le Solide somma les nouveaux venus de s'asseoir devant lui, Le Malicieux et Le Discret. Lorsque Licorne-la-Puissante les rejoignit, les Quatre-Encoches découvrirent la jeune louve tenue en laisse, devant qui tout le monde s'écartait ; ils reconnurent la dépouille de loup offerte aux Esprits par Saïga ; la puissance magique de la chamane avait augmenté, ils en furent convaincus.

Elle s'installa à côté des chefs, l'animal couché à ses pieds. Lorsqu'elle regarda chacun des Quatre-Encoches au fond des yeux, Saïga ne lui cacha pas son désarroi.

— Pourquoi es-tu partie sans nous prévenir ? l'interrogea L'Élégant. Nous avons cru que tu étais morte !

— Les Esprits l'ont voulu ainsi, dit-elle avec autorité.

Le Solide s'adressa comme d'habitude au Fonceur :

— Ta famille n'était pas là à la fin de la sixième lune ! Nous avons dû commencer les grandes chasses d'automne sans vous ! Il y a quelques jours, nous avons tué neuf saïgas. Qui sait combien nous en aurions eus si vous nous aviez accompagnés ! Hier, nous avons réussi à faire tomber de la falaise cinq rhinocéros laineux…

Un murmure approbateur souligna cet exploit. Le seul à rester indifférent fut Le Fonceur. Finissant par admettre son étrange maladie, Le Solide se tourna vers L'Élégant.

— Tu crois peut-être que nous allons partager avec vous cette viande que vous n'avez pas chassée ? Eh bien, tu te trompes !

— Nous avons été retardés par de terribles malheurs, expliqua le nouveau chef des Quatre-Encoches. Nous avons voyagé très loin, jusqu'à l'océan du Bout-du-Monde…

— Ce n'est pas notre problème. Vous deviez respecter la règle du clan.

Malgré cette rebuffade, L'Élégant raconta leur traversée de la Grande-Plaine où l'Esprit du Vent les avait préservés des tempêtes de sable, leur découverte de la plage où ils avaient été acceptés par l'Esprit de l'Eau, Iranie tuée par Le Solitaire avec peut-être la complicité des Esprits, la mammouthe que l'Esprit de l'Eau leur avait offerte après les avoir protégés de l'inondation, le vol de la première défense par Le Solitaire et comment les Esprits les avaient consolés avec sa jumelle, le départ de Guillemot que Mégacéros avait tenté en vain de retenir, l'avertissement des Esprits arrivé trop tard pour épargner Aurochs.

Conscient de l'attention qu'il suscitait, le narrateur prenait de l'assurance, décrivant en détail leur aventure. Quand il eut terminé, tout le monde se tourna vers Licorne-la-Puissante dans l'attente d'un éclaircissement. Elle resta impassible. Le Solide, Le Malicieux et Le Discret se retirèrent pour discuter.

— Nous ne comprenons rien à ce mélange de malheurs et de protection des Esprits, reconnurent-ils à leur retour. Ces mystères ne sont pas de notre ressort. Nous nous en remettons à la chamane pour savoir ce qu'il convient de faire.

Après cette reconnaissance publique de son autorité, Licorne-la-Puissante énonça d'une voix ferme :

— Les Esprits continuent de protéger le clan des Grandes-Mains-Blanches. Mais celui-ci est en danger, à cause de forces mauvaises qui habitent certains Quatre-Encoches. Ces forces ont provoqué la mort d'Iranie et le départ de Guillemot.

Un silence stupéfait accueillit ses paroles.

— Qui habitent-elles exactement ? Que devons-nous craindre ? Faut-il chasser les Quatre-Encoches du clan ? demandèrent les chefs.

Les Quatre-Encoches retinrent leur souffle, redoutant le pire.

— Non, répondit la chamane. Qu'ils s'installent pour l'hiver dans l'abri des Grandes-Mains-Blanches. Poursuivez les grandes chasses avec eux. Partagez avec eux la viande obtenue. Les innocents ne doivent pas payer pour les coupables. Mais en échange de votre hospitalité, réclamez votre part de leur défense d'ivoire et de leurs coquillages. Chaque membre du clan doit en recevoir la même quantité.

À ces paroles, l'effroi brilla dans les yeux de La Gracieuse et la colère dans ceux de L'Affectueuse : le morceau de chacun serait minuscule ! Étagne détourna le regard pour ne pas révéler ses pensées. Mégacéros leva le menton, comme s'il était, une fois de plus, bien au-dessus de ces petits arrangements. Seuls L'Élégant et Saïga semblèrent soulagés par cette sentence.

— L'hiver va être difficile, annonça Licorne-la-Puissante. Après avoir joué avec les Quatre-Encoches, les Esprits vont s'affronter à travers vous tous, membres des Grandes-Mains-Blanches. Vous serez comme des mulots entre les griffes des lions. Résistez aux forces qui veulent vous dresser les uns contre les autres ! Quoi qu'il arrive, et même si je n'étais plus là pour vous aider, n'oubliez jamais que vous avez besoin du clan pour survivre !

Elle vit que ces paroles avaient touché juste. Une partie de son auditoire admettait son ignorance devant ces combats obscurs et promit de ne pas se déchirer. D'autres, préoccupés par leurs difficultés personnelles, écoutaient d'une oreille distraite ; voilà ceux que les Esprits pourraient manœuvrer à leur guise, pour le péril de tous.

11

Guettant les allées et venues de la chamane, Saïga put lui parler en tête à tête au bord de la rivière. Elle tremblait.

— Licorne-la-Puissante, c'est moi qui t'ai offert cette parure qui te protège !

— Je t'en suis très reconnaissante, Saïga.

— Après ta disparition, j'ai eu peur à chaque instant ! Je vous ai perdues en même temps, Aurochs et toi !

— Je le comprends. C'était cruel pour toi. J'ai été obligée de m'éloigner. Je l'ai compris quand les Esprits m'ont envoyé la louve. Je n'avais aucun moyen de te prévenir discrètement. Les rennes avaient détruit tout ce que je possédais, y compris mes outils sacrés, et je ne pouvais plus me montrer.

— Tu as abandonné les Quatre-Encoches ! Tu m'as laissée à la merci d'un assassin !

— Je savais que vous ne risquiez rien, jusqu'à votre retour aux Grandes-Mains-Blanches.

— Comment pouvais-tu en être sûre ?

— J'ai compris qui a assassiné Iranie.

— C'est Mégacéros, évidemment ! Il a tué aussi son

propre fils qui avait assisté au meurtre. Iranie était son amie, Guillemot a dû vouloir la protéger !

— Guillemot n'est pas mort.

— Alors, il s'est enfui parce qu'il craignait son père !

La chamane garda le silence.

— Ne me laisse pas dans l'ignorance ! J'ai peur pour le clan. J'ai peur pour moi… Et aussi pour mon futur bébé. Je suis enceinte, Licorne-la-Puissante.

— Cette naissance qui s'annonce est une excellente nouvelle, Saïga. Ne t'inquiète pas pour ton bébé ni pour toi. Je te protège, en refusant de te révéler ce que je sais. Si tu regardes le meurtrier d'un autre œil, tu seras menacée.

— Pourquoi tu ne l'accuses pas devant le clan réuni ?

— Je n'ai aucune preuve. Si je me contente de partager mes soupçons, une partie des Grandes-Mains-Blanches ne me croira pas. La suspicion et la peur feront éclater le clan. Actuellement, tout le monde croit le meurtre résolu. Le retard des Quatre-Encoches est compensé par le partage de l'ivoire. Les grandes chasses peuvent se poursuivre sans dommages. Le clan sera prêt pour traverser l'hiver.

— Rien n'empêche l'assassin de récidiver !

— La seule personne en danger, pour l'instant, c'est moi. Et la louve me protège. Mais pour toi et ton bébé, ce serait mieux qu'on ne nous voie pas parler ensemble, ajouta-t-elle en lui souriant avec tendresse.

— Je dirai ce soir que j'avais mal à la tête et que tu m'as donné un remède.

Licorne-la-Puissante sortit de son sac des feuilles de sauge à infuser.

— Prépare-le vraiment. Il te fera du bien. Quoi qu'il arrive, garde-moi ta confiance, Saïga.

***

Durant la deuxième moitié de la septième lune, les plateaux dénudés furent la proie des vents déchaînés. Malgré leur silhouette massive et leur toison épaisse, les bisons commencèrent à se regrouper : les femelles et les petits par dizaines, les mâles par groupes de quelques individus. Lorsqu'une première neige recouvrit les pâturages herbeux, les hardes prirent la direction des vallées où l'hiver était moins rude.

Entre-temps, le clan des Grandes-Mains-Blanches avait déployé une activité intense. Sous la végétation qui avait poussé depuis l'année précédente, les chasseurs retrouvèrent leurs pièges : des fosses larges et profondes, placées sur le trajet des animaux migrateurs. Ils restaurèrent les parois dégradées par le gel de l'hiver et les ruissellements du printemps ; ils renouvelèrent les pieux qui achèveraient les bêtes après leur chute ; ils recouvrirent chaque ensemble d'un toit léger de jonc et de bruyère. Pendant ce temps, les femmes découpaient la viande des saïgas et des rhinocéros en fines lamelles, qu'elles posaient près d'un feu important ; son entretien exigeait de grosses quantités de bois. La viande séchée était ensuite entreposée dans les réserves de chaque famille pour l'hiver. À ces tâches supplémentaires s'ajoutait l'ordinaire : la préparation des repas et la surveillance des enfants. Alors que les journées ne cessaient de raccourcir, le travail demandé ne permettait pas de relâche jusqu'au grand repas du soir où le clan se retrouvait.

Malgré l'énergie qu'il dépensait, L'Élégant réfléchissait à sa nouvelle situation. Son statut de chef des Quatre-Encoches n'était plus contesté. Mais tant que l'on n'avait pas découvert quels membres de sa famille étaient animés par des forces mauvaises, la méfiance des autres chefs se concentrait sur lui. C'était injuste. Lui-même n'était habité que par le désir de s'occuper le mieux possible des siens ! Il est vrai qu'il se sentait mortifié à l'idée de ne commander qu'à deux chasseurs plus âgés et plus expérimentés que lui : son père, gêné par des pieds instables, et son oncle, ravagé par une vieillesse précoce. Il en voulait terriblement à son frère Guillemot d'avoir abandonné les Quatre-Encoches au moment d'entrer dans l'âge adulte. Il aurait aimé donner des ordres à Courlis, son cousin de 9 ans, mais sa tante L'Affectueuse le lui interdisait, en répétant qu'il fallait le laisser grandir. Pourtant, s'il voulait être considéré, il devait absolument augmenter le nombre de ses chasseurs !

Un soir, assis à côté de L'Énergique, il eut une idée.

— J'ai vu que Colombin marchait tout seul, maintenant, lui dit-il.

— Oui, il a vite appris. Je crois qu'il n'a peur de rien.

— Il fera un bon chasseur !

— Je n'en doute pas. Mais attention, seulement dans une quinzaine de printemps !

Ils rirent.

— Tu sais, L'Énergique, j'ai regretté la décision de notre ancien chef de te renvoyer chez les Détours-Réussis.

Elle le regarda avec étonnement, contente qu'il reconnaisse l'humiliation qu'elle avait subie.

— C'est vrai que notre voyage a été long et périlleux, poursuivit-il. Tu aurais souffert avec ce petit bonhomme sur ton dos. Mais je considère que tu fais toujours partie des Quatre-Encoches. Si tu veux te réinstaller parmi nous, tu es la bienvenue.

L'Énergique se sentit rougir jusqu'aux oreilles.

— J'espère fonder une autre union, avoua-t-elle à voix basse.

L'Élégant accusa le coup, avant d'avoir une autre idée.

— Bien sûr. Tu es une belle jeune femme travailleuse, que beaucoup d'hommes rêveraient d'avoir pour compagne. Alors, je propose que ton futur compagnon vienne vivre avec nous. Notre famille a subi tellement de pertes, cet été ! J'imagine que les autres chefs seront d'accord. Tu veux que je leur en parle ?

Un sentiment de panique s'empara d'elle. Cette proposition n'allait-elle pas compliquer ses projets ? Et si le jeune homme qui obsédait ses pensées ne voulait pas devenir un Quatre-Encoches ? Depuis la chasse aux saïgas, L'Astucieux lui souriait chaque fois qu'il la croisait. Le soir, après le repas, il venait souvent discuter avec elle. Dans la part d'ivoire qui lui revenait, il avait découpé une rondelle, percée en son centre pour enfiler un lien de chanvre. Il avait demandé à son ami Harfang de graver d'un côté un renne aux pattes repliées, de l'autre le même renne debout. Lorsqu'on faisait tournoyer la rondelle, on croyait voir l'animal bondir, s'accroupir et rebondir. C'était un objet fascinant, qui plaisait aussi beaucoup à Colombin. Et c'était à elle que L'Astucieux l'avait offert ! Heureuse de le sentir jour et nuit contre sa peau, elle ne s'en séparait jamais.

Mais une veuve, mère d'un enfant, ne pouvait pas dévoiler ses sentiments sans le risque d'être rejetée. Peut-être L'Astucieux la considérait-il comme une femme plus âgée qui ne pouvait pas voir dans ses visites autre chose que des marques d'amitié ? Si, par chance, il éprouvait un attachement plus profond, ce chasseur au caractère indépendant pourrait refuser de s'intégrer dans une nouvelle famille. D'autant plus qu'il s'agissait de celle des Quatre-Encoches, en qui la chamane avait décelé des forces néfastes.

— Euh… Je ne sais pas…

— Tu as besoin de temps pour réfléchir, je le comprends. Viens m'en reparler quand tu seras prête.

— Ou à moi, souffla Saïga en se levant et en passant près d'elle.

— J'aime L'Astucieux, et j'ai l'impression qu'il m'aime, lui expliqua L'Énergique un peu plus tard. Regarde le bijou qu'il m'a offert.

Elle fit tourner la rondelle pour son amie, qui s'en extasia.

— On dirait que le renne est vivant ! C'est un très beau cadeau, L'Énergique.

— Mais L'Astucieux ne me demande pas de faire l'amour !

— C'est vrai que c'est surprenant.

Une fois initiés, les jeunes gens se lançaient en général avec passion dans cet apprentissage. Si un enfant s'annonçait avant le choix d'un père officiel, il y avait toujours moyen de s'arranger avec une femme stérile ou une grand-mère conciliante.

— Je connais bien mon cousin, reprit Saïga. Il veut garder la tête claire pour prendre sa décision. S'il vient souvent te voir, c'est qu'il a des sentiments pour toi. Mais tu as raison de ne pas lui parler de la proposition de L'Élégant, qui compliquerait sa réflexion. Je vais encourager mon compagnon à patienter.

Ces jours-ci, les chefs du clan étaient préoccupés par un problème plus urgent que l'équilibre entre les familles. Bien qu'il se remette de ses blessures aux jambes et au crâne, L'Engourdi gardait les yeux fermés, sans jamais prononcer une parole ni réagir à quoi que ce soit. La seule manière de le nourrir était de glisser du bouillon dans sa bouche. Il maigrissait, et pourtant son pouls continuait de battre. Incapable de diriger les Infini-Percé, il ne renonçait pas non plus à son pouvoir, comme l'avait fait Le Fonceur chez les Quatre-Encoches. Inquiets, Le Solide, Le Discret, Le Malicieux et L'Élégant interrogèrent Licorne-la-Puissante, venue comme chaque jour au chevet du malade.

— Que peut-on offrir aux Esprits pour qu'ils le guérissent ?

— Ils ont déjà fait beaucoup pour lui. L'Esprit du Vent l'a sauvé en le faisant tomber de la falaise à l'endroit où se trouvait un rhinocéros. Maintenant, c'est à L'Engourdi d'accepter de vivre, ou de refuser. Pour l'instant, son âme ne veut plus habiter son corps.

— Où se trouve-t-elle, dans ce cas ? s'écria Le Malicieux avec effroi.

— Elle flotte, retenue à ses lèvres par ce filet-pour-les-âmes.

La chamane désigna, plantée derrière la tête du blessé, une sorte de toile d'araignée en brindilles de noisetier. Les canines de loup qui y étaient suspendues empêchaient l'âme d'errer dans l'abri et de nuire à ses habitants.

— Va-t-elle revenir un jour dans son corps ? interrogea Le Solide.

— Seulement si L'Engourdi accepte le présent de l'Esprit du Vent.

— C'est très contrariant, dit Le Discret. Les Infini-Percé ne peuvent pas rester sans chef pendant les grandes chasses ! Ils sont déjà tellement indisciplinés !

Les autres acquiescèrent. La chamane passa lentement les mains entre le front du malade et le filet. Ils s'agitèrent, persuadés qu'elle prenait un grand risque. Et si l'âme en profitait pour s'accrocher à ses doigts ?

Elle donna son verdict :

— L'Engourdi ne veut pas choisir. Sa détermination est terriblement forte. Je propose que nous attendions la prochaine grande chasse du clan. À ce moment-là, si l'âme n'est pas revenue dans son corps, ou n'a pas été libérée par la mort, je l'emporterai dans un endroit d'où elle ne pourra jamais s'échapper. Les Infini-Percé pourront alors avoir un nouveau chef.

Ils l'approuvèrent. Une fois de plus, sa décision était juste et sage. En entendant cet avertissement, nul doute que l'âme de L'Engourdi préférerait réintégrer son corps !

***

De son côté, La Gracieuse tentait de dissimuler ses tourments. Quand la chamane quitta l'abri, elle se lança à sa suite et la rejoignit un peu plus loin. Elle n'osait pas s'approcher à cause de la petite louve qui tirait sur sa laisse.

— Licorne-la-Puissante, comment sortir mon père de la mélancolie ?

La chamane se concentra sur les émotions de la jeune fille : la colère et la peur l'emportaient sur la compassion.

— Le Fonceur suit son propre chemin. Ne t'inquiète pas pour lui.

— Et nous, alors ?

— Les Quatre-Encoches ont un nouveau chef.

— Je voulais dire : nous, ses enfants, ses filles !

— Par chance, Fuligule a toujours sa grande sœur.

— Et moi ? Qui s'occupera de moi ?

— Tu as passé les épreuves d'initiation, La Gracieuse.

Tu es une adulte. Tu peux t'occuper de toi-même. Tu peux aussi choisir un compagnon, en toute liberté.

— Tu dois m'aider ! J'étais la fille d'un chef ! Ma dot était extraordinaire ! C'est toi qui as donné l'idée aux autres chefs de partager notre ivoire et nos coquillages !

— En échange d'assez de viande pour vous nourrir pendant l'hiver. Et de votre maintien dans le clan, malgré votre retard aux grandes chasses.

— C'est peut-être très bien pour les Quatre-Encoches, mais moi, je n'ai plus rien !

— Ce n'est pas vrai. Tu as ta bonne santé. La grâce de ta jeunesse. Ta beauté qui plaît aux garçons.

— Je voulais épouser un chef ou un futur chef !

— Si c'est ton désir…

— Je ne peux plus ! C'est trop tard !

— Je ne vois pas pourquoi. La différence, c'est que tu le devras à toi-même, et non à la dent monumentale d'une mammouthe.

La chamane la salua avant de s'éloigner dans la vallée. La Gracieuse donna des coups de pied rageurs dans les feuilles mortes. Au lieu de revenir à l'abri, elle marcha à vive allure, tout droit, à peine attentive à ce qui se passait autour d'elle. Quand un point de côté la força à s'arrêter, elle se trouvait dans un bois épais. Le froid y était intense. Prise d'une impulsion, elle brisa une flaque gelée d'un coup de talon. Elle saisit un carreau de glace et courut jusqu'à une clairière.

En plaçant la glace devant une feuille morte, elle pouvait apercevoir son image. Cela lui arrivait rarement ; l'eau vive des rivières et des ruisseaux ne créait qu'un reflet mouvant. Un été où les Quatre-Encoches avaient voyagé dans les montagnes de l'Est, elle avait pu contempler ses traits à la surface d'un lac au fond noir. Mais elle avait 7 ans et un trou dans son sourire là où manquaient des dents de lait. Le visage qu'elle connaissait le moins était donc le sien. Sa mère lui avait souvent dit qu'elle était belle. Son père imaginait que n'importe quel chasseur rêverait de la prendre pour compagne. La plupart des parents considèrent que leurs enfants sont des merveilles ! Quant aux hommes du clan qui la suivaient des yeux, ils avaient envie de plaire à la fille d'un chef ! La chamane s'était-elle moquée d'elle ?

La Gracieuse approcha son visage du carreau. Ses yeux la happèrent : les pupilles pâles, les amandes symétriques. Son nez était mince et sans aspérité, sa bouche étroite, son menton discret, son front de taille moyenne, ses joues sans signe particulier. Pourquoi cet ensemble aurait-il le don d'émouvoir les hommes ? Elle tenta de capter son profil mais l'image voyageait aussi vite qu'elle. Les gens pouvaient-ils être charmés par sa démarche, ses gestes ? Elle ne parvenait pas à se voir en entier dans le miroir tenu à bout de bras. Et le reflet finit par fondre entre ses doigts.

La chamane avait vu juste sur un point : aujourd'hui, les jeunes hommes croisés n'avaient aucune raison de la flatter. Elle qui, d'habitude, détournait le regard devait, au contraire, chercher à lire dans leurs yeux. Ils lui offriraient le seul miroir fiable à sa disposition.

Lorsqu'elle revint vers l'abri, un petit groupe de jeunes gens, garçons et filles, bavardait sur la terrasse. En traversant la passerelle, elle guetta leurs expressions. Elle remarqua qu'ils cessaient de parler et se tournaient vers elle. Ils lui souriaient. Ils semblaient ne rien attendre d'autre que ce plaisir qu'elle leur offrait en s'avançant gracieusement vers eux. Dans leurs yeux, elle lut avec certitude l'émerveillement léger et heureux que procure la vue d'une jeune femme d'une grande beauté. Elle s'épanouit comme une fleur au soleil. Elle avait de nouveau un avenir, le moyen d'influer sur son destin !

Elle avait déjà remarqué l'un des garçons. Son nom lui allait comme un gant : L'Astucieux. Mais il n'avait aucune chance de devenir chef et elle ne lui accorda qu'un sourire distrait.

***

Alors que les bisons poursuivaient leur descente de la vallée, le temps se radoucit. La pluie se mit à tomber drue depuis l'aplomb rocheux au-dessus de l'abri, enfermant le clan derrière une paroi liquide. L'humidité envahissait le refuge, dont la fumée des feux avait du mal à s'échapper. Les Grandes-Mains-Blanches vécurent des journées lugubres, assis sous leurs fourrures au fond des tentes. En dépit des avertissements de la chamane, certains haussèrent le ton par lassitude, exhumèrent de vieilles querelles. La flûte de Rousserolle en exaspéra plus d'un. Pour se réconforter, beaucoup caressaient leur pièce d'ivoire en imaginant ce que Mammouthe et Harfang en feraient cet hiver, à la lumière d'un jour radieux.

L'espace dont bénéficiait la famille dépeuplée des Quatre-Encoches éveillait la jalousie des autres. Les chefs s'en souviendraient quand il proposerait d'accueillir L'Énergique et son nouveau compagnon, se disait L'Élégant avec satisfaction. Et s'il suggérait également à La Gracieuse de rester chez eux avec le chasseur de son choix ? À la pensée de commander au printemps prochain à quatre hommes, dont deux de son âge, il se sentait plein d'énergie et de projets. Tant pis si cette seconde idée n'avait pas convaincu Saïga autant que la première. Elle pensait que La Gracieuse ne serait jamais une aide efficace, et qu'elle rendrait malheureux son compagnon, ce qui susciterait des difficultés supplémentaires dans le groupe. Lui soutenait qu'elle allait devenir plus travailleuse, maintenant qu'elle n'était plus la fille du chef. Au fond, il n'en était pas certain.

Pendant ce temps, L'Affectueuse ne décolérait pas contre Le Fonceur qui contemplait indéfiniment l'écoulement de l'eau entre les dalles.

— Secoue-toi ! Bouge ! Raconte quelque chose ! Ta compagne est morte depuis plus de trois lunes ! Tu te complais dans le malheur, voilà la vérité.

Elle parlait avec tant de hargne que Fuligule et Courlis n'osaient même plus se disputer.

— L'Affectueuse, lui demanda La Gracieuse, pourquoi le chagrin de mon père te met-il en rage ? Tu regrettes de n'avoir jamais suscité autant d'amour que ma mère ?

Piquée au vif, l'ancienne compagne du Solitaire se réfugia dans une bouderie hautaine qui reposa tout le monde.

Attentive à ces querelles, Saïga repensait à la discussion qu'elle avait eue avec la chamane. Pourquoi croyait-elle que le clan bénéficiait d'un répit ? Qu'allait-il se passer qui réveillerait l'assassin ?

***

Le froid sec succéda à la pluie et ce fut une explosion de joie. Chaudement vêtus, les enfants se précipitèrent dehors pour courir et grimper aux arbres. Même Le Fonceur alla s'asseoir sur une pierre au soleil. Impatientes d'être un peu seules, les femmes se dispersèrent. Tout en travaillant, elles savouraient la vue qui s'étendait au-delà de la vallée après la chute des feuilles, le bleu profond du ciel et les odeurs de champignon.

Chez les chasseurs, l'euphorie fut de courte durée. Les éclaireurs revinrent porteurs de mauvaises nouvelles. L'énorme quantité de pluie déversée en une quinzaine de jours avait fait sortir la rivière de son lit. Pour l'éviter, les bisons avaient dévié de leur route habituelle. La moitié des pièges étaient restés vides ! L'un d'entre eux était occupé par la dépouille d'un lion des cavernes ; bien que sa fourrure épaisse soit la bienvenue, elle ne valait pas plusieurs jours de viande. Seuls Mammouthe et Harfang furent ravis de voir de près un animal aussi dangereux.

Pendant que les chasseurs descendaient à l'intérieur des fosses pour dépecer les cadavres, les chefs se concertèrent. Les neuf saïgas, les cinq rhinocéros et les trois bisons ne permettraient pas à la centaine d'humains du clan de se nourrir jusqu'à la fin de l'hiver. Les éclaireurs n'avaient pas repéré de harde retardataire, susceptible de traverser encore la vallée des Saumons-Bondissants. Il ne restait dans les environs qu'un seul gibier disponible en quantité : les chevaux de la vallée des Fuites-au-Galop. Si des familles de passage s'y installaient parfois l'été – dans un abri surnommé les Petites-Mains-Blanches[1] –, personne n'y vivait pendant la mauvaise saison, à cause d'un territoire trop restreint. Il fallait profiter de ce beau temps sec pour y organiser très vite une dernière chasse.

Les chefs demandèrent à la chamane de les rejoindre. L'Engourdi, qui n'avait plus que la peau sur les os, respirait toujours, les yeux obstinément fermés.

— Demain, nous allons chasser le cheval, expliqua

1. L'abri sous roche de Cap-Blanc.

Le Solide. Tu sais, Licorne-la-Puissante, que cet animal est très difficile à attraper. Il n'est pas sourd comme le saïga, il entend de loin le moindre bruit. Il n'est pas presque aveugle comme le rhinocéros, il repère de loin le chasseur qui approche. Et pourtant, comme le saïga et le rhinocéros, il sent de loin l'odeur humaine.

— Il devine où sont tous nos pièges, précisa L'Élégant avec respect.

— On croit voir passer un nuage tant il galope vite, dit Le Malicieux.

— Heureusement, il a un point faible, murmura Le Discret. Un rien l'effraie !

— Mais nous n'aurons aucune chance si nous ne sommes pas très organisés, insista Le Solide.

— Si les chasseurs n'obéissent pas au doigt et à l'œil, renchérit Le Discret.

— Bref, si les Infini-Percé n'ont toujours pas de chef, précisa Le Malicieux.

— Je comprends, dit Licorne-la-Puissante qui les écoutait avec attention. Le moment est venu, conclut-elle tristement. Ce soir, je capturerai l'âme de L'Engourdi.

12

— Ouvre les yeux, s'il te plaît, L'Engourdi, chuchota une dernière fois la chamane penchée sur lui. Tu sais ce qui va t'arriver si tu n'ouvres pas les yeux ? Je vais devoir t'enfoncer un pieu dans le cœur. Est-ce cela que tu veux ?

Le chef décharné ne tressaillit même pas. L'âme attachée au souffle de ses lèvres semblait pourtant battre des ailes comme un papillon prêt à s'envoler. L'heureuse surprise qu'espérait encore Licorne-la-Puissante, la dernière chance de ne pas procéder à une cérémonie qui lui répugnait, ne vint pas. Mais L'Engourdi était prévenu. Puisqu'il ne s'était pas dressé avec effroi à ses paroles, c'était qu'il désirait mourir.

Malgré le froid, tout le clan était réuni dehors, au pied de la grotte aux Cent-Juments. Les feuilles mortes gorgées d'humidité recouvraient le sol de la combe ; la voûte de branches nues n'offrait plus aucune protection contre le vent glacial. Pourtant, les joues de tous étaient brûlantes, les yeux fiévreux et les bouches volubiles. Certains pleuraient, d'autres se réjouissaient. Le breuvage que la chamane avait fait circuler comprenait des fruits fermentés et des champignons hallucinogènes. Rousserolle jouait en boucle la même mélopée nostalgique, qui semblait lutter contre la frappe répétitive des tambours et le vrombissement des rhombes[1]. Hommes, femmes et enfants, tous dansaient au rythme de la musique, poussant des cris plaintifs ou exaltés. Perturbée par le vacarme, la petite louve attachée à l'entrée de la grotte sacrée hurlait de temps en temps en direction du ciel percé d'étoiles.

Porté sur une civière en peau, le malade avait été déposé au centre de la combe, la poitrine dénudée. La chamane avait exécuté une suite de mouvements amples, destinés à convaincre l'âme de revenir s'enraciner en lui. Pour que tous comprennent bien ce qui menaçait L'Engourdi, elle brandit le pieu dont la pointe avait été durcie au feu, avant de le confier aux mains réunies du Solide, de L'Élégant, du Malicieux et du Discret. Elle s'agenouilla derrière le corps, tendant le filet-pour-les-âmes au-dessus de sa tête. Dans le silence qui se fit, elle s'écria :

— L'Engourdi, maintenant, tu dois choisir ! Soit ton âme réveille ton corps et tu rouvres les yeux, soit je vais la capturer et ton corps va mourir.

Un instant passa, pendant lequel tout le monde put constater que le malade restait insensible à ce dernier appel. Sur un signal de la chamane, les mains recommencèrent à frapper les tambours, Rousserolle fit hurler sa flûte. Les chefs donnèrent ensemble une impulsion au pieu avant de l'enfoncer dans la chair, la cage thoracique et le cœur de L'Engourdi. Au même instant, Licorne-la-Puissante plaqua le filet sur la bouche.

1. Objet plat et allongé, en bois ou en bois de renne, que l'on fait tournoyer au bout d'une corde.

Quand elle le redressa en l'enveloppant de ses mains, la respiration avait cessé. Le bruit des os brisés et le dernier spasme du mourant s'étaient perdus dans le son des instruments.

La chamane marcha avec solennité jusqu'au seuil de la grotte. Les curieux restèrent à l'extérieur. Elle traversa son refuge, ramassa sous le porche la lampe qu'elle avait préparée et pénétra dans le boyau. D'abord troublée par les gravures des corps féminins et du chamane au nez cassé, elle réussit à se concentrer de nouveau sur la personne de L'Engourdi : un souci peut-être exagéré du consensus, mais de la prudence et de la bienveillance. Qui sait s'il ne resterait pas dans l'histoire des Infini-Percé comme un chef particulièrement sage ?

Le rite qui avait permis de capturer son âme ne risquait ni d'offenser le défunt ni de diviser le clan. Confiée directement aux Esprits, celle-ci ne pourrait qu'intercéder en faveur des Grandes-Mains-Blanches. Parvenue à l'extrémité de la grotte, Licorne-la-Puissante creusa la terre glaise pour y enfouir ce qui restait du filet : des brindilles de noisetier et des canines de loup. Puis elle s'allongea à l'endroit où soufflait le courant d'air. La présence de chacun des Esprits était nécessaire à sa guérison. La mort de L'Engourdi avait ouvert une blessure que la chamane avait accepté de recevoir au nom du clan.

Pendant ce temps, le corps était emporté sur la civière ; il serait déposé en chemin dans une fosse creusée pour lui, et aussitôt recouvert de terre. Les Grandes-Mains-Blanches réintégreraient ensuite leur abri, laissant un sommeil de plomb balayer le souvenir d'une soirée tragique.

***

La famille des Infini-Percé se réunit le lendemain, observée à distance par le reste du clan. Bien que les femmes soient présentes, seuls les hommes avaient droit à la parole.

La jeune Fuligule alla s'asseoir sur les genoux de son père.

— Je ne pourrai jamais donner mon avis ? Même quand je serai grande ? Ce n'est pas juste !

— Il s'agit de désigner le chef des chasseurs.

— Mais il commande à tout le monde !

— Les impératifs de la chasse sont prioritaires.

Qui pouvait succéder à L'Engourdi ? se demandaient les Infini-Percé. Certainement pas son fils, un enfant de 8 ans. Si la coutume qui privilégiait les fils, puis les frères, permettait d'éviter de nombreux conflits, elle s'effaçait devant l'unique règle intangible : le chef devait déjà être un chasseur. Les hommes se tournèrent vers le frère cadet de L'Engourdi, Rousserolle. Mais avant qu'on lui pose la moindre question, le musicien s'écria :

— Je suis incapable de savoir s'il faut traquer tel ou tel animal, et comment ! Je ne sais même pas faire preuve d'autorité. Trouvez quelqu'un d'autre.

Le cousin le plus proche de L'Engourdi était Harfang. Ce dernier haussa les épaules.

— Je ne serais pas mécontent qu'on me serve les meilleurs morceaux de viande. Mais ce qui compte vraiment pour moi, c'est la découverte de nouveautés à contempler. J'ai besoin de temps pour dessiner, graver, sculpter. Adressez-vous à mon autre cousin.

Tous les regards se dirigèrent alors vers le jeune homme dont le père était le benjamin des trois frères de la génération précédente. Malgré ses 16 ans, il suscitait l'unanimité grâce à son caractère vif et entreprenant.

— Si quelqu'un parmi nous a les qualités d'un chef, ajouta Harfang, c'est bien toi, L'Astucieux.

La rapidité de réaction de son ami révéla qu'il avait espéré cette proposition.

— J'aime avoir des idées et les mettre en pratique. En général avec succès, ajouta-t-il en rougissant à peine. Je pense qu'avec moi, vous aurez toujours ce qu'il y a de mieux dans les environs en matière de gibier.

— J'ai peur que tu ne nous fasses vivre dangereusement, s'inquiéta Rousserolle.

Cette question ne s'était jamais posée du temps de L'Engourdi.

— J'ai le goût de l'aventure, c'est vrai. Mais je n'oublie pas que j'ai perdu mon père beaucoup trop jeune. Si ma sœur et ma mère ne lui ont pas survécu, c'est parce que leur vie était devenue trop difficile. Chaque fois que j'aurai envie de vous entraîner dans une entreprise périlleuse, je penserai à eux. Je me demanderai si cela vaut la peine d'y laisser un chasseur. Si le risque est indispensable pour nous nourrir, nous le prendrons. Mais s'il s'agit d'avoir de beaux récits pour occuper les jours de pluie, je vous promets que j'y renoncerai.

Les hommes l'écoutèrent avec respect et plusieurs femmes applaudirent. Non seulement il précisait leurs craintes et savait y répondre, mais il s'exprimait avec une sincérité qui les touchait au cœur. Tous hochèrent la tête, soulagés d'avoir de nouveau un chef, et satisfaits que ce soit lui.

Quand les Infini-Percé rejoignirent le reste du clan, la nouvelle se répandit aussi rapidement qu'un parfum de lilas. Assis en cercle au point le plus haut de la terrasse, Le Solide, Le Discret, Le Malicieux et L'Élégant invitèrent leur nouvel *alter ego* à les rejoindre ; il y avait des décisions à prendre.

Puisque nul ne savait combien de temps allaient durer les beaux jours, la chasse aux chevaux devait démarrer le matin même. Comme d'habitude, les chefs dessinèrent dans la terre le lieu où elle se déroulerait : la vallée des Fuites-au-Galop. Orientée est-ouest, elle était assez étroite mais moins sinueuse et encaissée que sa voisine. À cause de la pluie torrentielle, il était probable que le lit du cours d'eau en occupe une grande partie. La vallée se terminait par un goulet d'étranglement entre les deux rives rocheuses, à l'extrémité de la crête des Trois-Regards[1], là où la rivière des Fuites-au-Galop se jetait dans celle des Saumons-Bondissants.

— Tout près de la grotte aux Cent-Juments, fit remarquer Le Discret.

— Ce n'est pas un hasard, affirma L'Astucieux. L'Engourdi va soutenir notre entreprise auprès des Esprits.

— J'ai l'impression qu'il a déjà sollicité l'Esprit du Vent, dit Le Solide. Pour une fois, le vent vient du nord. Nous allons pouvoir contourner la vallée par le sud sans que les chevaux sentent notre présence.

— Ce serait bien que L'Engourdi demande également à l'Esprit de l'Eau un brouillard épais, plaisanta Le Malicieux. Il faudrait que les chevaux ne nous voient pas non plus !

— On pourrait poster une partie des chasseurs face au goulet d'étranglement, suggéra L'Élégant. On enverrait les autres derrière la harde pour l'effrayer et la faire galoper vers l'embuscade.

1. Crête qui domine les Eyzies, entre la vallée de la Vézère et celle de la Beune.

— Si on veut tuer un maximum de chevaux, il faut poster un maximum de chasseurs, dit L'Astucieux. Y compris toutes les femmes qui accepteront de nous accompagner. Il s'agit simplement de savoir viser, et certaines se débrouillent très bien.

— Ce n'est pas dans la tradition du clan, objecta Le Discret.

— Tu préfères respecter la tradition, ou être sûr de manger tout l'hiver ? lui demanda Le Malicieux.

— La tradition n'est pas là pour rien. Elle évite de discuter chaque matin de qui va faire quoi aujourd'hui. Si on laisse les femmes se mêler des grandes chasses, est-ce qu'elles vont nous demander d'aller ramasser du bois, de remplir les outres d'eau, de cueillir des fruits, de trouver des légumes avec les bâtons à fouir, et de s'occuper des enfants ?

Les autres chefs semblèrent gênés d'imaginer cette éventualité.

— Certains clans sont convaincus que les femmes ne devraient pas être chamanes, rappela Le Solide.

— J'ai l'impression que, là-dessus, tu serais prêt à changer nos traditions, s'amusa Le Malicieux.

— Faisons appel aux chasseuses de manière exceptionnelle, proposa L'Astucieux.

L'Élégant et Le Malicieux l'approuvèrent. Mais Le Discret et Le Solide n'avaient pas envie de céder. Depuis quelque temps, sans savoir pourquoi, cette question du rôle de chacun leur paraissait déterminante.

— N'oublions pas les paroles de Licorne-la-Puissante, soupira L'Élégant. Des forces mauvaises tentent de nous déchirer. Le clan est pourtant notre bien le plus précieux !

— Nous avons l'habitude de nous mettre d'accord avant de décider, rappela Le Solide.

— Mais il faut bien trancher !

Chacun reprenant des arguments inchangés, Le Discret proposa de se rendre à l'avis de la majorité. Sans autre issue à proposer, Le Solide finit par l'accepter. Les chefs furent tous soulagés de reprendre la discussion du plan de chasse.

— Je pense que quatre rabatteurs suffiront, expliqua L'Astucieux.

— C'est très insuffisant pour effrayer la harde, protesta L'Élégant.

— Sauf si on emporte des rhombes.

Les autres le regardèrent avec stupéfaction. Le vrombissement sonore allait terroriser les chevaux ! Comment se faisait-il que personne n'y ait jamais pensé ? Le nouveau chef des Infini-Percé méritait beaucoup plus de respect que ne le laissait présager son jeune âge ! Sans oser l'exprimer parce que le cadavre de L'Engourdi était encore chaud dans sa tombe, tous pensèrent que le clan avait gagné au change.

***

Sur la trentaine de femmes, la moitié déclinèrent l'invitation à aller chasser avec les hommes. Elles étaient attachées à leur quotidien, routinier mais peu dangereux, ou bien elles avaient peur de ne pas être à la hauteur. Incapable de toucher un tronc d'arbre à cent pas de distance avec un caillou, La Gracieuse n'avait aucune chance de tuer un cheval au galop !

D'autres acceptèrent avec enthousiasme. Parmi elles, la graveuse Mammouthe. Comme toutes les filles Infini-Percé, elle avait appris à manier le propulseur depuis l'enfance, en compagnie des garçons. Contrairement à son frère Harfang, elle aimait l'excitation de la chasse, la tension de l'affût qui laissait place au calme quand le gibier surgissait, l'incroyable rapidité des réflexes, la joie sans mélange lorsque la sagaie atteignait son but. Pour exceller en gravure, elle était persuadée qu'elle devait être une bonne chasseuse. Comment connaître les animaux sans chercher à deviner leur parcours, leur tendre des pièges, savoir où ils étaient vulnérables ? Elle avait besoin d'un geste sûr pour les dessiner sur le bois de renne, la pierre et l'ivoire, qui ne permettaient aucune retouche.

L'Énergique hésitait. Si elle mourait d'envie de partager ce moment avec L'Astucieux, elle craignait de se ridiculiser devant lui. Plutôt adroite, elle était incapable d'enfiler un tendon dans le chas d'une aiguille quand le jeune homme la regardait. Depuis qu'il était chef des Infini-Percé, elle était certaine de le perdre : désormais, toutes les filles s'intéressaient à lui ! Elle se retrouvait au bord des larmes chaque fois qu'elle y pensait.

— Ne t'avoue pas vaincue d'avance, lui conseilla Saïga. Il cherche ton attention.

— J'espère que tu as raison !

— Puisque ta mère est encore vivante et qu'elle peut garder Colombin, profites-en ! Ce sera la seule occasion qu'on aura de chasser ensemble avant longtemps.

Elles échangèrent un regard heureux, songeant à l'enfant que Saïga attendait.

Un peu plus tard, quand le groupe s'ébranla et commença à franchir la passerelle, L'Énergique aperçut La Gracieuse qui les regardait partir depuis l'extrémité de l'abri, plus belle que jamais, mais sombre et solitaire. Brusquement, elle sut que, en participant à la chasse, elle avait pris la bonne décision. Elle allait montrer à L'Astucieux qu'elle ne se contentait pas d'être jolie.

***

Les chasseurs et chasseuses des Grandes-Mains-Blanches traversèrent la vallée des Saumons-Bondissants pour grimper sur le versant opposé. Dans la pente raide, couverte de feuilles mortes que la pluie avait rendues très glissantes, Mégacéros ne fut pas mécontent de constater que les femmes peinaient plus que les hommes. Si on lui avait demandé de choisir, lui aurait préféré jeûner toute la fin de l'hiver plutôt que de solliciter l'aide des femmes ! D'ailleurs, si on commençait à solliciter ces dames pour des activités masculines, pourquoi lui, qui avait terriblement mal aux pieds, ne resterait-il pas au coin du feu toute la journée comme La Légère ?

Malheureusement, même son fils ne lui demandait plus son avis depuis que la famille avait réintégré le clan et que les chefs se réunissaient chaque jour. L'Élégant aurait pourtant bien eu besoin de ses conseils ! On ne pouvait pas dire que leur famille était florissante ! Pourquoi le chef des Quatre-Encoches avait-il cessé d'insister auprès de L'Énergique pour que celle-ci réintègre le groupe ? Pourquoi avait-il oublié de proposer à La Gracieuse de rester chez eux ? Cette volte-face était, bien sûr, à mettre sur le compte de Saïga. La manière dont cette jeune personne menait L'Élégant par le bout du nez était terrifiante. Son fils était beaucoup trop faible, voilà où était le problème. S'il devait écouter quelqu'un, c'était son père, et personne d'autre.

Parvenu sur la crête, Mégacéros se retourna. Il fut content de découvrir que celle qui avait le plus de difficulté dans la montée était justement sa belle-fille. Il regretta que le défilé rocheux ne soit pas encore plus loin, et encore moins accessible. Quoi qu'il en soit, Saïga serait bientôt encombrée d'un nouveau-né qui se nourrirait de son énergie en même temps que de son lait. Il lui souhaitait un enfant particulièrement fragile, qui l'empêcherait de dormir et l'épuiserait de ses pleurs, au point de ne plus accorder assez d'attention à son compagnon. Que L'Élégant lui en veuille ! Qu'il se sente abandonné ! Qu'il connaisse comme lui les affres de la jalousie à l'égard de son propre fils ! Rien ne ferait plus plaisir au futur grand-père, qui espérait bien, ainsi, retrouver son influence.

***

Pendant que les autres chefs postaient les chasseurs derrière les rochers, autour du goulet d'étranglement, L'Astucieux constitua son équipe de rabatteurs avec des individus jeunes, capables de courir longtemps, et qu'il connaissait bien : Harfang, Mammouthe et une de leurs cousines. Les quatre jeunes gens passèrent sur la rive sud et remontèrent de l'autre côté. S'écartant de la crête sinueuse, ils s'élancèrent en petites foulées sur le plateau sans arbres, longeant la vallée des Fuites-au-Galop. Chacun d'eux tenait un rhombe à la main. Quand ils jugèrent la distance suffisante pour avoir doublé la harde, ils s'approchèrent du bord de la falaise, là où un promontoire offrait un bon point de vue.

Comme ils l'avaient imaginé, le cours d'eau s'était étalé dans le fond plat de la vallée, ne laissant aux chevaux qu'un espace de liberté restreint sur la rive gauche. Mais ils n'y prêtèrent pas tout de suite attention. Leur regard fut surtout attiré par une fumée s'élevant, à mi-pente de l'autre versant, dans l'abri des Petites-Mains-Blanches. Des humains, ici, à la fin de l'automne ! À cette époque de l'année, les nomades avaient réintégré leur refuge hivernal ; ils achevaient leurs derniers préparatifs. Sans fourrure naturelle, sans cornes ou défenses pour balayer la neige, sans nez démesuré capable de résister au froid, ils avaient besoin de se sentir forts, et donc nombreux, pour affronter l'hiver. Les ressources de la vallée des Fuites-au-Galop ne pouvaient suffire qu'à un groupe réduit.

À moins qu'il ne s'agisse d'un seul individu, aux pouvoirs importants ?

***

Au même instant, Licorne-la-Puissante rentrait chez elle ; elle avait observé les chasseurs préparer leur embuscade, non loin de la combe. En ajoutant des bûches à son feu, elle voyait dans les flammes les visages de certains Grandes-Mains-Blanches. Malgré ses avertissements, elle ne se faisait pas d'illusions : les forces mauvaises allaient bientôt déchirer le clan. Mais quel sentiment servirait d'étincelle : le goût du commandement, l'orgueil, la peur, l'amour ? Et, surtout, qui triompherait ?

13

Les mystérieux occupants des Petites-Mains-Blanches risquaient-ils de concurrencer les Grandes-Mains-Blanches pendant la chasse aux chevaux ? Allaient-ils s'offusquer de leur présence dans ce qu'ils considéraient peut-être comme leur territoire ? Bien que stupéfaits, les rabatteurs n'oubliaient pas leur mission. Comme ils l'espéraient, une trentaine de petits chevaux massifs à la crinière courte broutaient en aval.

— Ne changeons rien à nos plans, décida L'Astucieux. Gardons l'avantage de la surprise, avec les chevaux comme avec les humains.

Ils repérèrent un accès discret à la vallée, dissimulé par un éboulis de rocher. Ils l'empruntèrent d'un pas prudent. Dès qu'ils arrivèrent en bas, certains chevaux relevèrent la tête.

— Les rhombes ! Vite !

Il ne fallait pas laisser les animaux se disperser. Les chasseurs s'écartèrent les uns des autres pour couvrir tout l'espace entre le cours d'eau et le pied de la falaise. Ils firent tournoyer les instruments au-dessus d'eux, produisant un vrombissement assourdissant. Leurs proies, qui craignaient le bruit autant que l'inconnu, ne tentèrent pas de les esquiver ; elles s'éloignèrent au petit trot.

— On les poursuit !

Les jeunes gens reprirent leur course sans cesser de manier les rhombes. Plus rapides, les chevaux s'arrêtèrent lorsqu'ils eurent une bonne avance, avant de repartir quand la menace se rapprocha. Ce manège se reproduisit plusieurs fois. Jamais les fugitifs ne choisirent d'affronter leurs agresseurs. Mais ils tardaient de plus en plus à s'éloigner ; après tout, ce bourdonnement d'essaims géants les suivait sans jamais les attaquer. Les rabatteurs baissèrent leurs instruments, prêts à les relancer si la harde faisait demi-tour.

Quand ils furent à proximité du goulot d'étranglement, ils les remirent brusquement en branle, déclenchant la panique. Plusieurs chevaux se jetèrent dans la rivière, quelques-uns prirent d'assaut la pente abrupte. Tous les autres galopèrent en direction des rochers où les attendaient les chasseurs. Sur les trente sagaies qui furent lancées presque simultanément, onze atteignirent leur cible : un chiffre très honorable étant donné la vitesse des bêtes. Trois chevaux s'effondrèrent aussitôt. Les huit autres, blessés plus ou moins gravement, poursuivirent leur course au trot, puis au pas, avant d'être achevés.

Les Grandes-Mains-Blanches se regroupèrent autour des carcasses à dépecer. Le soleil disparaissait déjà derrière la crête, plongeant la zone où ils se trouvaient dans une ombre glaciale et sinistre. Qui sait si un lynx ou un loup ne les guettait pas, espérant voler sous leur nez un peu de leur gibier, dont l'odeur de sang tiède devait se répandre aux alentours ? Tous furent soulagés de repartir vers l'abri, d'énormes morceaux de viande sur les épaules – une fois la part des Esprits déposée dans les arbres.

À l'arrière de la petite troupe, Mégacéros ne pouvait oublier que sa sagaie s'était plantée dans l'herbe, tandis qu'un cheval avait été atteint à la carotide par Saïga. À l'avant, Le Solide et Le Discret reconnaissaient que la participation des femmes n'avait pas nui à l'expédition. Au milieu, L'Énergique guettait L'Astucieux du coin de l'œil. Avait-il remarqué que son arme avait fait mouche ? Pourquoi ne la félicitait-il pas ? N'était-elle plus digne de discuter avec lui depuis qu'il était chef de famille ? Avait-il hâte de se vanter de la réussite de son plan auprès de jeunes beautés comme La Gracieuse ?

En réalité, le chef des Infini-Percé était plongé dans des réflexions très différentes. La grotte des Cent-Juments où vivait Licorne-la-Puissante se trouvait à l'entrée de la vallée des Fuites-au-Galop. S'aventurant assez loin pour dénicher des plantes rares, la chamane avait forcément aperçu la fumée qui s'échappait de l'abri des Petites-Mains-Blanches. Pourquoi n'avait-elle pas averti le clan ? Jugeait-elle préférable qu'il ne soit pas au courant ?

L'Astucieux avait beaucoup de considération pour la chamane, qui consacrait sa vie et son immense savoir à soigner et à protéger les Grandes-Mains-Blanches. Son appel à résister aux forces mauvaises l'avait marqué. Mais le jeune chef avait une confiance encore plus grande en ses propres intuitions, qui s'étaient toujours vérifiées. Rejoignant à grands pas les trois autres rabatteurs, il leur demanda de garder secrète leur découverte.

***

Les jours suivants, il fallut ranger d'énormes provisions de viande séchée, de poissons, de légumes, de fruits, et même d'œufs, qui se conservaient des semaines durant dans la cendre. Les hommes débitèrent des arbustes et stockèrent les bûches au sec. Les femmes vérifièrent chaque pièce de l'habillement le plus chaud, finement cousu, taillé en peau de renne et doublé d'autres fourrures. Quand tout fut prêt pour l'hiver, les adultes furent heureux de paresser enfin le matin sur leur couche, avant de savourer dehors les belles heures de la journée.

La Gracieuse prit l'habitude de s'asseoir sur la terrasse à côté de son père. Elle avait besoin de réfléchir. Depuis qu'elle guettait les regards posés sur elle, elle avait reçu maintes confirmations de sa beauté. Comme les autres, L'Astucieux semblait sensible à ses charmes. Décidée à séduire le jeune chef, elle espérait beaucoup d'un collier de perles en ivoire, chargé de souligner la délicatesse de sa peau et l'éclat de ses yeux bleus – des atouts obligeamment détaillés par sa petite sœur Fuligule.

Pour L'Astucieux, au contraire, le repos n'avait aucun attrait ; il préférait l'action et la réussite, qui l'enivraient mieux que les breuvages secrets de la chamane. Dès la première journée de liberté, il proposa à Harfang et Mammouthe de l'accompagner dans la vallée des Fuites-au-Galop. Il n'eut pas besoin d'insister ; depuis l'enfance, les compères avaient partagé bien des exploits discrets. Sans prévenir personne de leur expédition, ils marchèrent jusqu'au promontoire surplombant la vallée en question.

Une fumée se dressait de nouveau au-dessus des

Petites-Mains-Blanches ; le refuge n'avait pas été occupé par un voyageur de passage. Bien que nettement plus petit que celui des Grandes-Mains-Blanches, il bénéficiait comme lui d'une terrasse bien ensoleillée, abritée par un aplomb rocheux, hors d'atteinte des débordements du cours d'eau. Autant qu'ils pouvaient en juger à cette distance, une seule tente y était installée ; elle était plutôt vaste. Deux personnes se trouvaient à côté, près du foyer. D'autres étaient éparpillées dans la vallée, autour des mares que l'inondation avait laissées derrière elle. Plus loin, la harde de chevaux broutait paisiblement, ayant déjà oublié ses pertes.

L'Astucieux, Mammouthe et Harfang empruntèrent l'éboulis de rochers. Leur sagaie à la main, mais sans se cacher – pour montrer leurs intentions pacifiques –, ils s'avancèrent en direction de l'abri. Devant eux, un individu en anorak, un sac sur le dos, sa capuche sur la tête malgré le grand soleil, harponnait des poissons qu'il laissait tomber dans un panier. Absorbé par cette tâche, il les remarqua au dernier moment. Il poussa un cri avant de baisser la tête en maintenant sa capuche de la main. Ses yeux disparurent, mais non ses joues glabres, la peau lisse de son cou et la petite bouche bien dessinée. C'était une jeune femme.

Lorsqu'elle attrapa son panier et se retourna, prête à s'enfuir, ils virent qu'elle ne portait pas un sac, mais un bébé de quelques mois. Pour la rassurer, ils déposèrent leur sagaie à leurs pieds. Mammouthe la salua à distance et dit qui ils étaient, en soulignant ses paroles avec des gestes. Mais son interlocutrice ne se présenta pas à son tour. Elle leur demanda d'attendre car elle devait aller chercher son chef. Ils acceptèrent. Elle s'éloigna d'un bon pas, se retournant plusieurs fois pour vérifier qu'ils ne la suivaient pas.

— On se méfie des étrangers, aux Petites-Mains-Blanches, constata L'Astucieux.

Auraient-ils le temps de s'enfuir si la jeune femme envoyait vers eux des chasseurs agressifs ?

— Elle comprend notre langue et nous comprenons la sienne, fit remarquer Mammouthe. J'ai déjà entendu son accent. Elle ne vient pas d'une région lointaine.

Certains d'être observés, ils restèrent à la même place. Pendant ce temps, les inconnus qui se trouvaient dans la vallée se précipitèrent vers les troncs d'arbres couchés sur chaque bras du cours d'eau ; ils rejoignirent l'abri grâce à une échelle de corde. Leur chef effectua le même trajet en sens inverse. Pendant qu'il approchait en franchissant d'un pas hardi les obstacles successifs, les jeunes gens s'étonnèrent de sa silhouette ramassée et de ses hanches aussi larges que ses épaules. Ils pensèrent qu'ils avaient mal interprété les paroles de leur première interlocutrice : une famille ne pouvait être dirigée par une femme.

Elle s'arrêta à une quinzaine de pas. À l'ombre de sa capuche, sa grande bouche ne souriait pas.

— Qu'avez-vous de plus précieux ? demanda-t-elle.

— Mes mains, répondirent en même temps les deux graveurs.

— Mes futurs enfants, dit L'Astucieux.

— Jurez sur la santé de vos mains, ou sur celle de vos futurs enfants, que vous ne parlerez à personne de ce que vous verrez ici.

Ils en firent le serment.

— Laissez votre sagaie par terre et suivez-moi.

Ils obéirent, traversant les ponts sommaires et grimpant à l'échelle. Quand ils débouchèrent sur la terrasse de l'abri, ils eurent un choc. Le refuge des Petites-Mains-Blanches n'abritait que des femmes. Malgré la capuche qui couvrait systématiquement le haut de leur visage, elles semblaient toutes très jeunes. Debout ou assises, tantôt allaitant un enfant, tantôt le berçant, tantôt jouant avec lui, elles semblaient toutes mères. Aucune ne souriait. Stupéfaits, ils s'assirent lorsqu'on les y invita, attendant des explications. Leur guide prit un nouveau-né dans les bras et ouvrit son anorak pour le mettre au sein.

— Nous formons la famille des Neuf-Points-Ocre, expliqua-t-elle après que le bébé eut commencé à téter. Je m'appelle Liberté-de-Jument et c'est moi qui la dirige. Licorne-la-Puissante nous a annoncé votre visite. Elle nous a parlé de trois Infini-Percé du clan des Grandes-Mains-Blanches : un chef de famille et deux de ses amis, un garçon et une fille. Elle nous a recommandé de n'accueillir personne d'autre.

Sur le coup, L'Astucieux fut vexé que la chamane ait perçu avant lui ses intentions. À la réflexion, elle n'avait pas eu besoin de ses dons de divination. Sachant que l'abri était occupé, elle se doutait que les rabatteurs de la chasse aux chevaux apercevraient de la fumée. Elle connaissait sa curiosité, elle qui avait choisi son nom au printemps dernier. Elle avait deviné qu'il voudrait savoir qui avait allumé ce feu. Attendait-elle quelque chose de lui ? À cette pensée, il laissa parler son cœur :

— Vous semblez avoir vécu de grands malheurs. Peut-être avez-vous fui des ennemis. Peut-être avez-vous refusé de vous soumettre. Et maintenant, vous devez travailler dur pour préparer l'hiver et survivre avec vos enfants. Je devine que vous êtes très courageuses. Est-ce que mes amis et moi pouvons vous aider ?

Liberté-de-Jument acquiesça.

— Nous avons ramassé beaucoup de poissons grâce à l'inondation. Nous avons aussi mis de côté du petit gibier, des légumes et quelques fruits. Mais nos réserves ne nous permettront pas de tenir jusqu'à la fin de la mauvaise saison. Chaque fois que je vois passer les chevaux au pied de l'abri, je me dis qu'une seule bête nous sauverait. Nous ne sommes que sept adultes, avec des bébés que nous nourrissons. Simplement, je ne sais pas du tout comment attraper ce cheval dont nous avons besoin.

— Ce doit être possible. Attends. Je cherche une idée.

L'Astucieux alla contempler la vallée. En retrouvant son lit, le cours d'eau libérait un espace trop vaste pour renouveler l'embuscade. Il fallait inventer une autre sorte de piège… Impossible d'utiliser une fosse, comme pour les bisons. Pour la creuser, plusieurs personnes devraient y travailler pendant une journée ou deux. Celles-ci laisseraient dans la terre humide une puissante empreinte olfactive ; très méfiants, les chevaux éviteraient soigneusement l'endroit…

Pendant que son ami réfléchissait, Harfang observait les jeunes filles à la dérobée ; il se demandait pourquoi elles cachaient leur visage. Comment se faisait-il qu'elles aient toutes des bébés, sans aucun homme à l'horizon ? Les plus âgés des enfants semblaient avoir 3 mois, et plusieurs étaient des nouveau-nés. De son côté, Mammouthe admirait la belle roche blanche qui constituait le toit de l'abri. En la caressant de la main, elle lui trouva une consistance idéale, ni trop dure ni trop friable. Elle revint s'asseoir près de Liberté-de-Jument.

— Si un jour les Neuf-Points-Ocre souhaitent orner leur refuge d'une grande sculpture sacrée, ce serait un honneur pour moi de la réaliser.

Elle sortit le bijou en ivoire qu'elle portait autour du

cou. De la taille d'un doigt, il était finement sculpté. Il représentait un faon dressé sur ses pattes, la tête tournée vers son arrière-train, qui accouchait de deux oiseaux collés l'un à l'autre, bec contre bec.

— Regarde ce que je viens de fabriquer. J'évoque une scène de notre récit du commencement. Le faon est la première forme de l'Esprit de la Terre. Il se dresse à peine sur ses jambes. Mais déjà il donne naissance au premier homme et à la première femme. Ceux-ci sont très fragiles et leurs âmes d'oiseau sont toujours prêtes à s'envoler.

— Nous avons le même récit.

Les Neuf-Points-Ocre appartenaient donc bien à un clan voisin. Grâce aux souvenirs de voyage qui se transmettaient d'une génération à l'autre, Mammouthe savait que les humains des régions lointaines avaient des récits très différents du leur, étranges, dont le sens échappait aux Grandes-Mains-Blanches. Elle fut tentée d'interroger Liberté-de-Jument sur l'origine de sa famille, mais elle n'en fit rien. Elle avait compris qu'elle n'obtiendrait aucune réponse.

La chef tournait pensivement le bijou dans sa main.

— L'oiseau-mâle et l'oiseau-femelle sont impossibles à distinguer. Ils naissent ensemble de l'Esprit de la Terre.

— Exactement. C'est le message qui nous est révélé lors de l'initiation. La femme et l'homme ont le même destin : un jour leur âme va s'envoler. En attendant, la femme porte les enfants et l'homme soutient la femme. Ils ont besoin l'un de l'autre pour assurer leur vieillesse et la survie de leur descendance.

Liberté-de-Jument se crispa et rendit brusquement le bijou.

— Range-le ! Je ne veux plus le voir.

***

La curiosité des Infini-Percé était satisfaite autant qu'elle pouvait l'être ; rien de plus ne leur serait révélé par les nouvelles habitantes des Petites-Mains-Blanches. Avant de repartir, ils mirent à exécution le plan imaginé par L'Astucieux. Ils firent tremper dans le cours d'eau une longue corde de lianes tressées qu'ils tendirent entre deux troncs d'arbres avant de s'éloigner. À une main de hauteur, dissimulé par les herbes hautes, l'obstacle perpendiculaire à la vallée n'entravait qu'une partie du vaste couloir emprunté par les chevaux.

La première fois que la harde s'en approcha, elle repéra l'odeur humaine qu'ils avaient laissée malgré leurs précautions, et elle évita l'endroit. Mais le lendemain, quand il plut à verse, la trace fut emportée. Dès que la harde foula de nouveau cette partie de la vallée, elle fut poursuivie par les Neuf-Points-Ocre, armées de rhombes de bois. Les chevaux partirent au galop. L'un d'entre eux trébucha sur la corde invisible ; il aurait sauté par-dessus s'il s'était approché plus lentement. Tombé à genoux, il fut achevé par les sagaies des chasseuses.

Quelques jours plus tard, lorsque L'Astucieux, Mammouthe et Harfang revinrent aux Petites-Mains-Blanches prendre de leurs nouvelles, Liberté-de-Jument se trouvait dans la grande tente, son bébé endormi contre elle. Elle leur proposa de s'asseoir près d'elle, sur de simples pierres.

— Mes compagnes et moi allons retirer nos capuches, leur dit-elle. Mais pour que vous compreniez à quel point c'est douloureux pour nous, je dois d'abord vous raconter notre histoire.

14

Elles avaient grandi dans différentes familles Piégeurs-de-Rennes, ce clan prospère qui, l'été, suivait les rennes sur le plateau des Millesources[1] et, l'hiver, se réfugiait dans la vallée des Hardes-Folles. Était-ce à cause de l'abondance de la nourriture et de la faiblesse des déplacements ? Les femmes mettaient au monde beaucoup d'enfants. Trop d'enfants, commencèrent à dire certains chasseurs, à voix basse, puis avec colère. Accaparées par les maternités successives et les soins à prodiguer à leur progéniture, leurs compagnes négligeaient la saveur des repas, elles étaient irritables et n'avaient plus envie de faire l'amour, tandis qu'eux devaient chasser le renne chaque jour pour rapporter de quoi nourrir leur famille. À cela certaines répondaient qu'elles aussi se passeraient bien de fabriquer autant d'enfants, mais qu'elles n'avaient pas trouvé le moyen de rendre leur corps stérile.

Ces disputes enflèrent jusqu'au jour où un nouveau chamane s'installa dans la tribu, portant autour du cou une énorme couleuvre vivante d'où il tirait son nom : Fascination-de-Serpent. Venu on ne sait d'où, il arriva à

1. L'ensemble des plateaux qui dominent la Dordogne et la Vézère au nord, dont celui de Millevaches.

point nommé le jour de la mort de l'ancienne chamane du clan, une femme encore jeune qui avait curieusement glissé dans un ravin en cueillant des plantes. Comme s'il avait deviné leurs difficultés, il expliqua que les Esprits l'avaient envoyé pour rétablir l'harmonie du clan, menacée par la fertilité des femmes. D'après lui, seul un chamane homme pouvait se dresser assez haut sur ses pieds pour atteindre les oreilles lointaines des Esprits. Que les Piégeurs-de-Rennes continuent de recourir aux services de l'apprentie pour guérir leurs maladies et leurs blessures. Mais pour sauver leur clan de la catastrophe, qu'ils choisissent un chamane homme, et de toute urgence !

Malgré ses yeux inquisiteurs, la barbe qui cachait sa bouche, son front creusé de rides et son nez cassé, il reçut une écoute favorable de ses interlocuteurs excédés.

— L'Esprit de la Terre adore créer, expliqua-t-il. Pour lui, c'est un jeu très apprécié de donner le souffle à des nouveau-nés. Il faut beaucoup de doigté pour le convaincre de ralentir le rythme. Mais vous avez de la chance car j'ai d'excellents arguments.

— Lesquels ? l'interrogèrent les Piégeurs-de-Rennes, très intéressés.

— Permettez que je les garde pour moi ! Chaque Esprit a sa fierté. Il n'aimerait pas que je dévoile ses points faibles…

— Fais pour le mieux, comme tu l'entends ! Mais ne tarde pas trop à leur parler ! Nous sommes épuisés.

— Voulez-vous que je m'adresse à eux maintenant ?

— S'il te plaît.

— Quand j'aurai repris des forces. J'ai beaucoup marché aujourd'hui et je n'ai pas encore eu l'occasion de manger.

— Nous pouvons te nourrir. Nous avons de l'excellente viande de renne.

Ils le servirent abondamment et le virent dévorer avec appétit ce qu'on lui présentait. Ensuite, ils le regardèrent dormir, son serpent collé à lui, le temps d'une sieste indispensable à sa digestion. Puis ils l'observèrent à distance lorsqu'il s'éloigna sous les arbres pour interpeller l'Esprit de la Terre.

— Quelle réponse donne-t-il ? demandèrent-ils avec impatience lorsqu'il revint parmi eux.

L'expression soucieuse du chamane leur fit craindre le pire : et si les Esprits en voulaient aux Piégeurs-de-Rennes pour une raison inconnue ?

— Il dit que les jeunes filles nubiles doivent accomplir des rites qui retardent les enfantements, expliqua Fascination-de-Serpent.

— Quels rites ?

— Il m'a précisé lesquels.

— Explique-les-nous !

— Je ne peux les transmettre qu'aux jeunes filles concernées, car ils sont secrets. Mais ils sont difficiles à retenir et l'apprentissage peut être assez long.

— Combien de temps ?

— Une année.

— C'est beaucoup !

— Pendant cette année, elles sont certaines de ne pas avoir d'enfants.

— Et ensuite ?

— Elles en auront moins que leurs mères.

— Très bien ! Que te faut-il pour que tu t'occupes d'elles ?

— Une tente dans un lieu sacré, assez grande pour toutes les loger. De la viande pour tout l'hiver, à apporter à leur arrivée, à la fin de l'automne. Et ensuite, que personne ne vienne troubler notre dialogue permanent avec les Esprits !

C'était cher payé ; si les jeunes filles étaient restées au camp, elles auraient contribué aux travaux quotidiens en contrepartie de leur nourriture. Les Piégeurs-de-Rennes jugèrent qu'ils n'avaient pas le choix. Au moment convenu, ils rejoignirent le lieu que le chamane avait repéré et désigné comme sacré : une butte rocheuse isolée, dotée d'une petite grotte et d'une source, à proximité d'arbres fruitiers. Découragés par le relief accidenté, les rennes ne s'y aventuraient pas et le clan n'avait jamais l'occasion de s'y rendre.

Les hommes déposèrent dans la grotte leur chargement de viande ; à côté de la tente du maître, ils en dressèrent une autre de bonne taille, capable d'abriter les neuf jeunes filles nubiles de l'année ; puis ils les serrèrent dans leurs bras en leur recommandant de bien retenir ses leçons. Ils reviendraient les chercher dans un an, quand ils amèneraient ici celles qui leur succéderaient. Debout à l'écart, leur tournant le dos, sa grosse couleuvre zébrée glissant des épaules à sa taille et autour de ses bras, le chamane n'eut pas l'opportunité de saluer les uns et les autres tant il était concentré sur une tâche difficile : amadouer l'Esprit de la Terre. Celui-ci était déjà irrité par cette visite de chasseurs qui désiraient limiter le nombre des naissances ; ce furent les premiers mots du chamane aux jeunes filles lorsque leurs pères furent partis.

Ensuite il se détendit et expliqua que tout se passerait bien si elles étaient obéissantes. On allait d'abord organiser le quotidien, et le soir même on commencerait l'apprentissage. Mais dès maintenant, elles devaient savoir qu'on ne rentrait dans sa tente à lui que lorsque l'on y était invitée. Assis sur un siège de bois couvert de fourrures, il ordonna aux unes de remplir les outres à la source, aux autres de ramasser de quoi alimenter le feu, aux troisièmes d'aller secouer les arbres qui portaient encore des fruits. À la neuvième jeune fille qui restait plantée devant lui en attendant ses consignes, il demanda de le suivre dans sa tente. Effrayée par le serpent qu'il gardait autour du cou, elle n'osa pourtant refuser. Elle en ressortit un long moment plus tard, blême, mutique, la tête baissée, un peu de sang coulant le long de son nez.

Leur premier repas fut silencieux. Puis Fascination-de-Serpent expliqua que l'Esprit de la Terre aimait beaucoup voir danser de belles jeunes filles comme elles. Il alla chercher un tambour et le frappa d'un rythme entraînant. Comme elles étaient intimidées, il se mit en colère. Elles devaient faire preuve d'un peu de bonne volonté, sinon comment les Esprits allaient-ils leur être favorables ? Leurs pères seraient-ils contents d'avoir offert pour rien une si grande quantité de viande ? Cessant brusquement ses menaces, il versa dans leurs bols un breuvage étrange au goût de champignon et de fruit fermenté, et il leur proposa de trinquer avec lui ; en buvant, elles attrapèrent soudain le tournis et l'envie de rire. Leur bonne humeur ne contraria pas le chamane, au contraire. Jusqu'au moment où il déclara qu'il était temps d'aller se coucher. Puisque les Esprits ne voulaient pas qu'il dorme seul avec son serpent, il se retira dans sa tente avec une autre des jeunes filles.

Les jours suivants, Fascination-de-Serpent leur apprit à danser nues en cambrant le dos. Grâce à ce mouvement, elles trouveraient facilement un compagnon à leur retour chez les Piégeurs-de-Rennes, malgré la crainte qu'avaient les hommes d'être pères trop jeunes. Chaque soir, il emmenait une fille différente se reposer avec lui. Celles qui étaient entrées dans la tente une fois refusaient de répondre aux questions des autres. Celles qui n'avaient pas encore été choisies étaient partagées entre le dépit, la curiosité et la peur.

Parce qu'elle était la moins docile, Liberté-de-Jument fut la dernière à pénétrer dans le domaine privé du chamane. Après avoir bu une grande quantité de breuvage, elle se croyait pourtant indifférente à ce qui allait se passer, et qu'elle pensait deviner. À la demande de Fascination-de-Serpent, elle caressa la couleuvre mordorée et fut surprise de trouver sa peau très douce. Quand le reptile s'enroula autour de son bras, elle se laissa faire sans crier pendant que le chamane la déshabillait. Suivant toujours ses indications, elle s'allongea sur les fourrures de sa couche et ne bougea pas, pendant que le serpent se promenait autour de son cou, sur ses seins, autour de sa taille cambrée, sur son sexe, autour de ses jambes repliées.

— Il est doux, n'est-ce pas ? répétait Fascination-de-Serpent.

Il retira ses propres vêtements et s'allongea près d'elle. La couleuvre parcourait maintenant leurs deux corps. Il mit les mains de Liberté-de-Jument sur son sexe à lui, répétant : « Il est doux, n'est-ce pas ? », sans qu'elle sache s'il parlait encore de l'animal ou de lui. Puis il ouvrit ses jambes à elle, prenant la couleuvre entre ses mains, et elle crut qu'il allait la pénétrer avec ce qui ressemblait à un pénis démesuré et encore plus vivant que le sien. Elle ressentit un immense soulagement lorsqu'il rangea la bête dans un panier qu'il ferma avec un couvercle. Et pourtant, elle restait si effrayée qu'il eut les plus grandes difficultés à entrer en elle. Elle ne ressentit que de la douleur – comme si on lui frottait une plaie avec un silex. Puis elle sombra dans un sommeil traversé de cauchemars. À son réveil, elle était seule. En remettant ses vêtements, elle s'aperçut que son front saignait. Du bout des doigts, elle sentit les deux petites cicatrices parallèles, l'une toute droite et l'autre de la forme d'un serpent, qui marquaient également le front de ses camarades d'infortune.

Quand l'hiver arriva, deux d'entre elles étaient enceintes. Au printemps, elles l'étaient toutes, y compris Liberté-de-Jument. Fascination-de-Serpent entra alors dans une colère noire, criant qu'elles n'avaient pas assez bien cambré les reins, et que l'Esprit de la Terre s'était vengé. Certaines d'entre elles redoublèrent d'efforts à la danse, mais leurs prestations, compliquées par leur silhouette qui s'épaississait, ne semblaient jamais réussies. Le chamane continuait pourtant à les inviter l'une après l'autre sous sa tente. Et même s'il les pénétrait de plus en plus rarement, la couleuvre se promenait maintenant sur la peau tendue de leurs ventres où elles sentaient bouger la vie. C'était comme un mauvais présage, qui les paralysait d'effroi.

La première des mères accoucha au cœur de l'été. De manière surprenante, Fascination-de-Serpent se montra prévenant, lui offrant tout le breuvage enivrant qu'elle voulait, sans cesser pourtant de répéter qu'elle avait mérité de souffrir parce qu'elle n'avait pas respecté scrupuleusement les rites de non-fertilité. Quand l'enfant émergea de ses cuisses, il le saisit et l'emporta. À son retour, les bras vides, il raconta qu'il l'avait offert à l'Esprit de la Terre et que celui-ci était momentanément apaisé. Désespérée, la jeune mère refusa de s'alimenter et finit par mourir. Les autres jeunes filles, dont les enfants grandissaient en elles, comprirent qu'elles ne les reverraient jamais après leur naissance.

Plusieurs commencèrent à envisager de s'enfuir.

Mais bien que leur bourreau soit seul et d'âge mûr, il continuait de les terroriser avec un regard qui fouillait le fond de leurs âmes, et son serpent qui se balançait autour de son cou. Il possédait une sagaie et des couteaux, armes qu'il conservait dans sa tente d'où il ne s'éloignait jamais. Les huit survivantes, au corps plus ou moins alourdi par la grossesse, ne possédaient même pas d'outils en pierre ; impossible d'en fabriquer en cachette à cause du bruit produit par les silex qu'on entrechoque. Elles avaient peur des représailles si elles rataient leur évasion ; si elles la réussissaient, les Esprits qui inspiraient Fascination-de-Serpent se vengeraient-ils sur le clan des Piégeurs-de-Rennes ? Quoi qu'il en soit, les chasseurs seraient furieux de les voir revenir, enceintes et sans compagnon, malgré l'offrande de viande. Surtout, elles se sentaient honteuses de ce qu'elles avaient subi – alors même que leur volonté avait été annihilée par un breuvage et par les ordres des Esprits. Seule Liberté-de-Jument préférait un destin tragique à la certitude que son enfant lui serait enlevé, et sans doute tué. Elle refusait que leurs petites sœurs soient un jour violées et maltraitées comme elles. Chaque fois qu'elle pouvait parler en tête à tête avec l'une de ses camarades, elle essayait de lui ouvrir les yeux sur la réalité de ce qu'elles subissaient.

Un soir, leurs chuchotements furent interrompus par l'arrivée d'un chasseur inconnu, de haute taille, qui semblait souffrir des pieds. Il était accompagné d'un adolescent dont les poils du menton commençaient à peine à pousser. D'après la conversation que le chasseur eut avec Fascination-de-Serpent, elles comprirent que les Piégeurs-de-Rennes avaient vanté ses mérites auprès de leurs visiteurs. Le chasseur souhaitait que son fils reçoive l'enseignement du chamane pour devenir celui de son propre clan, brisant une longue lignée de chamanes femmes qui faisaient son malheur. Flatté, Fascination-de-Serpent accepta de prendre le garçon comme apprenti.

Après le départ du père, Liberté-de-Jument souffla aux autres jeunes filles qu'elle ne les attendrait pas plus longtemps. Elle leur expliqua son plan. Que toutes celles qui avaient du cran s'évadent avec elle ! Qu'au moins les autres les aident ! Il fallait profiter de la distraction apportée par l'arrivée de l'apprenti, avant que Fascination-de-Serpent ne resserre sa surveillance grâce à lui. Quand le chamane reprit son discours sur la faiblesse des femmes, Liberté-de-Jument réussit à s'introduire dans sa tente. Elle alla s'accroupir au fond, derrière les sacs et le matériel ; elle mit la main sur la sagaie. Dans la grande tente, les autres jeunes filles s'installaient pour la nuit, se dépêchant de rembourrer sa couche. Lorsque le maître se tint sur le seuil, plusieurs étaient déjà allongées sous leurs couvertures ; il crut que le compte était bon. Il installa le garçon devant l'entrée pour les surveiller, puis il les balaya du regard pour choisir celle avec qui il passerait la nuit. Elles eurent très peur que, parmi les huit, il désigne l'absente. Mais elles n'eurent pas cette malchance. Il lui en préféra une autre, qu'il trouvait plus jolie.

Depuis sa cachette, Liberté-de-Jument le vit dénuder son corps ridé et s'allonger sur son amante du jour. Lorsqu'il se retourna pour ranger le serpent dans le panier, elle se dressa au-dessus de lui pour lui planter la sagaie dans le cœur. Elle voulait agir avant qu'il ne lève les yeux vers elle. Au dernier moment, l'Esprit du Vent lui souffla que leur tortionnaire était un humain, le dépositaire d'une âme, et qu'elle souffrirait cruellement de le tuer. Elle hésita, pendant qu'il la regardait, surpris. Comme elle n'osait plus le frapper au cœur sous ses yeux inquisiteurs, elle fixa le serpenteau dressé de son bas-ventre dont elle se rappelait les intrusions douloureuses. Elle le transperça de sa sagaie. Hurlant de douleur, Fascination-de-Serpent fut incapable de se relever. Les deux mains sur la blessure d'où le sang jaillissait à flots, il roula en boule sur le côté et perdit connaissance. Liberté-de-Jument tira vers elle la jeune fille terrorisée :

— Habille-toi, vite !

Elle courut jusqu'à la rivière avec le panier qui contenait le serpent. Elle le plongea dans le courant en posant plusieurs galets sur le couvercle. Il fallait que l'animal périsse noyé puisque le chamane en tirait son pouvoir maléfique. Pendant ce temps, dans la grande tente, les jeunes filles s'étaient jetées sur l'apprenti, réveillé en sursaut et trop étonné pour se défendre efficacement. Elles pesèrent sur lui et le ligotèrent sans serrer ses liens. Quand il réussirait à se libérer, les fugitives seraient loin. Au lieu d'attendre le retour des Piégeurs-de-Rennes à la fin de l'automne, de subir leur colère et d'être submergées par la honte, elles avaient décidé de fuir avec Liberté-de-Jument.

Dans les affaires de Fascination-de-Serpent, elles prirent tout ce qui pouvait leur être utile : ses sacs, ses outils, ses fourrures, ses provisions, et même ce qui restait de son étrange breuvage. Elles emportaient également la grande tente. La charge fut répartie entre les plus vaillantes. La fin de l'été leur était favorable, à condition de voyager dans la vallée des Hardes-Folles, où les fruits parvenaient à maturité et les saumons remontaient la rivière. Au moment de partir, elles eurent une pensée pour les chasseurs qui, dans deux ou trois lunes, allaient découvrir le camp déserté. Si le chamane mourait de sa blessure et si l'apprenti retournait chez lui, que comprendraient-ils ? Le cadavre serait réduit à l'état de squelette après le passage des hyènes, des fourmis et des vers. Les Piégeurs-de-Rennes seraient-ils capables d'imaginer ce qui s'était passé ? Furieux de la révolte de leurs filles, peut-être au moins cesseraient-ils de les mépriser.

Malgré le ventre alourdi de celles dont le terme était proche, les jeunes filles marchèrent un long moment avant de se reposer. Elles avaient hâte de mettre à distance le lieu de leur malheur, comme de quitter le territoire du clan. Quelle que soit leur fatigue, elles pouvaient enfin se réjouir des mouvements des enfants dans leurs ventres. Deux jours après leur fuite, une mère accoucha. Elle bénéficia du breuvage, dont elle épuisa les dernières gouttes. Elle fut ensuite installée sur un brancard avec son bébé, et elle fut portée quelques jours par celles dont la grossesse était récente.

Longtemps, leur seule ambition fut de marcher vers l'est, de trouver chaque jour de quoi se nourrir, et de s'abriter le soir près d'un feu. Lorsqu'elles atteignirent la vallée des Saumons-Bondissants, elles commencèrent à réfléchir au meilleur endroit où s'installer pour l'hiver. Bercées depuis l'enfance de récits héroïques sur les grandes chasses d'automne, elles appréhendaient de s'installer dans un environnement inconnu sans avoir eu le temps de constituer des réserves.

Deux lunes après leur fuite, elles arrivèrent en vue de l'abri des Grandes-Mains-Blanches. Un feu y était allumé. Envoyée en éclaireuse, Liberté-de-Jument découvrit que le lieu n'était occupé que par une vieille femme et une jeune mère avec son enfant. La tentation fut grande de les rejoindre et de leur demander l'hospitalité. Mais l'immensité du refuge semblait indiquer qu'un clan entier vivait ici durant la mauvaise saison. Ses membres n'allaient pas tarder à revenir. Comment réagiraient-ils à l'arrivée de huit jeunes filles avec leurs bébés ? Prendraient-ils au sérieux leur incroyable récit ? Iraient-ils prévenir les Piégeurs-de-Rennes que leurs filles en fuite se trouvaient chez eux ?

Quand Liberté-de-Jument retrouva ses compagnes, celles-ci furent unanimes : elles ne supporteraient pas de raconter leurs malheurs à des gens qui ne les comprendraient peut-être pas. Malgré la difficulté de leur situation, elles préféraient tenter leur chance sans l'aide de personne. Puisqu'il était impossible de passer au pied de l'abri sans être repérées, elles renoncèrent à suivre la vallée des Saumons-Bondissants. Rebroussant chemin, elles s'engagèrent dans une vallée secondaire ; ce fut celle des Fuites-au-Galop.

Au premier tournant, elles sursautèrent : sur leur droite, dans une combe, de la fumée s'échappait d'une construction de pierres et de peaux, accrochée à la roche. Personne ne se trouvait dans les parages. Étant donné la petite taille de l'abri et son orientation défavorable, seul un chamane pouvait y habiter. Elles furent parcourues de tremblements au souvenir du serpent et de son maître. Devaient-elles faire demi-tour encore une fois ? Toutes les vallées prodigues en poissons et en fruits étaient-elles occupées ? Comment trouver un endroit où passer l'hiver, sans être menacées par d'autres humains ?

— Cachez-vous. Je vais voir.

Sa sagaie dans une main, un couteau dans l'autre, Liberté-de-Jument s'avança avec précaution. Aucun bruit ne provenait du refuge, sinon les craquements d'un feu. En arrivant sur le seuil, elle jeta un coup d'œil à l'intérieur : personne. Elle fut assaillie par un mélange d'arômes. Habituée à vivre à proximité de viande faisandée, de fruits très mûrs, de champignons, de légumes tout juste arrachés à la terre, son odorat ne s'en offusquait pas. Mais ces odeurs, toutes présentes, se noyaient dans d'autres effluves, mystérieux. Elle entra en contournant le foyer où une bûche se consumait. Sur un abondant lit de braises, plusieurs pierres plates et creuses permettaient la cuisson de poudres jaunes, rouges, vertes ou brunes. Sur d'autres pierres disposées près du foyer, des écorces, des fleurs, des insectes et même un lézard séchaient. Leur diversité frappa la jeune fille, lui remettant en mémoire l'ancienne chamane des Piégeurs-de-Rennes qui consacrait une grande partie de son temps à la préparation de remèdes.

Le reste de l'abri était parfaitement ordonné. Sur une étagère étaient alignés des bols de bois, des outres et des sacs de peau. Des couvertures en fourrures étaient pliées sur une couche de bruyère qui avait conservé l'empreinte d'un corps. Quelques vêtements chauds étaient accrochés à une petite échelle ; leur coupe ne laissait aucun doute sur le sexe de son propriétaire. Le chamane qui vivait ici ne pouvait pas être un disciple de Fascination-de-Serpent, puisqu'il s'agissait d'une femme.

Rassurée, Liberté-de-Jument alla informer ses compagnes. Celles-ci décidèrent de poursuivre leur progression dans le vallon où poussaient des châtaigniers, des noisetiers, et où elles déterrèrent facilement des plantes comestibles. Les lièvres, les lapins et les gros oiseaux abondaient. Le cours d'eau qu'elles suivaient était peu profond, avec des bras multiples ; il se révéla riche en poissons et en écrevisses. Quant à la harde de chevaux qu'elles apercevaient régulièrement, elle s'éloignait à leur approche. Dans cet environnement favorable, elles scrutèrent les falaises. Sur le versant ensoleillé, elles repérèrent une cavité horizontale qui leur offrait un excellent refuge. Jamais elles ne s'étaient senties aussi soulagées qu'au moment d'accrocher les pans de leur tente aux anneaux creusés dans la roche.

Peu après, une deuxième naissance s'annonça dans le groupe, chez Charme-d'Isard. Alors qu'elle avait des contractions fréquentes et très douloureuses, il n'y avait plus de breuvage pour l'apaiser. La petite porte de son sexe s'ouvrait avec une étonnante lenteur. Lorsque l'on commença à apercevoir quelque chose entre ses jambes, ce n'était pas le crâne chevelu du bébé, mais l'angle d'un tout petit coude. Jamais l'enfant ne pourrait sortir dans cette position ! Liberté-de-Jument décida d'aller chercher la chamane dont elles avaient découvert l'abri. En bonne forme à six mois de grossesse, elle suivit à pas rapides la vallée jusqu'à la combe. Le hurlement de loup qui annonça son arrivée lui glaça le sang. Pendant qu'elle se demandait si elle oserait s'avancer, une femme sortit, alertée par le bruit. Elle était d'âge mûr, de taille moyenne, et elle portait une inquiétante dépouille de loup. Les rides avaient figé sur son visage une expression bienveillante. La jeune fille choisit de lui faire confiance. S'avançant à découvert, elle lui expliqua ce qui l'amenait.

Sans hésiter, Licorne-la-Puissante attrapa son sac de remèdes et prit la jeune louve en laisse. En chemin, elle expliqua qu'elle était la chamane du clan des Grandes-Mains-Blanches, et elle promit de garder le secret sur la présence des jeunes filles. De son côté, Liberté-de-Jument lui raconta l'histoire de son groupe, qui suscita chez son interlocutrice autant d'intérêt que de compassion. La chamane voulait connaître de nombreux détails sur l'homme qui les avait terrorisées, le discours qu'il avait tenu aux Piégeurs-de-Rennes, les danses qu'il enseignait aux jeunes filles, le garçon qui souhaitait être son apprenti, et même sur le père qui l'avait accompagné. Elle voulait savoir si Fascination-de-Serpent avait reçu d'autres visites pendant leur séjour, ce qui n'était pas le cas.

Liberté-de-Jument lui posa les questions qui la tracassaient :

— Tu crois que les Esprits aiment vraiment ces danses ? Tu crois que nous sommes tombées enceintes parce que nous ne savions pas les reproduire ?

— Absolument pas. Elles plaisaient à Fascination-de-Serpent, c'est tout. Les Esprits n'ont jamais rien exigé de tel. Aucune danse ne peut empêcher une femme d'être fertilisée par un homme quand ils font l'amour. Les Piégeurs-de-Rennes ont été trompés.

Malgré sa souffrance encore à vif, la clarté de la réponse fit du bien à Liberté-de-Jument.

— Si Fascination-de-Serpent a parlé faussement au nom des Esprits, ils doivent être furieux contre lui ! Ils risquent d'être furieux aussi contre nous !

— Pas contre vous. Vous n'avez fait qu'obéir à ce que voulaient vos parents. Contre Fascination-de-Serpent, je n'en suis même pas sûre. Les Esprits ont peut-être été amusés par ses idées et l'ont peut-être encouragé. Quand ils s'ennuient, les humains leur offrent leurs meilleures distractions. Aucun animal n'est aussi inventif, que ce soit pour le meilleur ou pour le pire. L'Esprit du Vent s'amuse parfois à souffler sur les étincelles allumées par les humains, pour voir ce qui va se passer. Le rôle des chamanes dignes de ce nom est alors de détourner l'attention des Esprits, d'apaiser les humains et de réparer les dégâts. Et non de rendre les choses encore plus difficiles.

Pendant le reste du trajet, Liberté-de-Jument se répéta ces paroles stupéfiantes. Aux Petites-Mains-Blanches, Charme-d'Isard gisait inconsciente, le corps secoué par des contractions violentes et inefficaces. Licorne-la-Puissante prépara une tisane adoucie avec du miel, dont le sucre dissimulait une forte concentration en achillée millefeuille, camomille et écorce de saule. Elle lui donna à boire à petites gorgées, avant de passer deux doigts à l'intérieur de son vagin.

— Le bébé est mort, dit-elle à voix basse à la chef des Neuf-Points-Ocre.

— Quel malheur pour Charme-d'Isard !

— Un autre malheur se prépare. L'âme de ton amie ne va pas tarder à rejoindre celle de son enfant au pays du Long-Repos. La tisane puissante que j'ai préparée va seulement soulager sa douleur. Si tu souhaites lui dire quelques mots d'adieu, c'est le moment.

Très émue, Liberté-de-Jument s'agenouilla auprès de la jeune fille qui maintenant semblait dormir. Elle lui caressa le front, les joues, les mains.

— Charme-d'Isard, tu as été très courageuse. Tu nous as suivies alors que le terme de ta grossesse était proche. Tu vas beaucoup nous manquer. Mais tu ne vas pas être séparée de ton bébé. Et ça, c'est bien.

À ces mots, la jeune fille ouvrit les yeux, eut un sourire, et cessa de respirer.

— Au moins, les Esprits ne joueront plus avec elle, dit Liberté-de-Jument avec colère.

Tant de souffrance, simplement pour distraire les Esprits ! Cette idée était intolérable. Quand la chamane lui serra l'épaule avec affection, elle fut submergée par le chagrin. Licorne-la-Puissante attendit que ses pleurs s'apaisent pour désigner le signe gravé sur le front de la morte.

— Je connais ce dessin. Cet été, pendant mon absence, il a profané le lieu sacré des Grandes-Mains-Blanches : la grotte des Cent-Juments. Grâce à toi, je sais maintenant de quelle manière il menace mon clan.

***

Son récit terminé, Liberté-de-Jument retira sa capuche, révélant la cicatrice de son front. L'Astucieux, Harfang et Mammouthe découvrirent les deux traits verticaux, l'un droit, l'autre sinueux, qui évoquaient de manière schématique et pourtant évidente une silhouette féminine aux reins cambrés. Un corps sans tête, sans bras, sans jambes. Parfaitement anonyme, il en devenait abstrait : il représentait toutes les femmes, n'importe quelle femme. Tandis que L'Astucieux et Harfang le contemplaient avec un mélange confus de sentiments, Mammouthe se sentit blessée par cette représentation méprisante du corps féminin.

— Liberté-de-Jument, laisse-moi aider les Neuf-Points-Ocre ! s'écria-t-elle, révoltée. Laisse-moi passer l'hiver avec ton groupe ! Je veux sculpter la roche d'images sacrées qui vous protégeront !

15

Après sa rencontre avec les Neuf-Points-Ocre, Licorne-la-Puissante avait attaché la louve devant son abri, elle s'était assise devant le feu, et elle avait laissé son esprit flotter en contemplant les flammes. Le symbole qui marquait le front des jeunes filles était identique aux silhouettes féminines découvertes dans la grotte sacrée des Cent-Juments. Le barbu au nez cassé était bien un chamane, porteur d'une croyance destructrice. Grâce aux confidences de Liberté-de-Jument, elle savait désormais que son ennemi s'appelait Fascination-de-Serpent ; qu'il avait trouvé un terrain favorable à ses discours chez les Piégeurs-de-Rennes, mis en danger par trop de naissances, et prompts à en accuser les femmes ; que les silhouettes féminines évoquaient les courbes du serpent dont le chamane tirait son pouvoir de fascination ; et enfin, que les jeunes filles avaient laissé l'homme grièvement blessé aux mains d'un apprenti qu'il n'avait pas eu le temps de former.

À la description de l'adolescent conduit par son père, Licorne-la-Puissante avait bien sûr reconnu Guillemot et Mégacéros. À quel moment avaient-ils entendu parler pour la première fois de Fascination-de-Serpent ? Était-ce à l'aller de leur périple, quand les Quatre-Encoches avaient croisé les Piégeurs-de-Rennes ? Ou bien lors d'un déplacement plus ancien ? En tout cas, Mégacéros avait été séduit par cette vision inédite du dialogue avec les Esprits ; elle flattait son mépris des femmes, et elle devait permettre à son fils cadet d'obtenir une position d'autorité. Il avait profité de la halte des Quatre-Encoches près du gué des Piégeurs-de-Rennes pour emmener Guillemot en apprentissage chez son maître. Comme elle l'avait soupçonné en découvrant les nouvelles gravures, ce n'était pas *une* chamane mais *un* chamane que ses adversaires voulaient imposer aux Grandes-Mains-Blanches.

Il était tentant d'en déduire que le meurtre d'Iranie avait été provoqué par cette ambition : la jeune fille était devenue un obstacle à éliminer le jour où Licorne-la-Puissante l'avait choisie pour successeure. L'adolescent et son père l'avaient peut-être supprimée ensemble. Ou bien Mégacéros s'était-il chargé de cette besogne sinistre pour en préserver son fils qui, ainsi, ne s'était pas sali les mains ? Pourtant, cette hypothèse surprenait la chamane. Pourquoi le chasseur n'avait-il pas attendu que Guillemot soit prêt à prendre la relève ? En se débarrassant d'Iranie sur la plage, il s'exposait à la nécessité de commettre un meurtre supplémentaire quand Licorne-la-Puissante aurait désigné sa nouvelle apprentie.

Et si Iranie avait été tuée pour une raison tout à fait extérieure ? Et si l'auteur était un autre Quatre-Encoches ? La mort de la jeune fille aurait simplement convaincu Mégacéros d'obtenir une formation de chamane pour son fils puisque la place était libre. Dans cette hypothèse, il aurait été plus simple pour le chasseur innocent d'annoncer aux Quatre-Encoches ses intentions, au lieu de disparaître. Mais cela correspondait bien à son caractère secret et orgueilleux de vouloir imposer ses vues par surprise. Il devait craindre – à juste titre – le refus de Licorne-la-Puissante.

Que Mégacéros ait assassiné ou non Iranie, il s'en prendrait un jour à la chamane et à son apprentie, si elle faisait l'erreur d'en désigner une. Et si elle mourait avant d'avoir formé quelqu'un d'autre, les cinq chefs des Grandes-Mains-Blanches approuveraient le choix de Guillemot. Le remplacement du Fonceur par L'Élégant favorisait ce plan.

Un élément restait mystérieux. Les nouvelles gravures de la grotte aux Cent-Juments – les symboles féminins, le chamane, le couple en rut – avaient été réalisées cette année, pendant l'absence de Licorne-la-Puissante, c'est-à-dire entre le début du printemps et la fin de l'été. À ce moment-là, Fascination-de-Serpent se trouvait en compagnie des neuf jeunes filles. Il n'avait pas quitté leur campement. Un excellent marcheur aurait eu besoin d'une lune pour arriver jusqu'ici, et d'une autre pour revenir. Le chamane des Piégeurs-de-Rennes ne pouvait être l'auteur des dessins.

***

Le temps ensoleillé se maintenait, tandis que le givre mince et craquant remplaçait la rosée. Dans l'abri des Grandes-Mains-Blanches, Harfang était constamment sollicité. Depuis le départ de Mammouthe, il était le seul sculpteur du clan. Or tous les adultes rêvaient de posséder un bel objet d'ivoire façonné à leur convenance.

Les Quatre-Encoches étaient les plus impatients ; en rappelant sans cesse qu'ils avaient rapporté ce trophée, ils compensaient l'ombre jetée sur eux par la chamane. Dès que Harfang s'installait avec ses grattoirs, ses lamelles et ses pointes, ils se rassemblaient autour de lui.

— Je veux l'image d'un énorme mammouth laineux, expliqua L'Affectueuse. Blessé. Qui lèche la plaie de son flanc.

— J'ai eu cette idée le premier ! grinça Mégacéros.

— Pas du tout ! Tu as parlé d'un mammouth blessé, mais pas du fait qu'il léchait ses plaies.

— C'est à ça que je pensais !

— Et alors ? Je ne sais pas lire dans tes pensées !

Harfang, qui polissait un bracelet pour La Légère, leva la tête, exaspéré.

— Arrangez-vous entre vous, et revenez me voir après. Je me contente de faire ce qu'on me dit. Mais j'ai besoin de calme pour travailler.

— Si Mammouthe était là aussi, notre tour viendrait plus vite, nota L'Affectueuse, mécontente.

— D'ailleurs, elle est où, ta sœur ? lança Mégacéros.

Harfang s'était préparé à cette question. Puisque L'Astucieux et lui ne voulaient pas révéler la présence des Neuf-Points-Ocre, ils avaient imaginé la seule réponse vraisemblable.

— Elle passe l'hiver chez Licorne-la-Puissante. La chamane a besoin de nouvelles gravures sacrées pour protéger le clan des menaces qui pèsent sur lui.

Malgré son tempérament fantasque, jamais Mammouthe ne serait partie seule en voyage pendant la mauvaise saison.

— À l'intérieur de la grotte des Cent-Juments ? s'étonna Mégacéros.

— Je ne sais rien de plus.

— N'oublions pas que Licorne-la-Puissante doit

bientôt désigner celle qui lui succédera, ajouta-t-il perfidement.

— Elle n'aurait pas pu choisir quelqu'un d'autre ? s'exclama L'Affectueuse avec irritation.

— Mammouthe n'est pas son apprentie ! rectifia Saïga, très inquiète.

— Ce serait impossible, confirma Harfang. Depuis toute petite, ma sœur aime sculpter et graver. Elle n'a jamais souhaité devenir l'interlocutrice des Esprits.

— Il faudrait pourtant que notre chamane songe à sa succession, rappela L'Élégant. Ce serait très grave si elle disparaissait sans successeure.

— Qui sait ? Ce serait peut-être une chance, au contraire, suggéra Mégacéros. Peut-être les Esprits nous enverraient-ils un chamane très différent, d'un genre nouveau, beaucoup plus puissant.

— *Un* chamane ? Tu veux dire *une* ?

— Non. *Un*. Vous vous souvenez des Piégeurs-de-Rennes ? Leur chamane considère que seuls les hommes peuvent se dresser assez haut sur leurs pieds pour parler aux oreilles des Esprits.

— *La* ou *le* chamane doit aussi se pencher très bas pour observer les plantes, intervint Le Malicieux. *Elle* ou *il* doit préparer des remèdes compliqués. Et s'asseoir auprès des malades en leur tenant la main. Et rester longtemps sans bouger, à attendre les réponses des Esprits. Seule une femme peut avoir autant de patience !

Harfang haussa les épaules.

— Question d'entraînement ! Je suis un homme et je ne manque pas de patience.

— Croyez-vous que Licorne-la-Puissante pourrait choisir un garçon comme chamane ? demanda avec intérêt Le Discret qui avait quatre fils.

— Il me semble qu'elle continue plutôt d'interroger les Esprits sur les filles du clan, répondit Saïga, prise de court.

— Si elle ne pose pas les bonnes questions, elle ne risque pas d'obtenir une réponse ! lança Mégacéros avec dédain.

— Ça suffit, dit Harfang en posant le bracelet. Je reprendrai mon travail quand vous serez tous sortis de mon atelier.

— Mais tu t'occuperas de nous dans quel ordre ? l'interrogea L'Affectueuse. De tes amis d'abord ?

— Pas du tout. Je suivrai l'ordre d'âge, des personnes les plus vieilles au plus jeunes.

Satisfait de cet arrangement, le groupe s'éloigna enfin, en discutant de ce qu'ils venaient d'entendre. Ne plus avoir de chamane serait une catastrophe pour le clan ! Qui attirerait la faveur des Esprits ? Qui apaiserait les chasseurs blessés ? Qui aiderait les femmes à accoucher ? Qui soignerait les jeunes enfants si souvent malades durant leurs premières années ? Licorne-la-Puissante avait-elle conscience de l'urgence de la situation ? Combien d'années avait-elle vécues, déjà ? Et si Mammouthe n'était pas son apprentie, pourquoi les Esprits n'avaient-ils désigné personne ? Qu'allait-il se passer s'ils préféraient un garçon ?

***

Un matin, un silence rare réveilla les Grandes-Mains-Blanches ; une épaisse couche de neige était tombée pendant la nuit. Les animaux qui n'hibernaient pas devaient rester terrés quelque part ; tous les insectes avaient disparu ; la plupart des oiseaux avaient migré vers des régions plus chaudes. Même les arbres dénudés n'avaient plus de feuilles, de glands, de châtaignes à lâcher sur le sol dans des crépitements discrets. Lorsque les membres du clan se levèrent, curieux, la vallée au pied de l'abri brillait d'un nombre infini de lumières blanches, plus serrées que les étoiles d'une nuit sans nuages.

Ils sortirent, chaussés de bottes étanches en peau de renne. Prenant entre leurs moufles la matière blanche et légère qui fondait en surface et se durcissait au cœur, ils la lancèrent sur des troncs d'arbres, puis s'amusèrent à se viser les uns les autres. Parfois, ils se laissaient tomber sur le matelas de neige, d'une douceur merveilleuse. Quand les réserves de nourriture étaient importantes, comme c'était le cas cette année, l'hiver offrait de ces moments joyeux qu'ils vivaient pleinement. Le seul danger provenait du soleil, dont le reflet sur la blancheur n'était supportable que s'ils gardaient leurs yeux à l'ombre des capuches.

Dans son refuge, Licorne-la-Puissante se réjouit de l'arrivée de la neige pour une autre raison. Lorsque la poudreuse était d'une bonne épaisseur, comme c'était le cas, elle ralentissait tellement les déplacements qu'ils étaient limités au strict nécessaire. Pendant quelque temps, les habitants des vallées des Saumons-Bondissants et des Fuites-au-Galop seraient protégés de toute intrusion extérieure. Dès que la couche arriva au-dessus du genou de la chamane, elle se mit à préparer un breuvage aux pommes fermentées et au miel ; elle y jeta un nombre précis de copeaux de champignons hallucinogènes. Par précaution, elle fit entrer la jeune louve, qui alla se coucher près du feu, toujours attachée à sa laisse. Au cours du voyage très particulier qui l'attendait, elle avait besoin d'une protection. Si par malchance la neige fondait, et que quelqu'un se risquait jusqu'à la grotte des Cent-Juments, l'animal l'alerterait par ses hurlements. Si le nouveau venu était un ennemi, il ne pourrait se débarrasser de la louve qu'en pénétrant dans la tente et en se jetant sur elle avec un couteau, ce qui demandait une autre audace que de lancer une sagaie à distance.

Tranquillisée, Licorne-la-Puissante mit une poignée de neige dans le bouillon pour le tiédir. Elle le but jusqu'à la dernière goutte, puis, avant qu'il ne produise son effet, elle attrapa sa lampe, traversa le porche et s'enfonça dans le boyau de gauche. Elle fut accueillie dans la grotte sacrée par la musique mystérieuse de l'eau souterraine. Avec souplesse, elle avança accroupie là où la voûte s'abaissait, elle se contorsionna lors des virages serrés. Pendant que la flamme mouvante de la lampe effleurait les parois, elle eut l'impression que le cheval et le mammouth tournaient la tête vers elle pour la saluer. La harde hétéroclite qui suivait parut la regarder avec bienveillance. Mais elle ne ralentit surtout pas sa progression. Elle sentait qu'elle se détachait de son corps, comme une châtaigne bien mûre de sa bogue.

Bientôt, ses pieds qu'elle ne contrôlait plus se mirent à trébucher contre les irrégularités du sol. La main qui tenait la lampe fut prise de tremblements, au risque d'en laisser échapper la graisse. Licorne-la-Puissante arriva devant les nouvelles gravures, la succession de traits droits et de lignes courbes qu'elle haïssait depuis les révélations de Liberté-de-Jument. Posant la lampe à l'écart, elle s'allongea sur le sol pour éviter de tomber et de se blesser. Puis elle resta immobile, attendant l'aide qu'elle espérait recevoir des Esprits. Elle ne sentait plus les bosses que formaient sous elle les stalagmites naissantes ni la goutte d'eau qui tombait avec régularité sur son bras gauche. Une sorte de tornade s'était emparée d'elle. Le mouvement intérieur fit virevolter son âme, au point que la chamane ne savait plus où elle se trouvait. Soudain, il l'arracha de son corps et l'emporta.

Elle n'eut qu'une vision rapide de sa silhouette étendue, respirant si faiblement qu'elle semblait sans vie. Elle parcourut à toute vitesse le boyau sacré, pensant qu'il était bien plus simple et agréable de voyager ainsi, sans avoir besoin de lumière, ni de se plier dans tous les sens pour progresser. Elle traversa son abri – à peine le temps de remarquer la louve qui dormait devant le foyer. Puis elle fut aspirée à l'extérieur. Elle se retrouva planant au-dessus de la combe aux pentes couvertes de neige, éclaboussées de soleil.

— Esprit du Vent, j'ai besoin de toi ! Mon clan est menacé d'éclatement si je ne résous pas très vite le meurtre d'Iranie. Je crois savoir qui l'a tuée, et pourquoi, mais je n'ai aucune preuve !

Ce fut comme si on lui avait répondu. Guidée par cette certitude, elle vola jusqu'à la vallée des Saumons-Bondissants qu'elle commença à suivre vers l'aval. Elle sautait par-dessus les avancées rocheuses chaque fois que la rivière venait se heurter à la falaise et changeait de direction. Depuis l'azur immense, la logique de ce parcours capricieux apparaissait brusquement : l'Esprit de l'Eau s'était frayé un chemin avec entêtement malgré les obstacles.

Sur le plateau des Millesources, elle aperçut ici quelques rhinocéros laineux qui repoussaient la neige avec leur corne, et là une petite harde d'antilopes saïgas qui soufflaient dans leurs longs nez pour se réchauffer. Ces dernières intéressaient fort un lynx à la magnifique fourrure, gris clair tacheté de noir, qui, perché sur un rocher, prêt à bondir, attendait que l'une d'elles s'attarde de son côté. Curieuse d'observer l'animal puissant en pleine action, la voyageuse ne put s'empêcher d'approcher. Il dressa ses oreilles pointues prolongées par de longs poils fins, et il leva le museau comme s'il soupçonnait sa présence. Elle fut tentée de tirer sur sa barbe soyeuse pour voir s'il réagissait, mais la présence intérieure la rappela à l'ordre : le breuvage n'avait qu'une durée d'action limitée.

Prenant de l'altitude, elle quitta la vallée des Saumons-Bondissants. Elle parcourut à une allure vertigineuse celle des Hardes-Folles, moins encaissée et moins enneigée. Plus loin, dans la Grande-Plaine, le soleil n'avait laissé que des lambeaux de blancheur. Licorne-la-Puissante passa au-dessus du fleuve des Oiseaux-qui-Rient, repéra l'île où les Quatre-Encoches avaient cru mourir, écrasés par une harde de mammouths. Vus de haut, les squelettes de la mère et de son petit paraissaient tout proches l'un de l'autre ; elle ne douta pas qu'ils s'étaient retrouvés après l'envol de leur âme.

Accélérant encore le rythme, elle fila vers l'ouest jusqu'à l'océan du Bout-du-Monde. Elle repéra le lieu où les Quatre-Encoches avaient installé leur campement. Mais la dune s'était déplacée ; le sable recouvrait les restes du foyer et la sépulture d'Iranie. Comme nos traces sont légères, s'étonnait la chamane. Comme l'histoire de chacun est brève… Au-delà de la dune, elle contempla la plage et l'océan. Les rouleaux minuscules qui allaient et venaient lui firent penser au passage régulier d'un peigne dans les boucles d'un enfant. Depuis cette hauteur, tout semblait différent et anecdotique. Voilà pourquoi les Esprits avaient tant de mal à écouter les doléances des humains…

L'endroit n'avait rien à lui apprendre sur le drame, tandis que le temps du voyage était compté. La chamane survola donc de nouveau la Grande-Plaine jusqu'au fleuve des Oiseaux-qui-Rient. Plus à l'est, elle reconnut le ruisseau auprès duquel le groupe avait fait halte, la nuit où Le Solitaire était parti en emportant la première défense. Le chasseur maigrelet n'était-il qu'un voleur, tentant sa chance en solitaire ? Ou bien, comme Mégacéros, avait-il comploté en faveur d'un chamane masculin ? Avait-il participé au meurtre d'Iranie ? Avait-il devancé les Quatre-Encoches en repartant vers le territoire des Grandes-Mains-Blanches ? Avait-il gravé les figures féminines de la grotte des Cent-Juments ?

À partir du ruisseau, Licorne-la-Puissante commença à sillonner les environs dans toutes les directions. Elle n'eut pas besoin de chercher longtemps. À une journée de marche, un homme s'était enlisé dans un marécage, sans réussir à s'en extirper. Il ne restait de lui qu'un squelette, dont les doigts décharnés ne serraient plus l'ivoire monumental qu'il tenait dans ses bras. Le poids de l'objet avait dû contribuer à l'enfoncer dans la vase. Peut-être le marcheur aurait-il réussi à s'échapper s'il avait consenti à lâcher son trésor. Le Solitaire n'avait pas survécu longtemps à sa fuite. Il n'était pas le graveur de la grotte.

La chamane reprit de la hauteur et de la vitesse. Retrouvant le paysage blanchi par la poudreuse, elle remonta la rivière des Hardes-Folles, puis celle des Saumons-Bondissants jusqu'à son affluent, le cours d'eau des Fuites-au-Galop. Elle repéra le défilé et fila au-dessus du vallon. Dans l'abri des Petites-Mains-Blanches, les Neuf-Points-Ocre étaient rassemblées autour de Mammouthe. Profitant de la luminosité de la neige, la jeune graveuse apprenait par cœur les contours, les arrondis et les creux de la roche, qu'elle suivait du bout des doigts. Cette connaissance intime était indispensable pour décider où et comment la sculpter.

Rien ne menaçant ses protégées, Licorne-la-Puissante rejoignit la vallée des Saumons-Bondissants. Bien que le soleil brillât toujours avec autant d'éclat, le vent du nord s'était levé. Balayant la poudreuse, il formait des nuages de neige qui couraient sur les grands plateaux, roulaient au-dessus de la vallée et disparaissaient à l'horizon. Loin sous la chamane, les habitants des Grandes-Mains-Blanches se hâtaient vers leur abri. Un vieux mammouth aux défenses enroulées sur elles-mêmes se figea, dos au vent, pour se protéger. Plus loin, un aigle bousculé par les rafales préféra plonger entre les falaises. Seule Licorne-la-Puissante volait toujours aussi vite et droit, pendant que les mouvements de l'air jouaient avec ses cheveux gris. Devant elle, la vallée s'élargissait et le versant sud s'adoucissait ; à la falaise succédait une colline qui dominait un grand espace. Toujours guidée par la présence intérieure, elle se dirigea sans hésiter vers un endroit à mi-pente. Autrefois, Licorne-la-Puissante l'Ancienne avait évoqué un lieu sacré, venu des ancêtres puis abandonné, dont la connaissance était transmise d'une chamane à l'autre. Sous la neige, dans une épaisse couche de ronces, un chaos rocheux protégeait l'entrée d'une cavité, dont rien à l'extérieur ne laissait soupçonner l'existence.

Licorne-la-Puissante se glissa sans encombre sous la neige, dans les ronces et entre les rochers, sentant sur elle un peu de fraîcheur humide, le bruissement des plantes et la caresse de la pierre. Elle pénétra dans une grotte très vaste, aussi haute que large. Malgré l'absence de lumière, elle pouvait admirer ses parois qui étaient peintes de manière somptueuse. En quatre respirations, elle parcourut la grande salle de l'entrée, un premier couloir dans son prolongement, un autre plus large sur sa droite, et, après un second tournant, un trou circulaire et profond qui avait son propre accès vers l'extérieur. Mais la découverte fut interrompue : la chamane fut instantanément aspirée au-dehors à travers les ronces, les rochers et la neige.

Sans plus aucun contrôle sur son vol, elle fut emportée par le plus violent des coups de vent, et ramenée dans la vallée des Saumons-Bondissants. Elle traversa la combe, effleura du pied la fourrure de la louve toujours assoupie, se glissa dans le boyau jusqu'à sa propre silhouette, étendue au pied des symboles féminins, et se coucha à l'intérieur d'elle-même. Épuisée, protégée par la louve, elle dormit tout le reste de la journée. Pendant ce temps, les visions de son voyage s'inscrivaient en elle, lui indiquant comment sauver son clan.

16

Quand le vent se calma, L'Astucieux resta un long moment sur la terrasse, à fixer l'ouate opaque qui emplissait la vallée. Il s'imaginait, un enfant dans les bras, désignant un animal et s'émerveillant avec lui d'un trait remarquable : la trompe du mammouth, le gros nez du saïga, les yeux tout ronds du rhinocéros. Pourquoi les Esprits n'avaient-ils pas créé un gros mammifère doté à la fois de défenses et de cornes ? lui demandait-il. Il l'encourageait, jusqu'à ce qu'il trouve la réponse. Le petit Colombin, qui commençait à peine à prononcer quelques mots, avait déjà le regard vif de celui qui aime apprendre. C'était ce que L'Astucieux espérait trouver chez ses propres enfants, et ce qui le caractérisait, lui, aussi clairement que la trompe caractérisait le mammouth.

Harfang vint s'adosser près de lui à la barrière de bois.

— Laisse-moi deviner à quoi tu penses… Aurais-tu l'intention de prendre pour compagne une veuve ?

— Pourquoi pas ? L'Énergique n'a que deux printemps de plus que moi.

— Elle a déjà eu un enfant avec un autre.

— Elle n'y peut rien si le père est mort ! Je sais de quoi je parle : c'est arrivé à ma mère.

— L'Énergique fera une excellente compagne de chef, assura Le Fonceur en s'installant près d'eux. Mon Aurochs a eu le temps de lui apprendre ses meilleures recettes.

L'Astucieux et Harfang lui jetèrent un regard surpris. L'hiver améliorait l'humeur de l'ancien chef des Quatre-Encoches, qui avait cessé de contempler sans fin les eaux sombres de la rivière.

Les uns après les autres, les hommes du clan se dirigeaient vers la passerelle. Attirés par le soleil qui illuminait la terrasse, ils étaient vite découragés par l'épaisseur du brouillard dans la vallée. À défaut de se dégourdir les jambes, ils étaient prêts à mettre leur énergie dans une discussion vigoureuse sur un sujet sensible.

— Quand j'ai choisi ma compagne, raconta Le Discret, j'ai cherché, dans l'ordre : une marcheuse robuste, une mère organisée, une amante coopérante.

— Aucune femme ne vaut un vieil ami, soupira Le Malicieux.

L'Élégant avoua qu'il s'était laissé emporter par sa passion pour Saïga, découvrant ensuite ses qualités de compagne de chef ; il avait eu de la chance. Il appréhendait l'accouchement prévu au printemps prochain. Cet événement équivalait pour une femme à la chasse au rhinocéros pour un homme : on avait beau invoquer les Esprits et respecter les rites, la mort frappait régulièrement.

— Personnellement, je ne supporterais pas que ma femme manie la sagaie, souligna Mégacéros.

Plusieurs chasseurs l'approuvèrent.

— Tu as peur qu'elle te demande d'utiliser ton

meilleur silex pour gratter des carottes ? le taquina Le Malicieux.

Son interlocuteur n'eut même pas un sourire.

— Ce n'est pas par hasard si les hommes sont plus grands que les femmes.

— Toujours cette histoire ridicule ! éclata Le Fonceur. Tu crois qu'on s'adresse mieux aux Esprits en haut d'un rocher qu'allongé au fond de la vallée ? Tu as choisi de t'unir avec Étagne parce qu'elle est la plus grande des femmes du clan ? Tu trouves qu'elle obtient plus souvent les faveurs des Esprits ? Et toi, avec tes grandes jambes, ils t'écoutent mieux que nous, peut-être ?

L'idée qu'Étagne, toujours apeurée, puisse être proche des Esprits, était très drôle. Mais personne ne rit. Tous regardaient avec surprise Le Fonceur. Était-il guéri pour s'emporter ainsi contre son frère ? Voulait-il reprendre sa place de chef des Quatre-Encoches ?

— Ça ne veut rien dire. Ma compagne et moi ne sommes pas des chamanes, rappela Mégacéros, vexé.

— Vous croyez que tous les chasseurs ont les mêmes qualités et les mêmes défauts ? poursuivit Le Fonceur en s'adressant à l'ensemble du groupe. Mon Aurochs était unique, expliqua-t-il, brusquement épuisé.

— Nous sommes tous uniques. N'empêche que tous les hommes ont entre leurs jambes un propulseur, et toutes les femmes un nid, objecta Mégacéros.

La plupart des hommes hochèrent la tête. Le corps féminin avait sa mission inscrite en lui de manière évidente, avec le ventre qui portait les enfants et les seins qui les nourrissaient. L'intérêt du corps masculin était loin d'apparaître aussi clairement. De grandes jambes faisaient un meilleur marcheur, des bras musclés un chasseur puissant, voilà tout ce qu'on pouvait en dire.

Le pénis devait avoir son utilité puisque les femmes qui ne faisaient jamais l'amour ne tombaient pas enceintes. Mais son rôle était obscur ; les hommes auraient aimé plus de certitudes à ce sujet.

Saïga arrivait sur la passerelle, rapportant un lagopède attrapé au collet. Elle avait entendu la comparaison faite par son beau-père. Les mérites respectifs des femmes et des hommes étaient souvent débattus, ces derniers temps. C'était curieux. Et désagréable. Mais, au moins, les Grandes-Mains-Blanches réussissaient à se parler sans se déchirer. Les avertissements de la chamane auraient-ils produit leurs effets ?

— L'Astucieux veut prendre une compagne, lui expliqua Le Malicieux. Nous lui donnons des conseils… contradictoires !

— Dans ce domaine, nous n'avons pas tous les mêmes goûts, et tant mieux ! rétorqua Saïga, amusée.

En arrivant près du foyer, elle lança :

— Les hommes réfléchissent ensemble à la future compagne de L'Astucieux.

Pour aider L'Énergique à dissimuler ses sentiments – que beaucoup avaient pourtant devinés –, elle évita de regarder de son côté.

— Que lui recommandent-ils ? interrogea La Gracieuse.

— Ils n'ont pas l'air d'être d'accord.

— Qu'il choisisse donc celle qui lui fait envie ! intervint La Légère, enfouie sous les fourrures, au plus près du feu. Sinon, il le regrettera toute sa vie. J'en sais quelque chose !

Les femmes ne voulaient pas entendre pour la centième fois le récit des malheurs de la doyenne, unie à un homme qui ne cessait de penser à une autre. L'Affectueuse se hâta d'ajouter :

— La seule qui aura son mot à dire, à part L'Astucieux, c'est la jeune fille en question.

— Sait-on à qui il pense ? demanda Étagne.

Personne ne se risqua à donner une réponse, au grand regret de L'Énergique qui aurait été réconfortée d'entendre son nom. Elle rougit quand L'Affectueuse balaya l'assistance d'un regard curieux et s'attarda sur elle.

— Si j'étais amoureuse de lui, dit cette dernière, j'irais le voir dans un endroit tranquille. La femme a des arguments auxquels aucun homme ne peut résister.

Les autres se mirent à rire.

— C'est comme ça que tu as séduit Le Solitaire ! s'exclama La Légère.

À ce nom que l'on n'osait plus prononcer en présence de son ancienne compagne, les autres sursautèrent. Mais L'Affectueuse se contenta de répondre tristement :

— J'ai fait une grosse erreur. J'étais jeune… Aucun homme ne s'intéressait à moi. Je voulais fonder une famille.

— Et maintenant, tu as un fils qui grandit bien, déclara Étagne. Moi, j'étais vraiment amoureuse de Mégacéros. Et vous voyez comment il me traite…

La Gracieuse ne les écoutait plus. L'Astucieux risquait-il de lui échapper à cause de conseils absurdes donnés par ses amis et les autres chefs ? Lors de la cérémonie d'initiation, Licorne-la-Puissante avait évoqué l'élan de l'amour, offert par les Esprits réunis du Feu, du Vent, de l'Eau et de la Terre. Ce rite mystérieux – les murmures, les rires étouffés, les respirations qui s'harmonisent, l'éventuel cri final que l'on ne pense plus à retenir – permettait aux humains d'approcher un bref instant l'éternité des Esprits. Mais ces derniers offraient parfois, à l'occasion, une promesse de bébé : beaucoup de travail, des nuits gâchées, des journées épuisantes, et le corps à jamais marqué. Jusque-là, La Gracieuse avait préféré retenir tous ses élans. Aujourd'hui, elle était prête à prendre des risques pour devenir la compagne d'un jeune chef, dont la parole comptait. Pourquoi attendre que L'Astucieux se décide ? L'Affectueuse avait raison. C'était à elle de faire le premier pas.

***

Le froid s'accentua, sec, sous un soleil généreux. La neige durcit, formant une croûte solide sur laquelle il devenait possible de marcher, à condition d'éviter les plaques de verglas. La chamane se rendit plusieurs fois aux abris des Grandes-Mains-Blanches et des Petites-Mains-Blanches. Chez les Neuf-Points-Ocre, malgré les pleurs des bébés, la fatigue des jeunes mères et leur crainte de l'avenir, l'ambiance était à l'apaisement. Le travail de Mammouthe offrait une distraction bienvenue. La jeune fille avait commencé à sculpter une frise monumentale de chevaux, aussi grands que nature, vus de profil. Armée d'un pic et d'un burin, elle faisait éclater de minuscules morceaux de roche le long du sujet représenté, dessinant ainsi son contour. Puis elle creusait chaque élément pour faire ressortir un museau, des oreilles, l'encolure, les quatre pattes. Plus tard, elle ajouterait des couleurs : du noir pour la crinière, les yeux et la ligne du dos, de l'ocre clair pour la robe, du gris léger pour les naseaux, du blanc pour le ventre.

De temps en temps, la jeune sculpteuse posait ses outils et reprenait son souffle, riant de voir passer ses modèles au pied de l'abri. Ils s'élançaient sur une petite distance, fracassaient la glace pour boire, faisaient gicler la neige avec leurs sabots pour dégager la végétation dont ils se nourrissaient. La complexité de leurs mouvements quand ils galopaient la sidérait. Elle avait beau les observer, elle n'en comprenait pas l'enchaînement : les herbes hautes dissimulaient le bas de leurs pattes. Mais elle aimait que leur silhouette ne soit déformée ni par une trompe, ni par des défenses, ni par des bois, ni par une ou plusieurs cornes ; elle trouvait leur simplicité magnifique. Bientôt, l'hommage qu'elle leur rendait allait attirer sur les Neuf-Points-Ocre la protection dont elles avaient besoin, celle d'un Esprit puissant, rapide et élégant comme un cheval : celui du Vent. Il donnerait confiance et force aux jeunes filles, qui se relayaient au poste de guet en haut de l'échelle de corde, une sagaie à la main.

Dans l'abri des Grandes-Mains-Blanches, la chamane soigna une cheville cassée et plusieurs refroidissements. Pour lutter contre les courants d'air glacials, de grands feux étaient alimentés en abondance. Tous les chasseurs allèrent débiter des arbres morts – un travail éreintant qui avait le mérite de les réchauffer. Pour les femmes, le froid avait un autre inconvénient : il empêchait d'aller se laver dans un endroit isolé. Il restait possible de se dénuder devant le feu avec, à sa disposition, une outre d'eau tiède ; La Légère le faisait sans gêne, malgré sa peau qui semblait glisser le long de ses os comme l'écorce d'un vieux charme, mais pas les belles jeunes filles au corps lisse et plein.

Un après-midi sans brouillard, La Gracieuse se rendit seule dans une clairière ensoleillée. Là, elle retira ses moufles et ramassa une poignée de neige. Elle frotta ses doigts noircis par l'épluchage des légumes, le dépeçage de la viande, le transport du bois – jusqu'à les rendre rouges et brûlants. Ensuite, elle se débarrassa de son anorak en fourrure de lièvre, de ses deux tuniques successives en peau de renne, et de son bandeau de poitrine. Ramassant la neige par brassées, elle nettoya à toute vitesse ses bras, son buste, son cou, en insistant sur les aisselles et le creux des seins. Vite, elle se rhabilla. Le froid intense l'étourdissait et elle dut reprendre son souffle. Sans attendre plus longtemps, elle retira son pantalon d'hiver en fourrure puis son pantalon de peau fine. Les fesses et les jambes ne la firent pas trop souffrir, mais elle poussa de petits cris en atteignant le ventre. Le lavage de son sexe fut pire encore. Transie, le cœur battant de manière désordonnée, elle se hâta de remettre ses deux pantalons. Au moment de retirer ses bottes pour enfouir ses pieds dans la neige, elle manqua de courage. Elle se rassura ; un débutant en matière d'amour ne s'intéresse sûrement pas aux pieds de son amante.

Elle était propre, enfin ! Elle se mit à courir et, tout en faisant des détours pour rester au soleil, elle rejoignit une autre clairière, celle où L'Astucieux, seul, abattait un bosquet de jeunes bouleaux.

— L'Astucieux, aide-moi, s'il te plaît !

Le chef des Infini-Percé se retourna vers elle, surpris.

— Que se passe-t-il ?

— J'ai froid ! J'ai très froid ! Réchauffe-moi !

Il fronça les sourcils, interloqué.

— Va près du feu !

— Seules des mains pourraient me faire du bien. Les mains bien chaudes de quelqu'un qui travaille dur.

— Demande à ton père.

— Je ne suis plus une petite fille.

— Alors à quelqu'un qui te connaît mieux que moi.

— Je veux que ce soit toi.

— Pourquoi moi ?

À peine avait-il prononcé la question qu'il en devina la raison. D'ailleurs, elle déboutonna son anorak pour glisser ses mains glacées sous sa tunique.

— Comme tu es chaud ! C'est bon, c'est bon !

Elle se mit à lui caresser le dos, un dos tiède et qui transpirait. Depuis la mort de sa mère, L'Astucieux n'avait pas souvent senti contre sa peau celle d'une autre personne. Il frissonna ; elle ne le laissa pas reprendre ses esprits. Elle ouvrit son propre anorak et guida ses mains à lui vers ses seins ronds. L'initiation de L'Astucieux s'était terminée par un moment d'apprentissage avec une fille de son âge, assez frustrant, suivi de quelques autres expériences, guère plus concluantes. Subjugué par la beauté et la détermination de La Gracieuse, il la laissa le guider vers le centre d'un plaisir inouï, qui se produisit presque instantanément et le laissa interdit, chaviré, aussi aveugle que s'il avait regardé le soleil en face.

Tout de suite après, la jeune fille se rhabilla. Elle lui lança un sourire intense avant de s'éloigner à grands pas. Incapable de réfléchir, L'Astucieux reprit sa hache de silex et recommença à cogner. Pendant ce temps, La Gracieuse rejoignait l'abri des Grandes-Mains-Blanches. Étourdie et glacée, elle s'assit tout près du feu, à côté de La Légère. La souffrance l'avait emporté sur le plaisir, mais elle avait atteint son objectif : le chef des Infini-Percé avait goûté le miel qu'elle pouvait lui offrir tous les soirs, s'il le voulait.

***

Assise sur la terrasse, L'Énergique racontait à Colombin une histoire qu'elle-même avait entendue souvent quand elle était petite. Après la création du monde dans l'obscurité, l'Esprit du Feu avait inventé la lumière. La plupart des animaux étaient contents de ce changement : ceux qui mangeaient de l'herbe pouvaient éviter d'avaler des épines, et ceux qui mangeaient d'autres animaux pouvaient courir derrière leur gibier sans trébucher. Seules les chouettes étaient furieuses parce qu'elles avaient besoin que leurs proies dorment pour les attraper. Elles crièrent en direction de l'Esprit du Feu : « De l'obscurité ! De l'obscurité ! » Les autres animaux essayèrent de crier plus fort qu'elles : « De la lumière ! De la lumière ! » Trouvant ce vacarme désagréable, l'Esprit du Feu décida de partager le Temps entre des périodes de nuit et de jour. La plus maligne fut la chouette harfang : elle apprit à chasser à n'importe quel moment.

Leur passage préféré à tous les deux était celui où L'Énergique imitait la voix chuintante des chouettes : « De l'obscurité ! », puis le meuglement des bisons, le hurlement des loups, le gloussement des perdrix, le coassement des grenouilles, le brame des cerfs, le barrissement des mammouths, qui tous réclamaient de la lumière. Chaque fois, Colombin éclatait de rire. Cela n'empêcha pas sa mère de remarquer le pas pressé inhabituel de La Gracieuse, qui se réfugia près du foyer à la manière d'une vieille femme. Ni de s'interrompre quand une personne inconnue s'avança sur la passerelle.

Le vieillard très grand marchait avec une lenteur extrême, appuyé sur deux cannes. L'Énergique eut tout le temps de remarquer sa barbe grise, ses rides profondes, son nez cassé, son regard perçant, ainsi que la couleuvre qui se balançait sur sa poitrine. Dans l'adolescent qui piétinait derrière lui, elle reconnut le fils cadet d'Étagne et de Mégacéros, celui qui avait disparu !

Guillemot avait poussé comme un champignon depuis le printemps précédent. Il était au moins aussi grand que son père. S'il avait conservé les poils épars qui poussaient autour de sa bouche, c'était sûrement pour montrer à tous qu'il était devenu un homme.

17

Suivi par un Guillemot obéissant, l'inconnu à la couleuvre alla s'asseoir devant le feu, saluant les femmes d'un hochement de tête ; il se conduisait comme s'il était chez lui. La Gracieuse aurait réagi si elle n'avait pas été exténuée. La Légère aurait aimé interroger le nouveau venu mais, en apercevant le serpent, elle comprit à temps qu'elle avait affaire à un homme puissant malgré sa fragilité physique, un chamane dont elle craignait de déclencher la colère. Elle se recroquevilla sous ses fourrures et feignit de s'assoupir.

Ceux qui revinrent ensuite à l'abri évitèrent de poser des questions. Ils préférèrent avertir les chefs de l'arrivée d'un chamane étranger qui ramenait l'adolescent perdu des Quatre-Encoches. Même Étagne, en serrant son fils dans ses bras, n'osa pas briser le silence ; elle mit sa réserve sur le fait qu'il n'était plus un enfant. Puisqu'il était de retour, en bonne santé, elle pouvait encore attendre avant de savoir ce qui lui était arrivé.

Les chefs s'assirent en face du nouveau venu, le clan faisant cercle autour d'eux. L'Astucieux dissimulait à peine sa répugnance. Il remarqua que, en dépit de son grand âge, l'homme repérait déjà les jeunes filles nubiles.

— Je suis Fascination-de-Serpent, le fameux chamane voyageur, commença-t-il. Je suis très vieux, très fatigué, j'ai été grièvement blessé et, si je n'avais pas été chamane moi-même, je serais déjà mort. Mais à la fin de l'été, j'ai reçu la visite de votre Guillemot. Dès que je l'ai vu, j'ai compris qu'il m'avait été envoyé par les Esprits. Ce jeune homme est d'une taille remarquable. C'est le signe que les Esprits l'ont choisi comme interlocuteur.

Ils n'avaient jamais entendu parler du « fameux chamane voyageur ». En revanche, répandue par Mégacéros, l'idée qu'il n'était pas facile d'atteindre l'oreille des Esprits leur était devenue familière. Et tous pouvaient constater que Guillemot était particulièrement grand.

— J'ai commencé à former ce jeune homme. Quelques lunes encore, et il pourra devenir votre chamane.

Abasourdis, les Grandes-Mains-Blanches interrogèrent leurs chefs du regard.

— Il est vrai que Licorne-la-Puissante n'a pas d'apprentie, dit pensivement Le Solide.

— Elle veut choisir elle-même son apprentie, objecta L'Élégant.

— Elle attendait un signe des Esprits, rappela Le Discret.

Le Malicieux fixa Mégacéros, qui restait impassible.

— Il paraît qu'on n'obtient pas de réponse quand on ne pose pas la bonne question, dit-il à sa place.

— Je ne suis pas d'accord, intervint L'Astucieux. On ne peut confier notre clan à un chamane jeune et inexpérimenté, surtout s'il a été formé par un inconnu ! Nous devons attendre les indications de Licorne-la-Puissante.

Une vibration inquiète parcourut le groupe qui se

tourna de nouveau vers Fascination-de-Serpent, traité d'inconnu et contredit sans ménagement. Celui-ci mit la main sur sa poitrine, caressa la petite tête écaillée qui émergeait de son anorak, et sembla réfléchir.

— Ce jeune homme a l'autorité d'un grand chef, affirma-t-il. C'est à votre chamane de décider. Quand j'aurai repris des forces, j'irai me présenter à elle avec Guillemot. Je ne doute pas que les Esprits lui enverront bientôt le signe dont elle a besoin, ajouta-t-il sur un ton beaucoup plus léger. En attendant, puis-je planter ma tente dans votre abri ?

Cette fois, L'Astucieux ne put s'y opposer, même s'ils accueillaient le tortionnaire des Neuf-Points-Ocre. Cette arrivée était un choc ; le récit de Liberté-de-Jument lui avait laissé espérer que le chamane soit mort de ses blessures. La facilité avec laquelle cet homme s'imposait chez les Grandes-Mains-Blanches était impressionnante. Nul doute qu'il avait une idée derrière la tête en s'en remettant à la décision de Licorne-la-Puissante. Oserait-il s'en prendre à elle ?

Mais comment révéler au clan les agissements de Fascination-de-Serpent, sans trahir du même coup les jeunes filles installées dans la vallée voisine ? Le jeune chef des Infini-Percé ne pouvait compter que sur lui-même et Harfang. Il n'allait pas quitter le chamane des yeux. Pendant ce temps, son ami irait prévenir Licorne-la-Puissante.

***

Malgré la nuit qui approchait, et le froid perçant, le graveur traversa la vallée des Saumons-Bondissants, monta sur la crête et se rendit dans la combe des

Cent-Juments. Avertie de son approche par la louve, Licorne-la-Puissante le fit entrer dans son refuge.

— Le chamane qui a détruit la vie des Neuf-Points-Ocre s'installe chez les Grandes-Mains-Blanches ! annonça-t-il en réchauffant devant le feu ses mains glacées. Guillemot l'accompagne. Fascination-de-Serpent a proposé qu'il te succède !

La chamane s'assombrit, sans s'étonner de la nouvelle.

— Qu'ont répondu les chefs ? demanda-t-elle.

— Ils s'y seraient opposés si tu avais eu une apprentie. Ils ne comprennent pas que tu tardes à remplacer Iranie.

— Je ne pouvais le faire. Le temps n'était pas venu.

Harfang la regarda sans comprendre. Brusquement, une scène dans son atelier lui revint en mémoire : Mégacéros avait cru que Mammouthe allait succéder à la chamane, et Saïga avait protesté avec force. Il eut une illumination.

— Tu penses qu'Iranie a été assassinée parce qu'elle était ton apprentie ?

— Disons que sa mort arrangeait ceux qui veulent me remplacer. Ils s'en seraient pris à celle que j'aurais désignée. J'ai voulu éviter un nouveau meurtre.

Il poussa une exclamation de surprise.

— Tu savais que Fascination-de-Serpent viendrait chez nous ! Avec Guillemot comme apprenti, prêt à te succéder !

— Oui.

— L'Astucieux a rappelé que tu étais la chamane des Grandes-Mains-Blanches et qu'il fallait attendre tes indications.

— Il a eu raison. Mais cela ne les arrêtera pas.

— C'est vrai ! Fascination-de-Serpent a dit qu'il

viendrait bientôt s'arranger avec toi… Je t'en conjure, Licorne-la-Puissante, protège-toi !

Elle acquiesça d'une manière distraite qui fit craindre le pire au jeune homme.

— Il est hors de question que notre clan vive les mêmes horreurs que les Piégeurs-de-Rennes ! insista-t-il.

— Cela ne se produira que si vous le laissez faire.

La lune s'était levée, illuminant la neige. Lorsque Harfang ressortit de l'abri, il était encore plus anxieux qu'à son arrivée.

***

La nuit suivante, L'Astucieux revit le regard intense de La Gracieuse. Il crut sentir sous sa paume ses seins d'une douceur incroyable, et au creux de ses reins la déflagration bouleversante. Au petit matin, il comprit qu'il devait régler au plus vite cette affaire s'il ne voulait pas être hanté par ce qui s'était passé. Pendant que Fascination-de-Serpent et Guillemot s'installaient pour boire un bouillon, il alla trouver Harfang dans son atelier.

— Tu peux surveiller ce maudit chamane ? Je dois m'occuper d'un problème urgent.

Son ami accepta. L'esprit libéré, le jeune chef chercha celle qu'il voulait voir en tête à tête. Quand elle tourna vers lui son visage d'une perfection émouvante et qu'il se rappela la scène de la veille, il eut l'impression que ses jambes allaient se dérober sous lui.

— La Gracieuse, j'ai besoin de te parler dans un endroit discret.

— D'accord. On traverse la passerelle ?

Ils s'enfoncèrent dans le brouillard glacial, sans voir

les rondins de bois sur lesquels ils posaient les pieds ni les cordes au-delà de leurs mains. À l'autre extrémité, sans descendre sur le sol gelé, ils se tournèrent l'un vers l'autre et se rapprochèrent pour se voir.

— La Gracieuse, tu es magnifique, déclara L'Astucieux. Je suis flatté que tu aies du désir pour moi. Je ne détesterais pas butiner les belles filles comme un bourdon au printemps. Mais voilà : j'aime trop prendre des risques à la chasse. Et ce que je veux vraiment connaître avant de mourir, c'est le quotidien d'une famille heureuse. Une autre jeune femme a commencé à m'offrir ce bonheur. Alors, tu peux me laisser tranquille, s'il te plaît ? Et t'intéresser à d'autres garçons ? Tu as remarqué, par exemple, que Harfang était amoureux de toi ?

Le visage de la jeune fille s'était empourpré. Trop blessée pour répondre, elle se contenta de rebrousser chemin aussi vite qu'elle le pouvait. L'Astucieux ne chercha pas à la rattraper. Soulagé d'avoir éclairci la situation avec elle, il se laissa envahir par l'excitation d'une annonce plus réjouissante.

Il trouva L'Énergique dans la tente de sa famille, les Détours-Réussis. Elle chaussait le petit Colombin et, pour une fois, elle semblait triste et préoccupée. Il eut hâte de la prendre dans ses bras et de partager avec elle l'élan offert par les Esprits. Il s'accroupit et, à voix basse, tournant le dos aux autres personnes présentes, il lui demanda si elle accepterait de devenir sa compagne.

— Je ne veux pas quitter Colombin.

— Bien sûr. Il sera l'aîné de nos enfants.

La jeune femme fondit en larmes. Il la serra contre lui.

— J'avais peur de ne pas te plaire.

— Tu es parfaite pour moi. C'est moi qui suis un

choix dangereux, il faut que tu le saches. J'ai le goût du risque.

— Tu prends des risques inutiles ?

— Jamais. Je trouverais ça stupide. Mais entre deux stratégies pour la chasse, je choisis celle qui peut rapporter davantage. C'est aussi celle qui peut coûter le plus.

— Je suis comme toi. La preuve : j'accepte d'être ta compagne !

Ils se mirent à rire. L'Énergique rattrapa Colombin qui sortait de la tente avec une seule botte et ils finirent ensemble de l'habiller.

— J'aimerais que tu t'installes avec moi aujourd'hui, expliqua L'Astucieux. Qu'en penses-tu ?

— Du bien. À condition que ce soit tout de suite !

***

C'était au tour du Fonceur de bénéficier des services du sculpteur. En lui tendant son morceau d'ivoire, il expliqua qu'il désirait un rhombe de la taille d'un doigt, à porter autour du cou.

— Je voudrais que tu graves dessus la harde folle.

Comment traduire en images un chaos pareil dans un espace aussi petit ? Il s'agissait d'un vrai défi ! Après réflexion, Harfang proposa de dessiner trois rennes affolés, de l'eau jusqu'au garrot, cernés de près par les saumons. L'âme d'Aurochs serait représentée par un oiseau qui s'envolerait sur le côté. Le Fonceur approuva l'idée. Le graveur essaya de se rappeler à quoi ressemblait l'encolure d'un cervidé qui tournait la tête. Il avait vu beaucoup de rennes dans sa vie, soit courant au milieu d'une harde, soit couchés, mourants, immobiles. Jusqu'où pouvaient-ils regarder en arrière ?

Il fallait souligner le lien entre leur présence et l'envol de l'oiseau.

Il sursauta en se rappelant qu'il devait surveiller Fascination-de-Serpent. Par chance, le chamane semblait apprécier la compagnie de La Légère. De là où il était, Harfang pouvait le voir hocher la tête aux paroles de la vieille femme. À côté, Guillemot ne cherchait pas à dissimuler son ennui. Le graveur vit L'Astucieux s'engager sur la passerelle avec La Gracieuse. Voilà le problème urgent dont son ami devait s'occuper, et qui l'amenait à se décharger sur lui malgré son travail ! Pourquoi tant de filles étaient-elles attirées par le chef des Infini-Percé, au lieu de remarquer les artistes talentueux comme lui ?

Guettant leur retour, il s'étonna de les voir émerger du brouillard avec plus de distance entre eux qu'à l'aller, puis se séparer sans signe de connivence. L'Astucieux aurait-il échoué à séduire La Gracieuse ? Cette fille originale préférait-elle finalement les artistes ? Harfang se concentra de nouveau sur sa gravure, jusqu'à ce que l'objet de ses pensées se dirige vers lui. Surpris, il s'écorcha la paume.

— Bonjour, Harfang, dit-elle en s'asseyant. Je t'apporte ma part d'ivoire. Ton renne est très réussi, ajouta-t-elle en se penchant vers le rhombe.

— Tu me fais plaisir. Je ne savais pas comment m'y prendre avec l'encolure.

— Ça ne se voit pas. Tu as bientôt fini ?

— Ce soir. J'ai une autre commande en attente pour demain. C'est pareil les jours suivants. Je ne pourrai pas m'occuper de ton ivoire avant longtemps.

— Je voudrais que tu fasses une exception pour moi. Et que tu t'en occupes tout de suite.

— Mais je ne peux pas ! Qu'est-ce que je raconterais

aux autres ? Ils seraient furieux ! Je leur ai promis de ne pas privilégier mes amis !

— Ils ne diront rien quand ils l'apprendront. Tu comprendras plus tard.

— Tu en es sûre ?

— Certaine.

Il posa à regret son travail inachevé.

— Alors, que veux-tu ?

— Une statuette. Qui représente mon visage et qui soit très ressemblante.

— Les Esprits n'aiment pas que l'on prenne un humain pour modèle…

— Il ne s'agit pas d'un objet sacré.

Cela faisait beaucoup de mystères. Mais il n'était pas capable de résister. Cette commande lui donnait l'autorisation de la contempler autant qu'il le voulait, sans faire preuve d'impolitesse. Avec sa petite bouche, son menton fin, son nez long et droit, ses yeux bleus ombragés par de longs cils, elle correspondait à l'idée qu'il se faisait de la beauté. Attentif à ce qu'il ressentait, il commença à sculpter la pièce à l'aide d'un burin, d'un grattoir et d'un poinçon. Après avoir trouvé la forme de la tête, il dessina les nattes qui encadraient le visage, les arcades sourcilières qui prolongeaient l'arête du nez, les pommettes plates qui se fondaient dans les joues jusqu'au menton.

— C'est bien toi, dit-il en écartant la figurine pour mieux la voir.

— C'est vrai ? Tu me trouves comment ?

— Merveilleusement belle, dit-il en rougissant après coup de ses paroles.

La Gracieuse contempla son effigie dans sa paume.

— Alors la beauté n'est pas très utile.

— Ça dépend pour qui !

— Tu es un artiste, elle a de la valeur pour toi. Tiens, ajouta-t-elle, je suis heureuse de te l'offrir.

Il ouvrit la main, interloqué. Lorsqu'elle s'en alla, il se rappela la mission que lui avait confiée L'Astucieux. Mais Fascination-de-Serpent ne se trouvait plus près du feu ! Guillemot non plus ! Affolé, Harfang se précipita vers leur tente : elle était vide.

— Où sont le chamane et son apprenti ? demanda-t-il autour de lui.

— Ils ont franchi la passerelle. Ils sont partis voir Licorne-la-Puissante.

Le brouillard avait pris de la hauteur, libérant la vallée. Le chamane et son apprenti ne devaient pas être loin, étant donné la lenteur avec laquelle ils se déplaçaient. Gêné de s'être laissé distraire, Harfang ne voulut pas déranger L'Astucieux qui installait L'Énergique et Colombin sous sa tente. Il décida de se rendre lui-même chez Licorne-la-Puissante, armé d'une sagaie et d'un couteau.

***

Fascination-de-Serpent était resté longtemps assis près du foyer. Il se nourrissait abondamment sous les regards en coin de femmes mécontentes. Ses tentatives pour susciter les confidences n'eurent du succès qu'auprès de La Légère et d'Étagne. Sans comprendre tous les mystères liés à la disparition et la réapparition de son fils, celle-ci s'estimait heureuse que le cadet se forme pour être chamane, après que l'aîné fut devenu chef. Il restait à choisir un bon compagnon pour Marouette. Elle avait le temps d'y réfléchir car sa fille n'avait que 5 ans !

Embarrassé, Guillemot n'osait pas interrompre sa

mère dont Fascination-de-Serpent semblait trouver les sentiments passionnants. Lorsque le brouillard quitta la vallée, le chamane rappela ses obligations envers Licorne-la-Puissante. Suivi par son apprenti, il se dirigea vers la passerelle cernée par les nuages. L'adolescent et le vieil homme, appuyé sur ses deux cannes, disparurent sous le plafond épais.

Dès qu'ils furent hors de vue du clan, ils accélérèrent le rythme. Fascination-de-Serpent avait exagéré sa fragilité, ses souffrances et sa vieillesse pour diminuer la méfiance à son égard.

— Ce sont les Esprits qui m'inspirent ces ruses, avait-il expliqué à son apprenti. Ils veulent que ma puissance soit éclatante aux yeux des autres humains. C'est parce qu'ils m'apprécient particulièrement. Un jour, ce sera ton tour d'être leur interlocuteur privilégié.

Guillemot acquiesçait avec docilité. Pourtant, il ne jugeait pas la puissance de son maître si éclatante que cela. Agressé par Liberté-de-Jument, celui-ci avait été privé d'un organe très important. Le jeune homme avait d'abord approuvé l'idée qu'avait eue son père de le placer comme apprenti auprès d'un chamane. D'accord pour devenir l'homme le plus important du clan des Grandes-Mains-Blanches, il n'avait aucune envie de subir la même mutilation épouvantable ! Il aurait été soulagé de pouvoir confier ses angoisses à quelqu'un. Mais il craignait les représailles de Fascination-de-Serpent, il savait que son père comptait sur lui, et même sa mère semblait comblée par son nouveau destin.

***

Ils arrivèrent en vue de la grotte des Cent-Juments ; malgré ses pouvoirs de divination, le maître avait demandé à l'apprenti de le guider. Une fumée épaisse s'échappait de l'abri, signe que Licorne-la-Puissante se trouvait chez elle, ou dans les environs immédiats. La situation se présentait donc sous un jour favorable, jusqu'à ce qu'un loup commence à hurler. Paniqués, ils s'enfuirent de la combe. Ils s'arrêtèrent lorsqu'ils furent certains que les hurlements ne les suivaient pas. En revenant prudemment sur leurs pas, ils virent que la bête était retenue par une laisse accrochée à un arbre. Guillemot se cachant derrière son maître, celui-ci laissa éclater sa colère :

— Ne reste pas planté là comme un idiot ! Sors tes couteaux !

— Je ne sais pas me battre avec les loups !

— Tu as de la chance que les Esprits me soutiennent ! Sinon, tu aurais été obligé d'apprendre !

Le chamane n'avait aucune intention de sacrifier son apprenti, bien trop utile pour la mise en œuvre de ses projets. Il réfléchissait pendant qu'il fouillait dans son sac. Il finit par en sortir une feuille de marronnier qu'il déplia en prenant garde de ne pas toucher l'intérieur : un peu de champignon amanite, capable de provoquer une mort instantanée. Il le couvrit de brindilles de thym pour en dissimuler l'odeur. Puis, à l'aide de piques de bois, il l'enfouit au cœur d'un morceau de viande qu'il avait dérobé. Il recousit le tout avec un tendon.

— Donne-moi ta sagaie.

Il accrocha solidement le morceau à la pointe en bois de renne.

— Tu as vu que ce loup était attaché ?

Sous le regard impitoyable de Fascination-de-Serpent, Guillemot hocha la tête en tremblant.

— Donc, tu ne crains rien. Si tu ne veux pas

t'approcher, tu prends ta sagaie pour déposer la viande à ses pieds. Tu vas voir, il va adorer cette gourmandise.

— Mais si Licorne-la-Puissante sort de son refuge ?

— Je m'occuperai d'elle.

Effrayé autant par son maître que par le loup et la chamane – mais considérant que le premier pouvait lui nuire de manière plus immédiate –, Guillemot se décida, saisit la sagaie et s'élança en avant. Lorsque les hurlements reprirent, résonnant férocement dans la combe, il eut le courage de continuer sa course, en direction de la bête déchaînée qui tentait de s'arracher de la corde. Il jeta la viande à ses pieds, avant de détaler comme un lapin et de rejoindre Fascination-de-Serpent. Cachés derrière un bosquet, ils regardèrent le loup se jeter sur la viande et la dévorer.

Pendant un bref instant, tout fut paisible. Puis l'animal se mit à trembler, à gémir et à vomir. Enfin, il se coucha et s'immobilisa. Lorsqu'ils jetèrent un caillou sur la bête, elle ne bougea pas. Contournant son cadavre, ils entrèrent dans le refuge, leurs couteaux dissimulés dans leurs manches. Le domicile de la chamane était vide.

— Voilà pourquoi elle n'est pas sortie en entendant les hurlements, murmura Fascination-de-Serpent. Elle doit se trouver à l'intérieur de la grotte.

— On l'attend ici ? suggéra Guillemot avec espoir.

— Ce serait une possibilité… Mais je ne veux pas qu'elle puisse nous surprendre. Je préfère que tu ailles la chercher.

— Tu serais plus convaincant que moi…

— Tu seras très convaincant aussi, ton couteau à la main. Je suis beaucoup trop vieux et fatigué pour me contorsionner sous la terre. Prends cette torche.

— La grotte des Cent-Juments est sacrée ! Seules peuvent y entrer les personnes invitées par la chamane !

— Justement, je suis chamane et je t'invite à y pénétrer.

— Mais tu n'es pas celui des Grandes-Mains-Blanches !

— Je le serai bientôt. Ne t'inquiète pas. Tu vas voir que les Esprits vont bien accueillir ta présence.

Incapable de se révolter, Guillemot fit quelques pas sous le porche rocheux. Il revint aussitôt.

— Il y a deux couloirs !

— Prends le plus large. Suis-le jusqu'au bout. Et ne te soucie pas de ce que tu verras sur les parois. Les messages des Esprits sont là pour te protéger.

— Comment tu le sais ?

— Je le sais, c'est tout.

Pendant que son apprenti, la peur au ventre, s'engageait dans le boyau, Fascination-de-Serpent se mit à farfouiller dans les réserves de Licorne-la-Puissante. Les plantes médicinales l'occupèrent si bien qu'il ne vit pas le temps passer jusqu'au retour de Guillemot.

Ce dernier était seul.

— Alors ? demanda Fascination-de-Serpent, glacial.

— Les animaux m'ont suivi des yeux, mais ils ne m'ont pas attaqué. Il y avait aussi des corps de danseuses très, très…

— Et Licorne-la-Puissante ? s'impatienta le chamane.

— Nulle part.

— Tu es allé tout au fond ?

— Oui, je le jure !

— Bizarre… Elle doit être dans le boyau de droite. Eh bien, qu'attends-tu ? Vas-y !

Guillemot n'eut toujours pas le courage de protester. À moins qu'il n'ait été motivé par l'espoir d'apercevoir d'autres dessins de danseuses. Il s'enfonça de nouveau dans la colline. Le boyau de droite était plus difficile à suivre que celui de gauche, mais aussi beaucoup plus court. Après un virage serré, un Esprit à la peau grise sembla se dresser brusquement devant lui, fronça les sourcils en le voyant et ouvrit la bouche pour lui jeter un sort. Le jeune homme ne sut jamais lequel ; il avait rebroussé chemin à toute vitesse, en proie à la panique. En s'échappant de la grotte, il retrouva le chamane, à qui il mentit pour la première fois.

— Il n'y a rien non plus.

— C'est curieux. Bon. Licorne-la-Puissante se trouvait sûrement chez elle il y a peu de temps… Elle doit être dans les parages. Elle va revenir. C'est ennuyeux parce qu'elle va être accueillie par la dépouille de son loup. Va donc la dissimuler dans un buisson. Ensuite, tu pourras te reposer. Tu trembles comme une feuille prête à se détacher de sa branche !

Guillemot obéit, aux aguets dans la combe, sans rien remarquer de particulier. Mais peut-être Licorne-la-Puissante l'observait-elle depuis une cachette ? Il ne se sentait pas tranquille, persuadé que le sort jeté sur lui par l'Esprit à la peau grise finirait par agir d'une manière ou d'une autre. Peut-être le transformer en loup apprivoisé, pour remplacer la bête morte. De temps en temps, il contemplait ses mains, s'attendant à y voir pousser des poils irisés.

Dans le refuge, Fascination-de-Serpent demanda à son apprenti d'ajouter une bûche au feu qui faiblissait. La chamane n'était toujours pas rentrée. Guillemot interrogea son maître du regard, sans oser lui faire remarquer qu'il n'avait pas envisagé cette déconvenue.

— Licorne-la-Puissante a préféré s'enfuir en nous voyant approcher, déclara ce dernier. Puisqu'elle a déserté les lieux, nous allons nous installer ici. Il y a d'excellentes provisions de bois et de nourriture, et tout ce qu'il faut pour fabriquer des breuvages sacrés. Demain, nous irons récupérer notre tente et les affaires laissées au campement. Guillemot, l'Esprit du Vent me signale que tu n'as pas apporté assez loin la dépouille de loup. Il faut nous en débarrasser. Je n'ai pas envie d'être dérangé cette nuit par une hyène.

Résigné, le jeune homme ressortit et, à l'aide de bâtons, récupéra le loup mort dans le buisson avant de le pousser hors de la combe. Il n'aimait pas s'installer en dehors de l'abri des Grandes-Mains-Blanches. Il aurait préféré passer la mauvaise saison en compagnie de ses amis, dans la délicieuse proximité des jeunes filles du clan, au lieu de rester dans ce lieu lugubre, en tête à tête avec un vieil homme qui le traitait sans ménagement, à quelques pas d'une cavité hantée par les Esprits.

À son retour, comme s'il se doutait de ses pensées, le chamane lui parla avec plus de bienveillance :

— Nous allons profiter des longues journées d'hiver dans ce lieu tranquille. Je vais te transmettre mon savoir. Il te faudra encore quelques lunes de patience. Mais après, je te promets que tu ne regretteras pas ton apprentissage. Ils t'ont plu, ces corps de danseuses que tu as aperçus dans la grotte ? Au printemps, ce seront de vraies jeunes filles qui danseront pour toi les danses sacrées. Elles seront complètement nues. Tu pourras les posséder l'une après l'autre, autant que tu voudras.

Ragaillardi à cette perspective, Guillemot dormit pourtant mal la nuit suivante. Il rêva que l'Esprit à la peau grise se glissait sous sa couverture et qu'il le mordait à l'endroit le plus sensible de son anatomie.

18

Après la visite de Harfang, Licorne-la-Puissante avait rassemblé des fourrures, des outils, quelques plantes sélectionnées avec soin. Elle avait déposé son gros sac à l'intérieur du boyau de droite, celui qui avait sa propre issue. Celle-ci était protégée par un masque sculpté dans la roche, qui paraissait vivant à la lumière des torches.

Quand la chamane entendit les hurlements, elle se trouvait à l'intérieur de son refuge. Elle écarta à peine les peaux qui fermaient un côté de l'abri, découvrant Guillemot en compagnie d'un vieillard barbu qu'elle devina être Fascination-de-Serpent. Sans perdre de temps, elle s'enfonça dans la grotte pour ressortir dans la vallée des Fuites-au-Galop. Au passage, elle avait récupéré son sac.

La louve hurla de nouveau pendant qu'elle grimpait en hâte sur la crête des Trois-Regards. Malheureuse de laisser le clan aux mains de Fascination-de-Serpent, anxieuse de le savoir si proche des Neuf-Points-Ocre, la chamane regrettait aussi la perte de son refuge et l'abandon de l'animal. La petite boule grise avait été séparée de son jumeau, nourrie avec du lait de renne et portée une lune entière contre sa peau ; elle avait répondu à ses soins en acceptant d'être caressée, de vaincre son appréhension du feu, puis d'être tenue en laisse, ce qu'aucune bête d'une autre espèce n'aurait supporté. Grâce à elle, Licorne-la-Puissante avait moins souffert de solitude pendant une période d'autant plus triste qu'elle aurait dû être exaltante – consacrée à la formation d'Iranie.

Mais la chamane avait besoin de détourner l'attention de Fascination-de-Serpent, le temps de s'échapper. Les Esprits ne lui avaient pas soufflé de meilleure idée. Serait-ce parce qu'il en était mieux ainsi ? Elle s'était souvent demandé ce que la louve deviendrait lorsque son âme à elle s'envolerait. Aurait-elle été capable de revenir parmi les siens et d'apprendre à chasser ? Elle aurait pu au moins tenter sa chance… En ce moment, Fascination-de-Serpent devait se débarrasser d'elle d'une manière ou d'une autre.

Plongée dans ses pensées, Licorne-la-Puissante n'entendit pas tout de suite qu'on l'appelait. Une voix féminine et jeune. Elle aperçut La Gracieuse qui arrivait de la vallée des Saumons-Bondissants. Elle ne venait pas la chercher pour soigner un malade puisqu'elle portait un sac volumineux.

— Licorne-la-Puissante, écoute-moi ! l'implora la jeune fille.

Aurait-elle une révélation à lui faire au sujet du meurtre d'Iranie ?

— Je t'écoute, si tu veux bien marcher avec moi sur la crête. Je n'ai pas le temps de m'arrêter.

La Gracieuse ne lui posa pas de questions. Sans doute n'était-elle préoccupée que par son propre sort.

— Je ne sais pas faire grand-chose de mes mains. Mais j'ai compris que j'avais besoin de me sentir utile. Utile comme toi. Ma seule joie de cette année a été le moment où Fuligule a guéri de la morsure de vipère. S'il te plaît, Licorne-la-Puissante, accepte que je devienne ton apprentie !

Encore plus étonnée, la chamane considéra silencieusement la question. Elle était tentée de répondre tout de suite par la négative, parce qu'elle n'avait pas une opinion favorable de La Gracieuse. D'un autre côté, pour oser s'exprimer comme elle venait de le faire, il fallait du courage – une qualité indispensable à celle qui lui succéderait. Et voilà que la jeune fille surgissait sur sa route au moment où elle ressentait cruellement l'absence d'Iranie. Serait-ce le signe qu'elle espérait des Esprits ?

— J'ai d'abord besoin de savoir… Tu as des informations que tu aurais oublié de me donner concernant la mort de ta sœur ?

— Non. Ce soir-là, je suis allée me coucher avec les autres et j'ai dormi d'une traite jusqu'au matin. Je sais juste qu'Iranie était trop passionnée par la vie pour vouloir mourir.

Licorne-la-Puissante acquiesça.

— À ton avis, quelles sont les qualités d'une chamane ?

— Elle doit connaître un grand nombre de plantes et leurs bienfaits.

— C'est vrai. Tu es prête à beaucoup travailler pour les retenir ? La moindre erreur peut être dramatique.

— J'en suis consciente.

— Quelle autre connaissance doit-elle avoir ?

— Elle doit savoir faciliter les naissances et soigner les blessés.

— Oui. Accepteras-tu de voir des os sortir d'une plaie qui saigne, et de les remettre à leur place ? De plonger ta main dans le vagin d'une femme pour aider un bébé à venir au monde ?

La Gracieuse acquiesça sans pouvoir retenir une grimace.

— Quels efforts supplémentaires devras-tu fournir ? demanda Licorne-la-Puissante.

— Peut-être chercher à comprendre les autres ?

— Exactement. Et vis-à-vis des Esprits ? Comment vois-tu le rôle de la chamane ?

— Je ne sais pas... J'ai l'impression que c'est très compliqué de se faire entendre d'eux. Mais j'ai confiance en toi pour me l'apprendre. En tout cas, je ne crois pas qu'il s'agisse d'une question de taille, comme le répètent Mégacéros et quelques chasseurs du clan.

— Bien sûr que non. Eh bien, je dois admettre que tes réponses me conviennent. Voilà ce que je te propose : nous allons passer l'hiver ensemble et je vais commencer à te transmettre ce que je sais. Quand le printemps arrivera, tu me diras si tu souhaites toujours devenir chamane. De mon côté, j'accepterai ou non de continuer à te former.

— Oh, merci, Licorne-la-Puissante !

La jeune fille baissa la tête.

— J'ai fait l'amour une fois avec L'Astucieux. Que va-t-il se passer si je suis enceinte ?

— Tu devras choisir entre devenir chamane ou t'occuper de ton enfant.

— Tu ne peux pas me donner un bouillon qui le fera disparaître de mon ventre ?

— Il existe des plantes qui pourraient tuer le bébé pendant que tu le portes. Mais elles peuvent te tuer également. Je refuse de prendre ce risque.

— Où vivra le bébé si je deviens chamane ?

— Tu pourras le confier à quelqu'un.

— Et si personne n'accepte de s'occuper de lui ?

— Ta décision sera alors très difficile.

— Tu veux dire que je devrai l'offrir aux Esprits pour que son âme s'envole ?

— Je ne vois pas d'autre solution.

— J'en serai incapable, dit La Gracieuse d'une petite voix.

Licorne-la-Puissante sourit.

— Tant mieux ! Certains chamanes apportent aux humains la souffrance et la mort, autant que le soulagement et la vie. Ce n'est pas du tout l'enseignement que j'ai reçu et que je veux transmettre. Tu n'aurais pas pu être mon apprentie si tu avais été différente sur ce point.

— Tu as pourtant capturé l'âme de L'Engourdi pendant que les chefs enfonçaient un pieu dans sa poitrine !

— Son âme avait déjà renoncé à habiter son corps. Je l'ai aidée à s'envoler un peu plus vite, au nom du clan réuni. Les Infini-Percé ne pouvaient rester sans chef pendant les grandes chasses.

— Et à l'assassin de ma sœur, tu refuserais de donner la mort ?

— La sentence sera le bannissement.

— Cela revient au même !

— Pour lui. Pas pour nous. Le criminel ne peut plus appartenir au groupe dont il a perdu la confiance, mais personne n'est chargé de le tuer. En prenant la vie de quelqu'un, quelle qu'en soit la raison, un humain crée en lui une faille. Enivré par le souffle trop fort de l'Esprit du Vent, il se met à croire qu'il peut tout résoudre en supprimant les personnes gênantes. Voilà pourquoi, au moment où je récupérais l'âme de L'Engourdi, les chefs ont tenu ensemble le pieu qui a enfoncé sa poitrine. Le clan entier nous soutenait de sa présence. Ensuite, dans la grotte sacrée, j'ai demandé aux Esprits de refermer cette blessure que j'avais reçue au nom de tous.

Au lieu de fuir, de s'éloigner du clan et de sacrifier la louve, Licorne-la-Puissante aurait pu affronter la rouerie de Fascination-de-Serpent et la force physique de Guillemot : elle aurait déposé de la ciguë chez elle, sur les objets où ils poseraient forcément leurs mains. Le soir, elle n'aurait eu qu'à se débarrasser de leurs cadavres.

Elle avait refusé ce dénouement meurtrier – par fidélité à ses convictions.

***

Quelques jours plus tard, un messager des Grandes-Mains-Blanches fut envoyé à la combe des Cent-Juments car La Légère avait de la fièvre. Fascination-de-Serpent le suivit avec des remèdes et soigna la malade. Lorsqu'une femme enceinte sentit son enfant s'annoncer, il arriva pour leur porter secours. La Légère guérit ; la mère et le bébé survécurent. Fascination-de-Serpent était devenu, de fait, le chamane du clan.

Cette transition sans heurt n'empêchait pas certains de regretter Licorne-la-Puissante, dont la présence même était apaisante, contrairement à celle de son successeur. Les femmes jeunes répugnaient à faire appel au nouveau chamane, dont les rites magiques comprenaient des caresses intimes. Mais elles se sentaient trop honteuses de ce qu'il leur faisait pour en parler à leurs compagnons, qui ne se doutaient de rien.

Sans s'en apercevoir, beaucoup d'hommes étaient devenus moins attentifs à leurs femmes et à leurs enfants. Les remarques répétées de Mégacéros puis de Fascination-de-Serpent avaient introduit en eux l'idée que les hommes étaient plus ouverts que les femmes aux signes des Esprits – et qu'ils avaient presque toujours raison, même s'ils ne savaient pas pourquoi. Ce sentiment les flattant de manière agréable, ils adoptaient l'attitude hautaine du chasseur de haute taille. Suivant leur tempérament, les femmes se résignaient, ou étaient exaspérées ; les unes se vengeaient en négligeant leur cuisine, les autres perdaient le goût de la préparer. Dans beaucoup de couples, l'irritation réciproque atteignait des sommets. La violence grandissait chez les petits garçons, et la mélancolie chez les petites filles.

Durant la dixième et la onzième lune, les périodes de poudreuse et de neige durcie alternèrent plusieurs fois. Dans l'abri des Grandes-Mains-Blanches, les agréments du repos firent place à une certaine irritation devant la durée de la mauvaise saison. La viande dont ils se nourrissaient était maintenant trop faisandée ; le paysage blanc de la vallée avait perdu son charme ; les aventures estivales de chaque famille avaient été commentées sous tous les angles… Seule la disparition de Licorne-la-Puissante continuait d'alimenter la conversation. Où était-elle partie ? Pourquoi les avait-elle quittés sans les prévenir ?

— Une fois de plus ! commentait Mégacéros en levant les yeux au ciel.

— Elle a pu être tuée par un ours, suggéra Le Malicieux. C'est dangereux, de fréquenter seul les cavernes…

Fascination-de-Serpent et Guillemot l'auraient-ils assassinée ? s'interrogeaient Saïga et L'Astucieux. Mais le nouveau chamane raconta qu'il avait trouvé la combe des Cent-Juments déserte, qu'il avait décidé d'attendre Licorne-la-Puissante dans son refuge, et qu'il avait été surpris par la nuit. Son apprenti appuya ses dires. Arrivé peu après leur installation, Harfang confirma le caractère paisible des lieux.

La fuite de La Gracieuse suscita beaucoup moins de réactions. Les hommes ne regrettaient que la brève émotion suscitée par une rencontre fortuite ; les femmes étaient vaguement soulagées d'avoir un motif de moins de jalousie. Privée de sa dernière sœur, Fuligule se lovait chaque soir sur les genoux de son père pour lui décrire ses écorchures, ses jeux dans la neige, ses disputes avec les autres enfants. Seul Harfang regrettait de n'avoir pas compris à temps les intentions de La Gracieuse. Il montra à L'Astucieux la figurine qu'il avait sculptée à son image.

— Quand elle me l'a offerte, j'aurais dû deviner qu'elle me disait adieu !

Son ami fut très embarrassé.

— J'espère qu'elle n'a pas décidé de se tuer parce que je l'ai rejetée…

— Elle ne m'a pas semblé désespérée. Elle était pleine d'énergie. D'un autre côté, je l'imagine mal se débrouiller toute seule !

— Et si elle s'était réfugiée aux Petites-Mains-Blanches ?

Harfang se précipita chez les Neuf-Points-Ocre. Il y apprit qu'elles n'avaient reçu aucune visite. Ce fut lui qui les informa du départ de Licorne-la-Puissante, juste après l'arrivée de Fascination-de-Serpent.

Les jeunes filles furent terrifiées par la nouvelle. Impossible de repartir avec leurs bébés en plein hiver ! Elles étaient déterminées à mourir plutôt que de retomber entre les mains de l'homme qui avait brisé leur vie. Liberté-de-Jument renforça les tours de guet. Pour que leurs tirs à la sagaie soient plus puissants, elle fabriqua des propulseurs, que chacune apprit à manier.

— Ces départs le même jour, est-ce une coïncidence ? demanda Mammouthe à son frère. Si La Gracieuse voyage avec Licorne-la-Puissante, elle a une chance de s'en sortir.

L'hypothèse était vraisemblable. Soulagé, Harfang fit le compte rendu de sa visite à L'Astucieux. Qui raconta son histoire et celle des Neuf-Points-Ocre à L'Énergique. Qui confia son inquiétude à Saïga. Qui leur donna rendez-vous à tous les trois dans un creux de falaise ensoleillée, à distance des oreilles indiscrètes. La jeune femme avait décidé de partager avec eux ce qu'elle savait sur le meurtre d'Iranie et les réflexions de la chamane. Ils l'écoutèrent avec attention.

— Je souffre de cacher mes angoisses à L'Élégant, expliqua Saïga. Je l'aime et je porte son enfant. Mais je ne peux pas lui dire que son père est un assassin !

— Licorne-la-Puissante est peut-être partie à la recherche de preuves, dit L'Astucieux.

— Je ne comprends pas qu'elle laisse Fascination-de-Serpent menacer de nouveau les Neuf-Points-Ocre ! s'emporta Harfang.

— Et comment peut-elle abandonner les Grandes-Mains-Blanches à un criminel ! s'insurgea L'Énergique. Elle qui voit tant de choses à l'avance, comment a-t-elle pu accepter les souffrances qu'il provoque déjà chez nous ?

— Elle m'a demandé de continuer à lui faire confiance, quoi qu'il arrive, se souvint Saïga. Mais je trouve ça difficile. Elle ne protège personne, en ce moment.

— Sans doute ne pouvait-elle sauver qu'elle-même, conclut tristement L'Énergique. Fascination-de-Serpent doit être un adversaire trop puissant.

— Non, ce n'est pas possible. Je ne peux pas le croire, répétait L'Astucieux. La chamane est responsable de la survie du clan.

Il était retourné plusieurs fois dans les environs de la combe, sans trop comprendre quel espoir l'animait.

Vérifier que Licorne-la-Puissante n'était pas morte ? Dénicher des indices qui permettraient de retrouver sa trace ? Il n'avait rien découvert. Mais si la chamane n'était pas de retour avant les cérémonies du Printemps, de nouveaux drames s'annonçaient.

— Moi vivant, Fascination-de-Serpent n'emmènera pas les jeunes filles nubiles ! Je m'y opposerai ! assura-t-il.

— Tu n'es pas le seul chef ! Que feras-tu si les autres le soutiennent ? Tu te battras contre eux ? s'effraya L'Énergique.

Il ne sut quoi répondre. Si deux groupes aux opinions irréconciliables se constituaient, ils finiraient par s'affronter pour conserver l'abri des Grandes-Mains-Blanches. Les vaincus partiraient chercher ailleurs un autre refuge. Ce serait la fin du clan.

19

— Raconte-moi la cérémonie du Printemps dans ton clan, demanda Fascination-de-Serpent à Guillemot, lors d'un matin glacial et sinistre.

Content d'avoir quelque chose à enseigner à son maître, l'apprenti s'exécuta.

***

Le premier soir, Licorne-la-Puissante rappelait le grand récit du commencement, transmis par les ancêtres. Elle racontait comment, après avoir créé la terre, les plantes, les animaux et les humains, l'Esprit de la Terre avait voulu mettre de l'ordre dans le fouillis qui en avait résulté. Il avait sculpté une licorne qui, chaque jour, accouchait d'une paire de jumeaux aux caractères opposés. C'est ainsi que naquirent l'Obscurité et la Lumière, la Chaleur et la Froideur, l'Humidité et la Sécheresse, la Faim et la Satiété, la Peur et la Sérénité. Les jumeaux de la même paire n'apparaissaient jamais ensemble – dès que l'un survenait, l'autre se cachait. Pour certains animaux qui peuplaient la terre, la lumière était préférable à l'obscurité, et pour d'autres, c'était le contraire. Le dernier jour du commencement, l'Esprit de la Terre avait prévu que la licorne accoucherait du Féminin et du Masculin ; mais cette fois, les jumeaux se rebellèrent. Ils refusaient de naître si on ne les autorisait pas à se tenir la main en tous lieux. Ils furent si entêtés que l'Esprit le leur accorda. Voilà pourquoi le Féminin et le Masculin cohabitent aujourd'hui à l'intérieur de chaque être humain, concluait la chamane.

Le matin suivant le récit commençait le premier jour de la première lune de l'année nouvelle. Aux filles et aux garçons qui avaient l'âge d'être initiés, Licorne-la-Puissante offrait une canine de loup qu'ils suspendaient à leur cou pour être protégés par l'Esprit de la Terre. Leurs pères et leurs mères réunis apportaient la longue corde sacrée qu'ils avaient fabriquée ensemble pendant l'hiver ; composée de lianes tressées, elle était d'une grande solidité. Les jeunes gens se regroupaient à l'écart, à un endroit où la vallée rétrécissait. Sans que les autres membres du clan interviennent, ils devaient décider lequel d'entre eux descendrait le long de la falaise, se jetterait dans les eaux rapides et glacées, nagerait jusqu'à la rive opposée, et nouerait l'autre extrémité à un arbre. Une fois cet exploit réalisé, les autres le rejoindraient en s'agrippant à la corde, ce qui n'était pas difficile mais exigeait de surmonter sa peur. Bien que rares, les chutes étaient mortelles.

Après leur traversée, les jeunes gens affrontaient une autre épreuve : chacun devait, seul, cheminer dans la grotte sacrée des Cent-Juments. Pendant le trajet, l'enseignement reçu des Esprits faisait de lui un adulte. À son retour, Licorne-la-Puissante lui révélait son nouveau nom, celui que l'Esprit du Vent avait soufflé à son oreille.

Puis les initiés traversaient de nouveau la rivière à l'aide de la corde, applaudis et fêtés à leur arrivée.

Ils commençaient leur apprentissage de l'amour ; les boissons enivrantes préparées par la chamane circulaient parmi les adultes ; les Grandes-Mains-Blanches dansaient jusqu'au petit matin au son des tambours et des flûtes. Le lendemain, le clan ressoudé pouvait se séparer de nouveau jusqu'à la sixième lune, chaque famille choisissant un objectif différent pour la belle saison. La formation de couples au cours de l'hiver était entérinée par le fait que les femmes voyageaient désormais dans la famille de leur compagnon. Seuls les initiés de la veille devaient patienter jusqu'à l'hiver suivant pour constituer une union.

***

— Tu n'as rien oublié d'important ? demanda Fascination-de-Serpent.

— Je t'ai donné tous les détails !

— Je l'espère pour toi. C'est l'année de ton initiation, à toi aussi. Le fait d'être mon apprenti ne t'en dispensera pas.

Guillemot soupira. Il ne savait pas ce qu'il craignait le plus : traverser la rivière suspendu à une corde, ou parcourir seul la grotte hantée par les Esprits.

— Ne fais pas cette tête ! Tu ne regretteras pas de devenir adulte !

***

À la douzième lune, l'Esprit de l'Eau sembla menacer de toutes parts les Grandes-Mains-Blanches. La neige se mit à fondre, créant un rideau de cascades à l'entrée de l'abri. Puis les derniers lambeaux blancs furent emportés par une averse brutale. En une nuit, la rivière des Saumons-Bondissants grossit jusqu'à occuper tout l'espace, depuis le promontoire jusqu'à la lointaine crête des Trois-Regards. La passerelle de bois fut emportée ; la terrasse n'était plus reliée à l'extérieur que par le sentier abrupt qui montait de côté sur le plateau. L'autre rive, la combe des Cent-Juments, la vallée des Fuites-au-Galop, étaient devenues inaccessibles. Au moment où les provisions de viande arrivaient à leur fin, la montée des eaux interdisait la pêche et le ramassage de légumes.

Les Grandes-Mains-Blanches préparèrent leurs sacs et grimpèrent sur le plateau. Après un hiver où ils avaient vécu confinés, la vue d'une étendue immense, balayée par les vents, pressait les nomades de reprendre leurs voyages. Mais, avant que les familles ne se séparent, se tenait la cérémonie du Printemps, essentielle pour la pérennité du clan.

Contrairement à ce que certains craignaient, et d'autres espéraient, le nouveau chamane était présent au rendez-vous, flanqué de son apprenti. Après avoir planté leurs tentes et chassé du petit gibier, les Grandes-Mains-Blanches s'installèrent autour d'un feu, enveloppés dans leurs fourrures. Quand ils furent rassasiés, Fascination-de-Serpent se lança dans le récit du commencement. Ils furent d'abord rassurés de voir qu'il le connaissait par cœur. Mais la chute n'était pas du tout la même ! Dans sa version, l'Esprit de la Terre refusait la demande des jumeaux Masculin et Féminin. Il les condamnait pour insolence à ne plus pouvoir s'attraper la main ! Plusieurs auditeurs gloussèrent de satisfaction, d'autres s'inquiétèrent du sourire du chamane quand il décrivit la souffrance des jumeaux. Saïga, L'Astucieux, Harfang et L'Énergique échangèrent des regards anxieux ;

s'opposer à lui maintenant ne mènerait à rien ; mais trouveraient-ils un moment favorable ?

Quand les Grandes-Mains-Blanches se retirèrent dans les tentes, la soirée n'avait pas apporté le même réconfort que d'habitude face à la précarité de l'existence. Le lendemain, les parents des futurs initiés se réveillèrent mal à l'aise. La corde sacrée qu'ils avaient fabriquée au cours de l'hiver avait souffert des dissensions entre les hommes et les femmes ; ils n'avaient pas mis tout leur cœur à tirer dessus à chaque instant pour qu'elle soit tressée le plus serré possible. Ils se demandaient si elle serait assez solide pour transporter leurs enfants. Ils regrettaient amèrement leur mauvaise humeur. C'était trop tard. Ils n'osèrent pas exprimer leur inquiétude devant Fascination-de-Serpent qui paraissait si sûr de lui.

Les jeunes gens, dont faisait partie Guillemot, se rendirent devant le rocher qui servait de point de départ à la première épreuve. Les volontaires ne se bousculaient pas pour descendre la falaise, affronter le courant glacé et tendre la corde jusqu'à l'autre rive. Beaucoup furent soulagés par la candidature de Fauvette, une Deux-Doigts-Pliés robuste.

Plusieurs garçons refusèrent qu'une fille accomplisse cette mission dangereuse, et prestigieuse ; d'autres futurs initiés prirent le parti de Fauvette. Rapidement, les adversaires à bout d'arguments s'injurièrent, avant d'en venir aux mains. Leurs parents, qui patientaient à distance dans un climat de nervosité grandissante, voulurent défendre leurs enfants. Au mépris des traditions, ils intervinrent et se disputèrent à leur tour. Pour en sortir, Fascination-de-Serpent désigna Guillemot d'autorité.

L'adolescent ne s'attendait pas à ce que son ambition

de devenir l'homme le plus important des Grandes-Mains-Blanches implique de faire preuve d'une telle bravoure physique. La mémorisation des plantes et la cohabitation avec les Esprits ne suffisaient donc pas ! Effrayé, il ne pouvait pourtant échapper au regard conjoint de ses parents et de son maître. De ses mains tremblantes, il noua l'extrémité de la corde autour de sa taille. D'un pas lent, il se dirigea vers la falaise. Sa peur était si grande, sa certitude de mourir si forte qu'il ne parvenait pas à réfléchir au moyen de s'y prendre ni même à regarder ce qui se trouvait sous ses pieds : une paroi rocheuse abrupte et des eaux tourbillonnantes.

***

Retenu par la corde que les futurs initiés relâchaient progressivement, Guillemot cherchait des points d'appui : ici la naissance d'un arbuste, là un léger renfoncement, ailleurs une bosse minuscule. Maintenant qu'il agissait, il parvenait à maîtriser sa peur, suffisamment pour descendre peu à peu le long de la paroi rocheuse. Lorsqu'il dérapa, glissant sur une distance équivalant à deux fois sa taille, il se meurtrit le front et les genoux. Il se rattrapa à une plante piquante qu'il serra dans ses bras. Il tremblait si violemment qu'il eut la tentation de se laisser tomber en bas de la falaise pour en finir.

Des encouragements lui donnèrent la force de repartir. La hauteur sous lui devint moins effrayante, à condition de ne pas lever le nez vers l'endroit d'où il venait. Il mit enfin le pied sur la berge caillouteuse. Des cris lointains saluèrent sa réussite. Sans laisser la panique le submerger de nouveau, il se dirigea vers la rivière en crue. Devant le courant qui filait sous ses yeux, il se répéta que l'épreuve serait bientôt terminée ; il allait devenir un homme important qui, dans quelques jours, pourrait posséder toutes les jeunes filles nubiles du clan.

La corde toujours accrochée à sa taille, il se jeta dans l'eau. Elle était si froide qu'il en eut le souffle coupé. Bousculé par les flots, il se mit à nager avec toute l'énergie dont il était capable. Chaque fois qu'il était entraîné trop loin vers l'aval, il était arrêté par la corde et devait remonter le courant, hostile et puissant. De temps en temps, des branchages filaient sous son nez ou le heurtaient. Par chance, aucun ne fut assez gros pour l'assommer.

Quand il émergea sur l'autre rive, il était glacé et épuisé, au bord de l'évanouissement. Mais il était toujours vivant et n'avait pas perdu la corde ; il la dénoua. Dès qu'il aurait repris des forces, il l'attacherait à un tronc d'arbre et ses camarades le rejoindraient. À défaut de pouvoir allumer un feu pour se sécher, il s'assit au soleil. Il agita les bras en signe de victoire.

C'est alors qu'il distingua, au bord de la falaise, parmi les Grandes-Mains-Blanches, la silhouette familière et inattendue de Licorne-la-Puissante.

***

— Grandes-Mains-Blanches, attention ! L'Esprit du Vent m'a avertie de la catastrophe qui guette vos enfants !

Se retournant, les membres du clan eurent la surprise de découvrir Licorne-la-Puissante qui se hâtait vers eux. Elle avait retrouvé son couvre-chef d'origine : le crâne de lion surmonté de baguettes de coudrier. Elle était accompagnée par La Gracieuse, vêtue de la dépouille de loup. Abasourdis, les Grandes-Mains-Blanches contemplèrent alternativement l'homme à la couleuvre qui dirigeait la cérémonie et la femme au crâne de lion qu'ils croyaient disparue. Le clan avait deux chamanes !

Furieux, Mégacéros, Le Discret, Le Solide et bon nombre de chasseurs se regroupèrent autour de Fascination-de-Serpent. Ils étaient prêts à ajouter à sa force magique la menace de leurs sagaies. Aussitôt, Saïga, L'Astucieux, Harfang, L'Énergique, Le Malicieux et une majorité de femmes entourèrent Licorne-la-Puissante pour la protéger. Son retour était une merveilleuse surprise. Il fallait enfin qu'éclate l'orage qui les oppressait depuis des lunes !

L'Élégant, Le Fonceur, L'Affectueuse et Étagne restèrent au milieu, tiraillés entre les deux chamanes peut-être soutenus par des Esprits différents. Rien ne serait pire qu'une confrontation entre les puissances déchaînées, par l'intermédiaire des membres du clan. Les parents de L'Énergique contemplaient avec effarement leur fille qui, sans lâcher Colombin, avait sorti un couteau. Le plus surpris était le jeune chef des Quatre-Encoches ; sa compagne Saïga avait tout de suite choisi son camp ! Elle voulait se battre alors qu'elle portait leur enfant !

Dans l'air frais et humide de ce début de printemps, la tension était celle des soirées de fin d'été. Bien que ses partisans soient prêts à en découdre, Fascination-de-Serpent n'osa pas encore s'opposer à un retour auquel il n'était pas préparé. Il dissimula son insuffisance sous un masque de silence méprisant. De son côté, Licorne-la-Puissante n'avait pas l'intention de s'en prendre à son ennemi.

Elle grimpa sur le rocher pour s'adresser à tous :

— Grandes-Mains-Blanches, rappelez-vous que vous n'êtes rien sans le clan qui vous unit ! Ne vous conduisez pas comme les cerfs ou les bisons qui s'affrontent jusqu'à la mort. Conduisez-vous en humains !

Une partie de l'auditoire acquiesça, tandis que les autres se crispaient un peu plus. Elle ajouta :

— Lequel de nous deux est le chamane de votre clan ? Interrogeons les Esprits pour qu'ils nous le disent.

Ceux qui entouraient Fascination-de-Serpent regardèrent leur champion, impénétrable, qui ne leur donnait pas d'ordre différent ; comme lui, ils attendirent la suite. Les autres acquiescèrent.

Licorne-la-Puissante indiqua aux futurs initiés de se séparer en deux groupes opposés, de nombre égal, et de saisir la corde.

— Choisis le groupe qui te représentera, demanda-t-elle à Fascination-de-Serpent.

Il évalua rapidement leur puissance et désigna celui de gauche.

— Je serai représentée par le groupe de droite. Celui qui tombera le premier devra reconnaître que l'adversaire a été désigné par les Esprits.

Cette règle reçut l'approbation de tous. Au signal de la chamane, les futurs initiés se mirent à tirer de toutes leurs forces sur la corde.

À la troisième secousse, la corde se rompit.

Lorsque les jeunes gens basculèrent ensemble sous le choc, les Grandes-Mains-Blanches imaginèrent brusquement ce qui se serait passé s'ils avaient chuté de plusieurs fois leur hauteur, dans la rivière et sur les rochers. Même ceux dont les enfants n'étaient pas concernés eurent le cœur serré. Tous se rappelèrent que la corde avait été fabriquée dans le mépris réciproque. Certains parents s'accusèrent mutuellement d'un travail de mauvaise qualité, tandis que d'autres, effrayés par l'ampleur de leur culpabilité, sanglotèrent de honte et de peur. Beaucoup d'indécis se rapprochèrent de Licorne-la-Puissante. Ceux qui soutenaient Fascination-de-Serpent semblaient tétanisés.

Bouleversé d'avoir failli perdre son fils aîné, Le Solide prit la parole au nom du clan :

— Il s'en est fallu de peu que plusieurs de nos jeunes soient tués ! À cause de nos disputes ! Licorne-la-Puissante, devons-nous reprendre toute la cérémonie depuis le début ?

— Vous n'avez pas le temps de fabriquer une nouvelle corde sacrée, répondit la chamane. Il n'y aura donc pas d'initiés cette année.

Cette annonce provoqua un silence profond où chacun regarda ses pieds. Étagne se précipita vers le bord du plateau pour lancer de grands appels désespérés à l'intention de Guillemot. Non seulement son fils avait réalisé un exploit inutile, mais, sans la corde, il ne pourrait pas escalader la falaise et revenir jusqu'à eux. Celui-ci commençait d'ailleurs à comprendre que la cérémonie était interrompue ; la corde qu'il continuait d'enrouler autour d'un arbre ne se tendait jamais.

Lorsque les Grandes-Mains-Blanches osèrent croiser leurs regards, ils constatèrent que Fascination-de-Serpent ne se trouvait plus parmi eux. Sa haute silhouette s'éloignait à grands pas rapides vers l'intérieur du plateau. Craignant d'être rattrapé, le chamane jeta même ses cannes pour courir : les membres du clan comprirent enfin qu'ils avaient eu affaire à un imposteur. La plupart furent pris de colère d'avoir été manipulés. Les femmes que le faux chamane avait caressées au prétexte de les soigner se demandèrent si elles oseraient se confier un jour à leurs compagnons, ou si elles préféraient tout oublier.

Certains chasseurs restaient incrédules, tant ce qu'ils

avaient sous les yeux contrariait ce qu'ils avaient envie de croire. Pourtant, aucun ne décida de suivre son ancien champion dans la fuite.

Montant à son tour sur le rocher, L'Astucieux tenta d'exprimer le désarroi des Grandes-Mains-Blanches :

— Ce n'est pas seulement une corde qui s'est rompue, nous venons de perdre confiance en la solidité de notre clan ! Nous ne pouvons pas nous séparer ainsi pendant toute la belle saison ! Sinon, au retour, nos rancœurs auront prospéré comme des ronces. Le clan des Grandes-Mains-Blanches est notre bien le plus précieux. Sans les grandes chasses d'automne, sans le courage des chasseurs qui affrontent des animaux beaucoup plus puissants qu'eux, sans le travail considérable des femmes, nous sommes incapables de survivre à l'hiver.

Il fit une pause pour que chacun ait le temps de sentir la justesse de ces paroles.

— Licorne-la-Puissante, poursuivit-il en se tournant vers elle, tu es la chamane de notre clan, la seule à avoir droit à ce titre grâce à ta sagesse et à ta clairvoyance. Intercède pour nous auprès des Esprits. Donne-nous tes conseils. Que devons-nous faire pour retrouver notre confiance les uns envers les autres ?

Elle hocha la tête, satisfaite du rétablissement de son autorité.

— L'Esprit du Vent m'a indiqué comment le clan pouvait renaître. Suivez-moi.

Tous attrapèrent leurs sacs et rassemblèrent leurs enfants, même ceux qui n'appréciaient pas la tournure que prenaient les événements.

20

Toute la journée, ils progressèrent vers le nord-est, sans quitter le plateau. Le soir, ils dressèrent leur campement au bord d'un cours d'eau modeste, lui aussi élargi par la neige et la pluie. Le lendemain, ils marchèrent longtemps avant de rejoindre une pente escarpée, au-dessus de la rivière des Saumons-Bondissants. Comme ils contemplaient, perplexes, l'eau qui emplissait toute la vallée, Licorne-la-Puissante les conduisit à un endroit où une passerelle de corde permettait de rejoindre la rive opposée. La Gracieuse et elle l'avaient installée pendant la onzième lune, en profitant d'un gué maintenant caché par l'inondation.

— La passerelle a été construite avec vos cordes sacrées des années précédentes, expliqua-t-elle.

Après chaque cérémonie d'initiation, elle mettait l'ouvrage commun à l'abri dans la grotte des Cent-Juments. Le sens de ce geste fut parfaitement perçu par les Grandes-Mains-Blanches. Ces cordes avaient servi à l'initiation de chacun des adultes présents ; elles témoignaient d'une époque où la cohésion du clan permettait de réaliser un excellent travail ; aujourd'hui, grâce à elles, tous pourraient franchir la rivière sans danger, y compris les plus faibles, aidés par les plus forts.

Guillemot les attendait de l'autre côté, perplexe… et enrhumé. Sa mère lui avait fait signe de prendre la même direction qu'eux. Quand elle lui raconta la rupture de la corde et la fuite de Fascination-de-Serpent, il avait déjà renoncé à imiter l'attitude détachée de son père ; il ne retint plus ses larmes. Son seul espoir de devenir quelqu'un d'important était réduit en cendres, et pourtant il ressentait un énorme soulagement. Il ne serait plus sous l'emprise d'un homme qui l'effrayait.

Guidés par Licorne-la-Puissante, les Grandes-Mains-Blanches s'éloignèrent de la berge. Ils grimpèrent lentement le long d'une pente, raide mais continue. Silencieux, ils espéraient que leur chamane ne les décevrait pas. Après une marche éprouvante, ils parvinrent devant le porche d'une grotte inconnue.

— Voici la grotte de la Vie et de la Mort[1], déclara Licorne-la-Puissante. C'est l'Esprit du Vent qui m'a révélé sa présence. La Gracieuse et moi avons dégagé les pierres et les ronces qui en cachaient l'accès.

Beaucoup lancèrent un regard surpris vers la jeune fille dont les yeux brillaient de fierté. Avait-elle vraiment écorché ses mains en remuant des pierres et en coupant des ronces ? Elle semblait être devenue une autre personne. La parure de loup devait avoir fait son œuvre !

Suivant les directives de la chamane, les Grandes-Mains-Blanches déposèrent leurs sacs et s'avancèrent sous la roche, y compris les enfants les plus jeunes. Dans la pénombre, la salle qui les accueillait n'avait plus de limites. La Gracieuse leur distribua des lampes sommaires : des pierres à peine creusées au centre, contenant un peu de graisse et du bois

1. La grotte de Lascaux.

de genévrier. La lumière commença à éclairer de petites portions de roche, puis la paroi tout entière.

Ils étaient cernés par d'immenses aurochs noirs aux cornes gigantesques, de grandes juments rouges et noires aux pattes bondissantes, des cerfs graciles à l'extraordinaire ramure. Cette harde composite semblait poussée vers l'intérieur de la cavité par un animal étrange au ventre arrondi, au museau rectangulaire et sans laine sur le dos. Sur son crâne pareil à celui d'un lion poussaient deux appendices étranges, plus longs que les cornes du rhinocéros, plus fins que les bois du renne, plus droits que ceux du cerf, qui ne ressemblaient à rien de connu – sauf aux baguettes de coudrier que portait Licorne-la-Puissante. Par associations d'idées, les Grandes-Mains-Blanches reconnurent dans la peinture la licorne enceinte créée par l'Esprit de la Terre, celle dont les paires de jumeaux furent séparées à l'exception du Féminin et du Masculin.

La chamane reprit le récit du commencement dans sa version d'origine. Ils furent rassérénés d'entendre sans variante cette histoire que leurs parents, et les parents de leurs parents, et leurs ancêtres les plus lointains, avaient écoutée avant eux. Après les croyances différentes que Fascination-de-Serpent avait tenté d'introduire dans le clan, beaucoup furent émus de recevoir de nouveau le message des Esprits.

Mais ce retour aux traditions ne pouvait suffire à effacer deux lunes vécues sous la domination d'un chamane cruel. Anxieuse, Saïga se répétait qu'elle devait faire confiance à Licorne-la-Puissante. Quand le mythe arriva à sa conclusion, celle-ci sembla méditer un instant avant de reprendre la parole.

— Fascination-de-Serpent a fragilisé le clan des Grandes-Mains-Blanches avec des idées destructrices.

Ces idées ont été accueillies favorablement par plusieurs d'entre vous parce que le clan était déjà fragile. Depuis une année ou deux, certains avaient envie de croire à autre chose qu'à notre récit. Parmi eux se trouvait Mégacéros.

Après l'évocation de la licorne, des Esprits, et de la magie des temps primitifs, tous sursautèrent à la mention d'un membre du clan qui les ramenait au présent. Soulagée qu'il en soit enfin question, Saïga se demanda si la chamane avait obtenu les preuves dont elle avait besoin. Le seul à rester impassible – sous les regards curieux – fut le grand chasseur aux pieds souffrants.

— Tu veux leur raconter toi-même ton histoire ? demanda la chamane.

Pour toute réponse, il se contenta de redresser le dos et le menton.

— Alors je vais le faire à ta place. Si je fais une erreur, n'hésite pas à m'interrompre.

Ses yeux levés vers le plafond manifestèrent son exaspération.

— Dès sa naissance, déclara Licorne-la-Puissante, Mégacéros a rendu ses parents malheureux sans le vouloir. En voyant ses pieds déformés, ils ont compris qu'il ne serait pas un chasseur comme les autres. Marcher sur de longues distances serait très douloureux pour lui et jamais il ne pourrait courir vite. Pourtant, en grandissant, il a compensé en partie son handicap. À la chasse, il sait viser avec précision. Sa haute taille lui permet d'apercevoir le gibier avant tout le monde et, quand il faut traverser une rivière à pied, de trouver le passage le moins profond. C'est également un bon nageur. Lors de son initiation, c'est lui qui s'est jeté à l'eau pour conduire la corde sur la rive opposée et permettre aux autres jeunes gens de passer. Ce jour-là, Mégacéros a fait preuve de beaucoup de courage, comme presque tous les autres jours de sa vie. Malgré la souffrance de ses pieds qui empirait au fil du temps, il a marché chaque année six lunes sur douze, sans jamais se plaindre. Mais voilà : le courage est comme une paire de jumeaux dans le ventre de la licorne, il est à la fois admirable et redoutable. Toute la souffrance que Mégacéros n'exprimait pas s'est transformée en haine, en rancœur, en jalousie, en mépris pour les autres, en orgueil.

Dans l'assistance, ceux qui avaient été les victimes de ses remarques acerbes poussèrent des soupirs. Parmi eux, Étagne et Saïga, mais aussi L'Élégant, Guillemot et Marouette.

— Quand sa compagne attendit un enfant pour la première fois, Mégacéros vécut dans la hantise qu'il ait le même handicap que lui. À la naissance, il constata que le bébé avait les pieds sains de sa mère. Il se sentit à la fois soulagé et jaloux. Plus tard, lorsque L'Élégant succéda au Fonceur comme chef des Quatre-Encoches, Mégacéros s'en réjouit, sans pouvoir empêcher sa jalousie de s'exacerber. Le seul moyen d'adoucir ce sentiment était d'exercer une influence sur son fils. Son ressentiment ne s'exprima pas à l'égard de Marouette, parce qu'elle est encore très jeune et qu'il s'agit d'une fille.

Tous les membres du clan étaient suspendus aux lèvres de la chamane. Certains étaient étonnés de découvrir d'un coup ce que dissimulait le chasseur Quatre-Encoches. D'autres avaient compris où elle voulait en venir.

— Parmi les enfants de Mégacéros et Étagne, trois seulement ont survécu à leurs premières années. Entre L'Élégant et Marouette est né Guillemot. Alors est arrivé ce que Mégacéros redoutait le plus… Et peut-être ce qu'il espérait aussi pour calmer ses tourments :

en sauver un autre que lui de souffrances identiques. Le bébé avait les mêmes pieds que son père, tordus et tournés vers l'intérieur. Depuis, Mégacéros a vécu dans l'obsession d'offrir à son fils cadet un destin différent du sien.

Les pieds de Guillemot ! Voilà l'élément qui reliait tous les autres, pensa Saïga. Nouvelle venue chez les Quatre-Encoches, elle avait eu tant à découvrir qu'elle n'avait pas prêté attention à la démarche maladroite de l'adolescent. Sa passion pour la nage aurait pu lui mettre la puce à l'oreille.

La chamane poursuivait :

— On peut comprendre qu'une femme reste à l'abri des Grandes-Mains-Blanches à la belle saison, lorsqu'elle est proche d'accoucher, trop fatiguée par une naissance, ou simplement révoltée contre son destin, comme l'était L'Énergique après le décès de son compagnon. La même chose est impossible à envisager pour un chasseur. Lorsque Mégacéros a entendu parler d'un chamane masculin chez les Piégeurs-de-Rennes, il a pensé avoir trouvé la solution au problème de Guillemot. Le ou la chamane peut accompagner une famille en voyage comme je l'ai fait cet été, mais il n'y a pour lui aucune obligation. Il peut également vivre toute l'année dans son refuge et n'effectuer que des parcours limités dans son environnement.

Licorne-la-Puissante reprit son souffle, pendant qu'autour du clan les animaux peints sur les parois semblaient danser à la lumière des lampes. Habitués à reconnaître leur sexe, leur âge, ainsi que les changements apportés à leur apparence par les saisons, les Grandes-Mains-Blanches avaient remarqué que les chevaux étaient représentés au début du printemps, les aurochs au cœur de l'été et les cerfs en automne.

Pour chaque espèce, c'était la période de l'accouplement, ce moment où la lignée se perpétue, et où chaque individu expérimente brièvement l'éternité des Esprits. La nuit immobile de la grotte dissimulait le plus puissant des messages de vie.

— Mégacéros aurait pu me demander si je sentais en son fils une vocation de chamane. Je ne suis pas hostile à l'idée d'*un* chamane pour les Grandes-Mains-Blanches, même si je trouve qu'*une* chamane est utile pour compenser le pouvoir des chefs de chasseurs. Mais je n'ai pas été interrogée à ce sujet. J'ai senti qu'Iranie, la deuxième fille du Fonceur et d'Aurochs, était appelée par les Esprits. Celle-ci a accepté avec enthousiasme de devenir mon apprentie et ses parents m'ont donné leur accord. Nous venions d'arriver au bord de l'océan du Bout-du-Monde. Le lendemain matin, nous avons retrouvé son cadavre dans les vagues.

La chamane interrogea du regard Mégacéros. Le chasseur fit de la main un geste signifiant son indifférence à ce qu'elle pouvait raconter. Ce fut donc elle qui décrivit ce qui s'était passé cette nuit-là.

***

Trop excitée d'imaginer les apprentissages à venir, Iranie quitta la tente où dormaient ses parents. Elle grimpa sur la dune et redescendit de l'autre côté. Le vent avait cessé de souffler. Dans le ciel dégagé que ne masquaient ni le relief ni la végétation, les étoiles brillaient aussi nombreuses que les grains de sable de la plage. La jeune fille s'approcha de l'océan qui ne fouettait plus le sol de ses rouleaux mais le caressait de vagues longues et douces. Posée sur l'eau sombre qui faisait écho à la nuit, l'écume brillante semblait suspendue entre ciel et terre. Sa ligne zigzagante se prolongeait très loin de chaque côté. Iranie se sentait minuscule. Et pourtant comblée. Le rôle de chamane était fait pour elle.

Dans la seconde tente, Mégacéros était lui aussi incapable de s'assoupir ; une personne jeune allait occuper la place qui devait revenir à son fils. Il finit par se lever et se rendit sur la plage. En apercevant Iranie assise sur une souche d'arbre, il pensa que l'Esprit de l'Eau lui offrait l'occasion de la dissuader. Il aurait pu réussir, s'il avait cherché à susciter sa compassion pour Guillemot. Iranie savait se mettre à la place de tous ceux qui souffraient. Malheureusement, Mégacéros n'imaginait pas chez les autres des sentiments qu'il n'avait jamais ressentis. Au lieu de parler à Iranie des pieds tordus de son fils, il se dressa devant elle et chercha à l'intimider. Si elle devenait l'apprentie de Licorne-la-Puissante, elle allait s'attirer de grands malheurs car les Esprits en avaient décidé autrement. Ils voulaient pour les Grandes-Mains-Blanches *un* chamane, plus efficace qu'une femme.

Iranie n'y croyait pas. Sa tranquille assurance irrita au plus haut point le chasseur qui la gifla violemment. Elle tomba et sa tête heurta la souche. Elle perdit connaissance. Au lieu de la porter au camp pour que Licorne-la-Puissante tente de la ranimer, Mégacéros lança son corps dans les vagues. Même s'il ne l'avait pas préméditée, la mort d'Iranie l'arrangeait.

***

Quand la chamane eut terminé de décrire sa vision, Étagne haletait presque aussi fort qu'une femme qui accouche ; c'était son ventre qui avait fabriqué de travers les pieds de son pauvre Guillemot. À côté d'elle, ce dernier baissait la tête, si bas qu'il donnait l'impression d'avaler son menton. Plusieurs Grandes-Mains-Blanches se mordaient les lèvres ou s'essuyaient les yeux. Mais d'autres encore doutaient de la véracité de cette scène. Mégacéros était un excellent chasseur, l'un des meilleurs du clan. Malgré ses pieds tournés vers l'intérieur, il avait l'estime du plus grand nombre. Avait-il pu s'inquiéter pour son fils au point de tuer une jeune fille ? Même sans l'avoir voulu ? Cela leur semblait impossible.

— Un jour ou l'autre, j'aurais choisi une nouvelle apprentie, reprit Licorne-la-Puissante. Alors, quand les Quatre-Encoches sont revenus sur le territoire des Piégeurs-de-Rennes, Mégacéros a conduit Guillemot auprès de leur chamane pour qu'il le forme au plus vite. Il n'avait plus qu'à attendre le retour de son fils, tout en préparant le clan à l'arrivée d'*un* chamane. Mais Mégacéros ignorait que Fascination-de-Serpent était un imposteur, qui violait toutes les jeunes filles à initier et qui tuait leurs nouveau-nés.

Les cris d'horreur fusèrent. La chamane leva sa lampe et la promena devant les visages.

— Les filles de notre clan l'ont échappé belle, insista-t-elle. Si la corde n'avait pas craqué, Fascination-de-Serpent les aurait gardées auprès de lui après la journée d'initiation. Il aurait annoncé qu'il voulait les rendre dociles aux injonctions des Esprits. Auriez-vous accepté de les lui confier, chefs de chasseurs et hommes en général, malgré votre connaissance de son mépris des femmes ? Combien d'entre vous préfèrent des compagnes dociles, parce que c'est moins fatigant de commander que de discuter ? Et tant pis si le clan devient méfiant et triste !

Certains secouèrent la tête avec indignation, d'autres détournèrent le regard. À l'aide de l'Esprit du Feu – la lumière de la lampe et la flamme de ses paroles –, Licorne-la-Puissante tentait de dévoiler les sentiments obscurs qui avaient empoisonné les relations des Grandes-Mains-Blanches au cours de l'hiver.

— Guillemot n'était pas convaincu par les pouvoirs de Fascination-de-Serpent, ajouta-t-elle. Mais la perspective de son importance future l'éblouissait. Et il avait trop peur de son père pour s'opposer au destin que ce dernier avait tracé pour lui. Il se préparait donc tant bien que mal à devenir chamane, sans comprendre toutes les implications de ce changement pour le clan. Je pense qu'il ne connaissait pas non plus le rôle joué par Mégacéros dans la mort d'Iranie, la compagne de jeux de son enfance.

— Pauvre Iranie ! Nous avions le même âge ! Jamais je n'aurais souhaité sa mort ! affirma Guillemot entre deux sanglots.

Licorne-la-Puissante hocha la tête.

— Mégacéros n'avait pas prévu que Fascination-de-Serpent chercherait à me tuer, ce qui fit douter Guillemot de la valeur de son apprentissage. Il n'avait pas compris non plus que les nouvelles croyances risquaient de détruire le clan. Même si la corde n'avait pas craqué, même si les chasseurs n'avaient pas accepté de laisser leurs filles nubiles au chamane, les Grandes-Mains-Blanches auraient été rongés par la méfiance mutuelle qui s'était installée entre les hommes et les femmes. Certaines femmes se seraient rebellées contre les hommes injustes, certaines filles auraient refusé d'obéir à leurs pères, un ou deux chefs les auraient comprises et les autres non. Les familles déchirées auraient refusé de vivre ensemble dans l'abri l'hiver prochain. Une fois le clan éclaté, que seraient devenus les projets de Mégacéros pour son fils ?

— Si l'on en croit ton récit, proclama le chasseur en sortant de son mutisme, Guillemot serait stupide et couard. Quant à moi, je ne serais pas seulement un meurtrier, mais une tête-de-renne. Quelle serait ta sentence, Licorne-la-Puissante, pour tant de bêtise ?

La chamane avait demandé à l'Esprit du Vent de l'inspirer ; elle trancha sans hésiter.

— Les larmes de Guillemot montrent qu'il commence à regretter ce qui s'est passé. Je propose qu'il revienne au refuge des Grandes-Mains-Blanches avec La Légère, et qu'il s'occupe d'elle pendant la belle saison. S'il fait preuve de compréhension pour ses douleurs de personne âgée, il pourra participer comme les autres aux prochains rites d'initiation, dans un an. Sinon, il devra quitter le clan.

— Évidemment, tu ne tiens aucun compte de ses pieds ! s'écria Mégacéros.

— Tu te trompes. Mais seul Guillemot jugera, à chaque printemps, s'il préfère voyager avec sa famille, ou rester le gardien de l'abri tout en prenant soin des gens malades et fatigués.

— Ça me convient, s'empressa de dire le garçon, avant que son père ne prétende le contraire.

Ce dernier lui lança un regard plein de morgue.

— Et moi ? demanda-t-il. N'oublions pas que, d'après toi, Licorne-la-Puissante, j'aurais assassiné Iranie, celle que tu avais choisie pour apprentie.

— Jamais je ne pourrai l'oublier. Elle serait devenue une excellente chamane pour les Grandes-Mains-Blanches. Il est possible également que tu aies contribué à la mort d'Aurochs dont la présence était un bienfait pour les Quatre-Encoches. Ce jour-là, dans la rivière des Hardes-Folles, si elle ne s'était pas baignée à l'écart pour pleurer sa fille, elle aurait évité comme les autres le déferlement des rennes. Le Fonceur, ton frère, n'aurait pas sombré dans un abîme de chagrin. Mégacéros, j'aimerais que tu puisses regarder en face tous les malheurs que tu as provoqués.

— Tu es une personne subtile, Licorne-la-Puissante. Tu as deviné beaucoup de choses à mon sujet. Mais tu as fait une grave erreur concernant ce qui s'est passé sur la plage.

Ceux qui avaient de la considération pour le chasseur relevèrent la tête, soulagés. Allait-il enfin se défendre contre ces accusations absurdes ?

21

— Je n'ai pas menacé Iranie pour qu'elle laisse sa place à Guillemot, affirma Mégacéros. Quand je me suis approché d'elle dans la nuit éclairée par les étoiles… c'est elle qui m'a parlé la première !

Sa voix vibra d'indignation.

— Les Esprits lui auraient dit que les souffrances de mon fils n'étaient pas les miennes !

Brusquement hors de lui, il se mit à crier :

— Elle me regardait avec pitié ! C'est ça qui m'a exaspéré ! Je lui ai crié de se taire ! Je l'ai frappée ! Oui, sa mort m'arrangeait ! Je l'ai jetée dans les vagues et je voulais qu'elle se noie !

Le Fonceur poussa des rugissements terribles.

— Je m'en doutais ! Mais je ne voulais pas y croire parce que tu étais mon frère !

Il se jeta en avant avec un couteau. Les autres chasseurs le maîtrisèrent et l'écartèrent.

— Laissez-moi le tuer, supplia l'ancien chef des Quatre-Encoches. À cause de lui, j'ai perdu ma compagne chérie et ma fille adorée !

La Gracieuse alla entourer son père de ses bras.

— Nous ne pouvons pas te laisser devenir un meurtrier.

— Mégacéros a reconnu qu'il avait assassiné Iranie, déclara Licorne-la-Puissante avec solennité. Vous l'avez entendu : ce n'était pas un accident. Il l'a frappée, puis il l'a jetée dans les vagues pour qu'elle se noie.

Cette fois, tous les Grandes-Mains-Blanches hochèrent la tête. Saïga comprit que, faute de preuves, la chamane avait parié sur l'orgueil du chasseur. En rectifiant le récit qu'elle en avait donné, il avouait son crime.

— Il n'appartient plus au clan des Grandes-Mains-Blanches. Qu'il parte maintenant, seul, loin de nous. Et qu'il ne revienne jamais, déclara Licorne-la-Puissante.

— Lancez vos sagaies sur moi ! Débarrassez-vous de moi ! cria Mégacéros.

— Nous ne t'offrirons pas le plaisir de nous détruire un peu plus. Les chefs du clan vont te conduire hors de notre territoire.

— Puisque tu refuses de rendre la justice, je vais demander à l'Esprit de la Terre de le faire ! insista le chasseur.

Il s'élança vers le fond de la grotte. À la lumière modeste de sa lampe, deux couloirs s'ouvraient devant lui. En face, les parois étroites semblaient vouloir le freiner ; il risquait d'y être rattrapé tout de suite. À droite, le passage était bas de plafond mais large et rectiligne. Bien que oppressé par la proximité des chevaux et des bisons qui semblaient le suivre des yeux, il l'emprunta.

Un étrange cheval barbu le fit sursauter en étendant vers lui ses mâchoires et ses dents comme s'il voulait le mordre. Pris de peur, Mégacéros découvrit à droite un autre couloir et s'y engagea. Il ne fit que quelques pas dans cette nouvelle direction. Lui qui dirigeait sa lampe vers les parois et non vers le sol ne vit ni la grosse sécrétion de calcaire qui le fit trébucher ni le puits qui s'ouvrait devant lui. Il tomba dans le vide sur une hauteur de plusieurs fois sa taille. Quand il atteignit le sol, ses pieds qui l'avaient tant fait souffrir se fracturèrent en plusieurs endroits ; jamais plus ils ne pourraient le soutenir. Ses bras et son dos étaient brisés également. Mais, contrairement à ce qu'il espérait, l'Esprit de la Terre ne voulait pas qu'il meure tout de suite. Ses yeux restèrent ouverts pendant que la lampe, curieusement intacte, jetait ses lueurs sur l'une des parois.

Sous le nez de Mégacéros, un individu dessiné de manière schématique tombait à la renverse. Son sexe en érection indiquait qu'il s'agissait d'un homme, la sagaie gisant à ses pieds que l'homme était un chasseur, et un oiseau perché sur un bâton que l'âme du chasseur allait s'envoler. Un bison aux cornes pointées sur lui venait de le charger ; il était grièvement blessé et perdait ses entrailles. Mais son œil vif et le sourire de son museau laissaient entendre qu'il serait bientôt convalescent. Tournant le dos au chasseur, un rhinocéros trapu s'éloignait. Quatre petites encoches en chevrons venaient signer la scène.

Dans son corps fracassé où chaque respiration engendrait une souffrance extrême, l'âme de Mégacéros eut pourtant tout le loisir d'interpréter ce qu'il voyait d'après ses propres tourments. Le chasseur mourant, c'était lui. Le fait qu'il continue de tomber à la renverse laissait présager qu'il allait mettre du temps à mourir. Le bison blessé aux entrailles mais qui allait survivre était son frère, Le Fonceur, qui représentait aussi le groupe familial dont il avait été le chef. Le plus surprenant était la signature du peintre, un Quatre-Encoches des temps très anciens. Le rhinocéros qui se détournait du chasseur semblait donner l'exemple au clan entier.

Au-dessus de sa tête, des pas, puis des voix, se rapprochèrent. Une lumière plus vive éclaira le puits.

— Il est tombé, constata Licorne-la-Puissante. L'Esprit de la Terre l'a jugé, comme il l'avait demandé.

***

Quand les Grandes-Mains-Blanches sortirent de la grotte de la Vie et de la Mort, la lumière leur parut éblouissante. Clignant des yeux, ils s'assirent un instant dans un parfum de menthe. L'odeur délicieuse qui emplissait leurs narines leur rappelait que c'était le printemps, la saison d'une nouvelle jeunesse de la nature. Près d'eux, une source chantonnait en rebondissant sur des pierres. Sous leurs yeux, un aigle planait avec grâce dans le ciel d'un bleu léger. Ces encouragements, envoyés par les Esprits, étaient les bienvenus après tant de souffrances.

— Aux prochaines grandes chasses d'automne, annonça Licorne-la-Puissante, Mammouthe rejoindra l'abri des Grandes-Mains-Blanches en compagnie de sa nouvelle famille, les Neuf-Points-Ocre. Des victimes de Fascination-de-Serpent, qui ont eu le courage de se rebeller. Sept jeunes filles, avec autant de bébés. N'ayez pas peur de leur nombreuse progéniture ! Elle pourra renouveler la famille diminuée des Quatre-Encoches.

L'Élégant sursauta, l'air effaré.

— Elles savent toutes tirer au propulseur, et certaines visent très bien, lui souffla L'Astucieux. Tu pourras commander à un grand nombre de chasseurs ! Qu'importe pour toi si ce sont des chasseuses !

Le jeune chef des Infini-Percé portait Colombin pour soulager L'Énergique, déjà enceinte. L'enfant s'échappa de ses bras, se précipita pour cueillir une amanite rouge luisante et l'offrir à sa mère. La jeune femme poussa un cri d'effroi, lança le champignon au loin avant de frotter les doigts de son fils avec de la menthe.

— C'est du poison !

Colombin commençait à peine à apprendre que la viande provenait d'animaux farouches et dangereux, dotés de beaux yeux graves ; que les carottes et les navets se laissaient attraper sans résistance ; mais qu'avec leurs couleurs vives, certaines plantes attiraient les humains pour les empoisonner – exactement comme les idées destructrices, se dit L'Énergique.

Réfugiée sur les genoux du Fonceur, Fuligule sauta sur ses pieds pour aller jouer avec Courlis. L'aveu de son frère avait ravivé les blessures de l'ancien chef. Il espérait que l'arrivée de tous ces bébés l'apaiserait. Lui se sentait trop vieux pour souhaiter de nouveaux enfants, mais il pouvait vivre encore quelques années. L'hiver prochain, il choisirait une compagne de son âge parmi les veuves du clan. Il savait déjà une chose : il ne s'agirait ni de L'Affectueuse ni d'Étagne.

Au même moment, les deux amies se prenaient la main. Elles allaient finir d'élever ensemble leurs derniers enfants, Courlis et Marouette. Désormais sans homme l'une comme l'autre, elles voulaient continuer à s'en passer, la première parce qu'aucun chef ne s'intéresserait plus à elle, la seconde parce qu'elle se sentait mieux comme ça.

Pendant ce temps, Harfang couvait des yeux La Gracieuse qui rayonnait. Il lui montra la figurine sculptée à son image, qu'il conservait toujours sur lui. Craignant pour son ami une nouvelle déception, L'Astucieux se tourna vers Licorne-la-Puissante et lui demanda d'une voix forte :

— Penses-tu à ta succession ? Cela me tracasse d'imaginer le clan privé de chamane.

— Moi aussi. Mais je ne pouvais désigner une personne dont Mégacéros et Fascination-de-Serpent auraient cherché à se débarrasser. En revanche, depuis mon départ, annonça-t-elle à la ronde, je me suis consacrée à la formation d'une jeune fille intelligente et courageuse. Elle maîtrise déjà plusieurs remèdes. Je suis convaincue qu'elle saura écouter les Esprits et leur transmettre vos messages. En attendant que mon âme s'envole, vous pourrez l'appeler Licorne-la-Puissante la Jeune.

Malgré le chagrin d'avoir perdu Iranie, la chamane avait l'impression de vivre une seconde jeunesse. La transmission de son savoir la sortait de sa couche avec enthousiasme tous les matins. En voyant qu'elle désignait La Gracieuse, L'Astucieux sembla trouver l'idée excellente, mais il était bien le seul. Le Solide et Le Discret grimacèrent ; Le Malicieux souffla à l'oreille de son voisin qu'il espérait ne pas regretter Guillemot. Licorne-la-Puissante savait pourtant qu'ils changeraient d'avis quand ils verraient son apprentie à l'œuvre. Le plus incrédule fut Harfang, qui s'éloigna pour cacher sa tristesse.

Saïga s'approcha de La Gracieuse.

— C'est peut-être toi qui aideras mon enfant à venir au monde. J'espère que tu écoutes bien ce que t'enseigne la chamane. Je suis morte de peur à l'idée d'accoucher !

Pourvu que ce bébé n'ait pas les pieds de son grand-père ! pensa L'Élégant en frémissant. Licorne-la-Puissante perçut son inquiétude. Puisque ni Fascination-de-Serpent ni Mégacéros n'avaient pu graver les figures féminines de la grotte des Cent-Juments, elle avait dû admettre qu'il existait, ailleurs, d'autres chamanes qui voulaient promouvoir le même message néfaste.

Peut-être s'agissait-il d'anciens apprentis de Fascination-de-Serpent, chassés par ceux dont ils avaient fait le malheur, et qui erraient à la recherche de nouvelles victimes. Ou bien, c'était Fascination-de-Serpent qui avait été l'apprenti d'un autre maître voyageur, plus ancien, dont les idées commençaient à atteindre la région… Elle ne le saurait probablement jamais.

Comment prémunir le clan contre un retour de ces croyances ? Chaque hiver, quand les Grandes-Mains-Blanches tresseraient la corde sacrée, ils se rappelleraient l'année où il n'y avait pas eu d'initiés, celle où leurs querelles avaient failli condamner leurs enfants. Mais leurs descendants ? Et les descendants de leurs descendants ? La chamane qui lui succéderait aurait d'autres conflits à résoudre, et ainsi de suite avec toutes les chamanes à venir… Rien n'était plus difficile pour les humains que de vivre ensemble. Et rien n'était plus indispensable. Sa chère Iranie avait été tuée à cause de son don de divination, qu'elle n'avait pas encore appris à utiliser avec prudence…

Mais, aujourd'hui, l'Esprit de la Terre avait avalé le meurtrier et restauré l'harmonie du clan. L'Esprit du Feu brillait avec douceur sur les Grandes-Mains-Blanches ; l'Esprit de l'Eau les égayait d'une chanson discrète. Devant eux, l'aigle glissait lentement dans l'azur, donnait quelques coups d'ailes qui le replaçaient dans le souffle bienveillant de l'Esprit du Vent, puis se laissait porter de nouveau. Oubliant de chasser, il savourait la brise avant le retour des bourrasques. Les puissances mystérieuses avaient desserré leurs griffes.

NOTE : LES FAITS ET L'IMAGINAIRE

Identiques à nous d'un point de vue morphologique, les magdaléniens (– 17000/– 12000) vivaient dans l'une des dernières grandes cultures européennes de chasseurs-cueilleurs nomades avant le réchauffement climatique puis la révolution du néolithique[1]. Le climat était plus froid que le nôtre de quelques degrés, mais sec et ensoleillé. Plus nombreux que les hommes modernes des cultures précédentes, les magdaléniens étaient encore immergés dans une nature qu'ils connaissaient parfaitement, dont ils savaient tirer de quoi se nourrir, se vêtir et s'abriter, au point qu'ils avaient le temps de développer des activités artistiques. L'abondance des ressources, combinée à une grande ingéniosité, avait déclenché un essor démographique. Jusqu'à quel point cet environnement les rendait différents de nous en matière de comportements, de visions de l'existence et de personnalités ? Il est très difficile de répondre à cette question.

1. Depuis environ 40 000 ans, l'homme moderne, ou *Homo sapiens*, est la seule espèce humaine présente en Europe. Plusieurs cultures se sont succédé au paléolithique supérieur, qui a précédé le mésolithique puis le néolithique.

Bien que la culture magdalénienne soit riche en vestiges, et parfois considérée comme l'apogée du paléolithique supérieur, notre savoir à son sujet reste très limité si on le compare à l'étendue de notre ignorance. Et ce, malgré le travail extraordinaire de patience et de minutie des archéologues, aux spécialités de plus en plus pointues et variées[1].

Pendant que le scientifique affirme avec prudence ce qu'il peut prouver, le romancier est obligé de trancher et de remplir les blancs grâce à son imagination. C'est d'ailleurs l'intérêt de la littérature dans ce domaine : l'empathie envers les personnages aide à comprendre ce qui n'est pas appréhendé par la science. Pour donner vie au clan des Grandes-Mains-Blanches, j'ai dû inventer ce dont j'avais besoin et que l'on ignorait ; mais je l'ai toujours fait en cohérence avec l'état actuel des connaissances. Et j'ai nourri autant que possible mon inspiration des traces que les magdaléniens nous ont laissées.

Peu d'éléments permettent d'appréhender leur organisation sociale. Les comparaisons ethnologiques sont enrichissantes mais à manier avec précaution (voir en particulier les analyses d'Alain Testart). Une certitude : les guerres n'existaient pas, comme le prouve l'absence de traces de massacres avant la sédentarisation du néolithique[2]. Les petits groupes humains connaissaient une certaine violence interne, ce que montrent

1. La paléogénétique commence à bouleverser certaines idées reçues, mais surtout pour des périodes plus anciennes. Sur notre période, elle apporte quelques éléments secondaires : les yeux clairs proviennent d'une mutation génétique apparue il y a environ 18 000 ans. Les magdaléniens pouvaient donc avoir des yeux de couleurs variées.

2. En France, l'agriculture et l'élevage apparaissent vers 6000 avant J.-C.

les blessures retrouvées sur des ossements, mais elle était peu importante ; la coopération devait être essentielle à la survie des groupes. La révolution néolithique ayant renforcé la domination masculine, il semble admis que les relations entre hommes et femmes étaient plus proches de l'égalité pendant le paléolithique, même si elles ont certainement varié au cours d'une si longue période[1]. Il est plausible que des changements dans ce domaine aient donné lieu à des conflits. Par ailleurs, l'existence de couples homosexuels est avérée chez les chasseurs-cueilleurs. Sur d'autres points, j'ai dû choisir entre des thèses opposées : la présence de chamanes animistes n'est pas certaine, même si les travaux de Jean Clottes m'ont semblé convaincants.

Les fouilles nous donnent une idée précise des outils utilisés par les magdaléniens, de l'organisation des abris, du gibier consommé et de certaines formes d'art. Les objets présents dans ce roman existent tous et beaucoup sont visibles dans des musées[2] : si vous les visitez, vous pourrez reconnaître par exemple le propulseur orné d'un faon qui accouche d'oiseaux, la rondelle gravée sur deux faces d'un même renne debout et à genoux, la statuette qui a pu inspirer le graveur Harfang, etc. Les abris sous roche et les grottes mentionnés (la Madeleine,

1. Selon les auteurs, la révolution néolithique aurait créé le patriarcat, ou bien l'aurait renforcé. D'après l'ethnologue Françoise Héritier, la domination masculine existe dans toutes les cultures humaines, même si elle est plus ou moins marquée et se rapproche parfois de l'égalité. La domination féminine n'a jamais existé ; les mythes qui la mentionnent cherchent à justifier une prise de pouvoir ultérieure par les hommes.

2. La plupart se trouvent au Musée national de préhistoire des Eyzies, au Musée d'archéologie nationale de Saint-Germain-en-Laye ou au Musée d'Aquitaine à Bordeaux.

les Combarelles, Cap-Blanc, Lascaux) sont également décrits avec la plus grande fidélité ; ils peuvent parfois être visités. Aucun texte ne nous révèle le sens des œuvres préhistoriques, puisqu'elles sont très antérieures à l'invention de l'écriture. Il est plausible que certaines soient liées à des mythes. Je m'en suis donc nourrie pour inventer ceux que racontent mes personnages, tout en respectant les analyses des scientifiques[1] et en m'inspirant parfois de mythes existant chez d'autres peuples de chasseurs-cueilleurs nomades[2].

Les peintures et les gravures pariétales présentées dans ce roman existent toutes sans exception ; ma description est parfaitement conforme à la réalité, qu'il s'agisse de la fameuse scène du puits de Lascaux, ou des figures mystérieuses et frappantes de Combarelles (les femmes sans tête qui semblent danser, l'homme qui pénètre la femme sans mains, le visage barbu, etc.). Ce sont ces œuvres qui ont inspiré l'intrigue de ce roman. Appelées « figures féminines schématiques » ou « femmes sans tête », ces représentations typiques du magdalénien sont présentes du Danube au sud-ouest de la France pendant plusieurs millénaires. Leur signification nous est inconnue. Interrogée à ce sujet, voici ce que la chercheuse Claudine Cohen m'a répondu : « Les périodes considérées, du gravettien au magdalénien, représentent des dizaines de milliers d'années, et il est concevable que, sur une période aussi étendue, les modes de vie, les conceptions et les représentations des hommes préhistoriques aient changé. Pensez à nos propres cultures, et aux profondes transformations de nos visions du monde et de nos représentations artistiques depuis à peine deux

1. En particulier Norbert Aujoulat sur Lascaux.
2. Inuits ou Amérindiens.

mille ans. » Le personnage de Fascination-de-Serpent, et les croyances qu'il véhicule, est donc né de ce que j'ai ressenti personnellement face à ces représentations féminines. Lorsque j'ai présenté mon interprétation à un grand spécialiste français du magdalénien, il m'a dit qu'il ne connaissait aucun élément permettant de la réfuter. Un comportement aussi pervers que celui du chamane malfaisant pouvait-il exister à cette époque ? Cette question me semble en dire moins long sur la situation de nos ancêtres que sur notre nostalgie d'un paradis perdu. Je ne vois pas pourquoi certaines personnes n'auraient pas abusé de leur pouvoir quand l'impunité leur était assurée. On peut simplement supposer que ce phénomène était beaucoup plus rare – et donc encore plus choquant – dans de petits groupes peu hiérarchisés.

La complexité des œuvres pariétales permet d'affirmer que les hommes modernes du paléolithique supérieur avaient un langage évolué[1]. Je ne me suis donc pas privée de leur prêter des raisonnements subtils, un art de la rhétorique, et de l'humour. Néanmoins, le français actuel est imprégné d'une longue histoire postérieure au néolithique. Il est impossible de ne pas utiliser tous les mots chargés de références à des éléments inconnus des magdaléniens. J'ai essayé d'éviter les plus choquants. J'ai inventé quelques expressions et le féminin de certains mots[2]. Mais de temps en temps, j'ai conservé

1. Les grottes ornées les plus anciennes sont contemporaines de l'arrivée de l'homme moderne.

2. Comme « mammouthe » ou « successeure ». Immergés dans le monde animal, les chasseurs-cueilleurs avaient forcément un terme différent pour le mâle et la femelle de chaque espèce. Ils devaient également pouvoir nommer une femme qui succède à une autre, situation devenue par la suite trop rare dans notre histoire pour nécessiter un mot.

une expression moderne qui me semblait la seule appropriée, comme si je procédais à une traduction[1]. Contrairement aux autres romanciers de la préhistoire, qui ont nommé leurs personnages d'onomatopées, j'ai créé des noms qui avaient une signification – comme c'est le cas dans toutes les cultures.

Je remercie les préhistoriens qui m'ont offert de leur temps pour répondre à mes questions et parfois partager une conviction personnelle : Jean-Jacques Cleyet-Merle, Mathieu Langlais, Patrick Paillet, Claudine Cohen et Catherine Cretin. Ma reconnaissance va également à Jacqueline Angot-Westin, qui m'a guidée avec générosité dans la bibliothèque du Musée national de préhistoire et autour des Eyzies, à Peggy Jacquement et Philippe Cheyrou pour leur soutien dans cette aventure et leurs conseils compétents (la première sur le magdalénien, le second sur la chasse), à Emmanuelle Boulestin pour sa relecture rigoureuse, à Sabine Sportouch, mon éditrice, pour sa confiance et ses questions pertinentes, à Catherine Garnier, dont les remarques ont été précieuses.

Je suis particulièrement redevable aux ouvrages suivants :

Norbert Aujoulat, *Lascaux – Le geste, l'espace et le temps*, Le Seuil, 2013.

Claude Barrière, *L'Art pariétal des grottes des Combarelles*, Paléo, 1997.

1. J'ai ainsi conservé « anorak », un mot inuit très ancien qui convient bien aux vestes à capuche dont nous avons une représentation gravée vraisemblable, dans la grotte de Gabillou, près de Mussidan, en Dordogne.

Gerhard Bosinski, *Femmes sans tête. Une icône culturelle dans l'Europe de la fin de l'ère glaciaire*, Errance, 2011.

Camille Bourdier, *Histoires de bisons et de chevaux. Regard sur l'évolution de la frise pariétale du Cap-Blanc (Marquay, Dordogne) à travers l'analyse du panneau de l'alcôve*, Paléo, 2011.

Pierre Clastres, *Archéologie de la violence. La guerre dans les sociétés primitives*, Éditions de l'Aube, 2013.

Jean Clottes, *Pourquoi l'art préhistorique ?*, Gallimard, 2011.

Claudine Cohen, *La Femme des origines. Images de la femme dans la préhistoire occidentale*, Éditions Belin-Herscher, 2006.

Jean-Paul Cuzel et Jean-Jacques Cleyet-Merle, *Mille et Une Femmes de la fin des temps glaciaires*, RMN, 2011.

Brigitte et Gilles Delluc, *La Vie des hommes de la préhistoire*, Éditions Ouest-France, 2012.

Brigitte Delluc, Gilles Delluc et Martine Roques, *La Nutrition préhistorique*, Pilote 24, 1995.

Jean-Pierre Duhard, *Une nouvelle représentation féminine à la Madeleine*, Paléo, 2011.

Laure Fontana, *L'Homme et le Renne*, CNRS Éditions, « Biblis », 2012.

Françoise Héritier, *Masculin/Féminin. La pensée de la différence*, Odile Jacob, 1996.

Mathieu Langlais, *Les Sociétés magdaléniennes de l'isthme pyrénéen*, CTHS, 2010.

Marilène Patou-Mathis, *Préhistoire de la violence et de la guerre*, Odile Jacob, 2013.

Guy Richard, *L'Histoire inhumaine. Massacres et génocides des origines à nos jours*, Armand Colin, 1992.

Dominique Sacchi, *Le Madgalénien. Apogée de l'art quaternaire*, La Maison des roches, 2003.
Alain Testart, *Avant l'histoire – L'évolution des sociétés, de Lascaux à Carnac*, Gallimard, 2012.

FSC
www.fsc.org
MIXTE
Papier issu de
sources responsables
FSC® C003309

L'éditeur de cet ouvrage s'engage dans une démarche de certification FSC® qui contribue à la préservation des forêts pour les générations futures.

Pour en savoir plus :
www.editis.com/engagement-rse/

10/18 – 92 avenue de France, 75013 PARIS

Imprimé en France par CPI

N° d'impression : 3045087
X08024/01